# 超越药片
## 35位亲历者说

新民周刊 著

**图书在版编目（CIP）数据**

超越药片 : 35 位亲历者说 / 新民周刊著 . --
上海 : 文汇出版社 , 2024. 11. -- ISBN 978-7-5496-4365-3

Ⅰ . I25

中国国家版本馆 CIP 数据核字第 2024EM7470 号

**超越药片**

——35 位亲历者说

编　　者 / 新民周刊
责任编辑 / 苏　菲
装帧设计 / 刘绮黎　沈　琳

出 版 人 / 周伯军

出版发行 / 文匯 出版社
　　　　　上海市威海路 755 号
　　　　　（邮政编码：200041）
经　　销 / 全国新华书店
印刷装订 / 上海丽佳制版印刷有限公司
版　　次 / 2024 年 11 月第一版
印　　次 / 2024 年 11 月第一次印刷
开　　本 / 720 × 1000 1/16
字　　数 / 250 千字
印　　张 / 16（插页 1）

ISBN 978-7-5496- 4365-3

定 价 / 88.00 元

主编：刘　琳

副主编：钱亦蕉

执行副主编：黄　祺

# 序

回顾中国医疗事业发展历程，有一些重要时间和事件值得记住。

中国敞开大门后不久，一批优秀的医生被选派到海外学习，他们带回了当时最先进的医疗理念和技术，为后来中国医疗服务的发展奠定基础。

到上世纪 80 年代开始，几家具有雄厚实力的跨国制药企业率先迈出探索这一新市场的第一步。

优秀的跨国企业将现代企业管理制度、现代营销和公众科普、企业社会责任等等理念带到中国。到如今它们培养的研发人才、管理人才不少成为中国医药本土创新的中坚力量；它们支持的临床研究、科研项目中，走出了众多医学大家。

这些跨国企业中，辉瑞公司是一个值得研究的代表，它用 35 年的时间适应、融入、参与中国的医疗改革，促进了中国医药行业的发展，给无数患者带来创新的药物产品，成为健康中国事业中的一员。

在辉瑞进入中国 35 年这个重要的时间节点，《超越药片》一书出版。

宏观的、理论的探讨难免让人觉得枯燥，《超越药片》这本书另辟蹊径，选择了 35 个具体的故事，通过这些故事拼图去展现中国医疗前进的脚步。

35 个故事中多数故事的主人公是在医疗服务第一线的医疗专家，他们在自己专业领域努力探索，用学识推动诊疗水平的提高，提高了患者的诊疗效果，延长患者生命质量长度。他们也代表中国最高的医疗水平，在国际学术舞台上提供中国智慧。

通过这些故事，我们能够从更贴近我们生活的角度，去看待过去 30 多年中国医疗是如何走来的，我们为什么可以继续相信中国医疗。

医疗卫生一向是人们最为关心的话题，无论哪个国家、什么民族、任何文化环境下，让生命得到呵护都是民众的期盼，也是政府的责任。

但是，提供医疗服务从来不是政府单一的力量就能完成的任务。

医药，直接关系医疗服务的质量安全、能力和水平。医药所包含的内容不仅是医药政策制定和医药管理体系建立，还有医药的"基础"——制药产业的健康发展。

上世纪 80 年代末，和当时很多雄心勃勃的年轻人一样，我远赴美国学习，然后留在美国工作和生活，我的学术领域从经济学进入了卫生政策领域。由于工作关系，我参与了美国第一个全面医保的麻省医改方案的制定，后来这个方案也给全美的奥巴马医改方案提供了借鉴。

2012 年开始我负责中欧国际工商学院卫生管理与政策研究中心。我们的学生中，有医药企业负责人、政府主管部门官员、医院管理者等等，课堂上、我们创立的"卫生政策上海圆桌会议""医疗健康行业高峰论坛"上，大家一起深入地研讨医改政策和医疗实践中的问题，一起讨论怎样的医疗发展之路才是更加适合当下社会环境、经济水平的道路。

因为这样的契机，我结识了很多优秀的跨国药企管理者，他们的真诚、责任感、使命感给我留下了深刻的印象。现在回想，过去十多年我们很多的探讨，实际上就是"三医联动"的一种沟通。

每场讨论切入的主题不同，但最后大家发现，每个人对中国的医疗服务水平、医疗政策和医疗市场都保持着信心和乐观——中国已经取得了令人惊叹的医疗卫生成就，我们有能力继续解决发展中出现的问题，让医疗更好地为人民服务。

国家卫生健康委副主任李斌2024年6月介绍《深化医药卫生体制改革2024年重点工作任务》时表示，2024年的医改重点任务，提出要探索建立医疗、医保、医药统一高效的政策协同、信息联通和监管联动机制。

"三医联动"一词再次从官方文件中得到强调。

我国的社会经济发展已经进入更高质量发展的阶段，满足人民对美好生活的追求成为整个国家社会和各个行业发展的目标。人们对生活质量和生命健康有越来越高的追求，因此医疗健康行业必将是不断满足人们需求的蓝海。希望这本书成为蓝海中的一朵浪花，记录这个时代医疗健康行业的进步。

作为学者，我想为对行业进步做出贡献的机构和个人欢呼祝贺！

蔡江南

上海创奇健康发展研究院创始人和执行理事长
中欧国际工商学院卫生管理与政策研究中心原主任
2024年9月

# 目录

**创新**

一 **合作**

## 承诺

# 信任

从艰苦的环境中起步，中国医药
实现跨越式发展。

# 对于跨国药企而言，中国的意义远超"市场"

**Jean-Christophe Pointeau**
**彭振科**

辉瑞中国区总裁
RDPAC 执行委员会主席、中国外商投资企业协会副会长

每每谈到中国医疗卫生事业的发展，Jean-Christophe Pointeau 常用这句话评价："中国实现了举世瞩目的奇迹！"

2024 年 3 月 25 日，一场隆重又温馨的纪念活动——"辉瑞卅五载 创新为中国"辉瑞中国 35 周年交流活动在北京举行，来自政府、医疗机构、行业学协会、患者组织、生态合作伙伴等 200 余位嘉宾参与了活动。

回首往事，是政府与企业间相互的信任，以及双方对发展预期的一致乐观，促成了辉瑞迈出走向中国的第一步。

正如辉瑞中国区总裁 Jean-Christophe Pointeau 在纪念活动上所说："回顾过往，信任是合作的基础，辉瑞中国一直致力于与中国政府、医疗机构、合作伙伴和患者建立并深化互信关系。创新是辉瑞的 DNA，也是我们在中国战略的核心驱动力。而扎根中国发展的每一步，都彰显了辉瑞对中国市场的长期承诺。"

以信任为起点，35 年过去，目前辉瑞在中国的业务覆盖 300 余个城市，并设立了 1 家先进的生产设施，3 个研发中心，在华有 7000 多名员工分布于业务、研发和生产等领域。辉瑞在华上市了六大领域的高品质的创新产品，包括肿瘤、抗感染、炎症与免疫、偏头痛、罕见病、疫苗等领域的处方药和疫苗。

辉瑞中国在 35 年间向中国市场引入了超过 80 款创新药品及疫苗。35 年过去，中国患者和医生对辉瑞的产品从陌生到熟悉，如今已经得到了广大患者和医生的信赖，无论是面对癌症这样难治的疾病，还是新发传染病，公众都期待着辉瑞能够提供创新的产品，去帮助正在遭受疾病伤害的人们。

工作中，Jean-Christophe Pointeau 常常去倾听患者和一线医护人员对疾病诊治的看法、对药物利弊的评价，在他心目中，中国并非单纯是一个"市场"，更是患者的期待、医生们的信任。

## 35 年，与中国健康事业共成长

每每谈到中国医疗卫生事业的发展，Jean-Christophe Pointeau 常用这句话评价："中国实现了举世瞩目的奇迹！"

让跨国制药企业感受最为深刻的，是中国药品审评审批制度改革。以前创新药在中国上市普遍比欧美市场晚5到10年，现在一部分创新药已经实现了中国市场和美国市场同步上市。"这超出了所有跨国药企负责人的预期，辉瑞部分创新药在中国上市的速度甚至快于欧盟和日本。"Jean-Christophe Pointeau说。

据中国外商投资企业协会药品研制和开发行业委员会（RDPAC）数据，从1990年1月到2021年12月，进入中国上市的新药达760种（包括新活性成分和改良型新药），其中大部分创新药都是近几年进入中国市场的。

中国医疗保障体系的进步同样让Jean-Christophe Pointeau惊叹不已，他说："覆盖14亿中国人的医保体系从无到有、从逐步健全到体系化、制度化，全世界绝无仅有！"中国医保目录与时俱进的更新和医保评估体系的不断优化，让很多跨国制药企业的创新药物在获批上市当年就进入了医保目录，大大提升了创新药物的可负担性。

正是因为中国医疗水平的提高、民众健康需求的提升以及医疗保障体系的进步，巩固了跨国药企的发展信心。Jean-Christophe Pointeau透露，辉瑞将在未来五年内实现全产品线关键Ⅲ期及注册申报实现China-All-In，到2027年实现中国参与全部关键Ⅲ期临床试验，并且要求全球研发各治疗领域团队始终把中国纳入辉瑞全球新产品首批申报地区目录，保证达成在中国实现全产品线同步递交。

中国幅员广阔，大规模的城市化进程提高了民众的生活水平，让生活在县域的居民有了更高的健康需求。党的二十届三中全会《决定》提出，要促进优质医疗资源扩容下沉和区域均衡布局。让优质医疗资源沉下去，提升基层医疗服务能力，是构建优质高效医疗卫生服务体系的重要内容，也是全面推进"健康中国"建设的迫切要求。

近十年辉瑞中国不断强化面向中国基层的工作，2021年辉瑞中国成立了独立的广阔市场事业部，大约700名员工在县域地区积极推动创新产品的落地。Jean-Christophe Pointeau介绍，"辉瑞正在深耕县域市场，致力于为提高总体医疗质量做出贡献。"

中国有1800多个县，辉瑞利用数字技术，与当地医疗机构合作，促进疾病筛查、提高诊断及治疗水平、改进随访。具体而言，广阔市场事业部协助开展在线教育课程等活动，比如帮助专家制作疾病管理视频，并分享给更多基层医生。同时，开发移动应用程序促进医患沟通，旨在提升县域医疗水平。

如今，大病不出县从理想逐渐变成了现实，医疗保障政策完善后患者的经济负担也大为减轻，而这些都是政府和社会各界共同努力获得的成果。

## 外企是中国社会的重要成员

2024 年第七个中国医师节，Jean-Christophe Pointeau 以书信的形式，表达了他对中国一千多万卫生与健康工作者的敬意。

信中说："在与中国医疗界携手走过的 35 年里，我们深刻感受到了中国医师的敬业精神和对医疗事业的热忱。我们坚信，通过我们共同的努力与合作，可以为患者带来更多改变他们生活的突破创新，携手共创健康中国。"

中国医师节的由来可以追溯到 2016 年 8 月 19 日，全国卫生与健康大会明确了卫生与健康工作在党和国家事业全局中的重要位置。大会提出把人民健康放在优先发展的战略地位，努力全方位全周期保障人民健康。会后确定每年的 8 月 19 日为中国医师节。

从医师节的来源可以看到，在中国，卫生、健康工作是民生之根本，它关系到每一个人的幸福感，也关系到整个国家的文明和发展。

Jean-Christophe Pointeau 向中国卫生与健康工作者的致敬，也包含了他对中国几十年来在卫生健康领域取得巨大成就的致敬，更包含了已经扎根中国 35 年的辉瑞对中国这片土地的深厚情感。

1989 年，辉瑞推开中国的大门，是最早进入中国的跨国企业之一。乘着改革开放的春风，辉瑞的业务在中国各地开展，公司规模和营收也随着中国经济的腾飞而大踏步地扩大和增长。如今，总部设于上海的辉瑞中国已成为在华主要的外资制药企业之一。

Jean-Christophe Pointeau 在中国的职业生涯已经长达 13 年，到中国工作是一段充满挑战的经历，也是一场梦幻之旅，因为在中国，每一天都在发生着新的变化。

实际上，Jean-Christophe Pointeau 与中国的缘分要追溯到上世纪 80 年代。

上世纪 80 年代初，Jean-Christophe Pointeau 的父亲曾在武汉工作生活了一年。从父亲口中他听到了中国改革开放初期的日新月异，这让年轻的 Jean-Christophe

Pointeau 对中国充满了好奇。

2021 年，Jean-Christophe Pointeau 再次回到中国，这一次是到中国履新辉瑞中国区总裁。当时全世界正受到新冠疫情的影响，但这位法国人还是满怀信心登上了飞往上海的客机。

身份不同，责任也更重。Jean-Christophe Pointeau 不仅带领辉瑞中国完成了"新辉瑞"的华丽升级，大步流星地迈入"新征程"的赛道，用"光速"践行"以患者为中心"的承诺；他还担任中国外商投资企业协会（CAEFI）副会长、中国外商投资企业协会药品研制和开发行业委员会（RDPAC）执行主席，携手伙伴聚力合作，共同为中国医疗健康事业做出外商贡献。

在 Jean-Christophe Pointeau 的积极推动下，2022 年 11 月《RDPAC 行业行为准则》(2022 年修订版) 在京正式发布。这一行业准则的更新无疑将与时俱进地引导企业以诚信、合规的方式开展业务、激发创新、更好地服务中国患者。

上世纪 80 年代初，Jean-Christophe Pointeau 的父亲曾在武汉工作生活了一年。图为他的父亲当年在中国留影（左），以及近照（右）。

## 在开放的中国拥抱新机遇

中国改革开放后短短几十年里所取得的卫生健康成就，让全世界惊叹。

2022 年统计数据，中国平均预期寿命提升至约 78.3 岁，过去 20 年平均每十年提升 2 岁到 3 岁。目前中国平均预期寿命已明显高于全球平均水平的 72.8 岁和中高收入经济体的 75.9 岁。

过去的 35 年，中国医疗水平进步巨大，医药卫生事业快速发展，医保政策得到完善，药品审批制度改革后审批提速……辉瑞见证和参与了中国卫生健康事业的发展，成为中国患者信赖的朋友，也成为中国经济协奏曲中重要的音符。

2024 年 7 月召开的党的二十届三中全会审议通过《中共中央关于进一步全面深化改革、推进中国式现代化的决定》，其中用"开放是中国式现代化的鲜明标识""必须坚持对外开放基本国策""坚持以开放促改革"等表述明确了我国下一阶段推进高水平开放的决心和方向。《决定》还对完善高水平对外开放体制机制作出系统部署。

会后，外资企业负责人纷纷热议《决议》释放的积极信号。中国正在加快构建新发展格局，在开放和改革的相互促进中，不断拓展开放的深度和广度，塑造更高水平开放型经济新优势。而新的发展格局中，外资企业仍是重要的组成部分。

乘着中国市场利好的东风，过去三年，辉瑞在 Jean-Christophe Pointeau 的带领下，不仅成功地华丽转型并且成绩骄人：为中国患者带来了 21 款全球领先的创新产品（含新适应症和新剂型）；先后有 9 款产品在海南博鳌和粤港澳大湾区实现了先行先试，让中国患者可以不出国门就能享受到医学科学进步带来的福祉；同时，辉瑞智慧医疗创新中心落户杭州钱塘，在商业模式创新上做出大胆突破，聚焦行业痛点，以数字化创新为中国医疗行业赋能。

开放，是当代中国最鲜明的标识。Jean-Christophe Pointeau 说，"中国改革开放从未停步，外资企业国民待遇越来越多，营商环境逐渐优化、创新力量不停迸发……这都足以对外资企业释放出强大的磁力，中国市场充满无限商机，外资企业对华投资不断加码。"

开放的市场，让跨国药企有机会成为推进中国健康事业发展的参与者，辉瑞的参与除了提供创新产品满足患者需求之外，还积极投入公益事业，通过多种方式助力社会发展。

Jean-Christophe Pointeau 介绍说，辉瑞中国支持乳腺癌防治行动计划，进一步提升乳腺癌筛查覆盖率、知识普及率、早诊率；为了助力"健康中国2030"战略实施，辉瑞还携手"国家卫健委卫生发展研究中心""国家卫健委人才交流服务中心""健康中国研究中心"以及"国家癌症中心"等单位，共同建立了服务于县域肿瘤临床医生和县域肿瘤患者的平台——县域肿瘤防治中心。在国家、省级卫健委和临床专家组的共同推进下，目前已经在全国启动17个省份的肿瘤防治中心建设，覆盖900+县级医院，培训4000+县域肿瘤学科医师，提升县域肿瘤临床医师的规范送检和诊疗能力，造福县域患者，赋能健康中国战略。未来，辉瑞还将通过一系列举措，包括加速引进创新产品、提升诊疗标准化、助力中国创新企业成长等多个方面，全力支持"健康中国2030"宏伟目标的实现。

辉瑞中国的诸多努力，也得到了社会各界的广泛认可。过去两年，辉瑞荣膺"最具影响力企业""社会责任最具影响力品牌"等近50个奖项认可。

辉瑞进入中国后，将现代企业管理制度和医药企业现代营销模式带入中国市场，培养了第一批医药行业企业管理人员和市场营销人员，这些最早的专业人员后来开枝散叶，影响了国内企业的管理理念和营销模式。

2023年，"辉瑞市场营销学院"启动，辉瑞现在的目标不仅是培养为辉瑞中国工作的人才，辉瑞中国正在努力培养和发展具有国际化视野的青年人才，希望中国年轻人才有能力在全球岗位上发挥作用。

今天的中国，与35年前相比已经发生了巨大的变化，但不变的是，人民健康被放在优先发展的战略地位，这是社会发展的目的。Jean-Christophe Pointeau表示，辉瑞将继续与各方合作，推进医药创新，为进一步完善中国医药健康体系、实现"健康中国2030"宏伟蓝图、造福中国患者做出积极贡献。

（撰稿｜黄祺）

## 人物简介

Jean-Christophe Pointeau 彭振科　辉瑞中国区总裁
RDPAC 执行委员会主席、中国外商投资企业协会副会长中国是辉瑞全球最重要的市场之一，在当前这一挑战与机遇并存的时期，Jean-Christophe Pointeau 带领着辉瑞在中国市场进行业务开展，致力于在中国践行辉瑞的使命——"为患者带来改变其生活的突破创新"。

此外，Jean-Christophe Pointeau 还担任中国外商投资企业协会副会长，以及中国外商投资企业协会药品研制和开发行业委员会（RDPAC）执行委员会主席。

Jean-Christophe Pointeau 拥有近 30 年的医药行业国际工作经验，以及在华跨国药企的领导经历。

# 中国医生的创新时代到了

**邢念增**

国家癌症中心 / 中国医学科学院肿瘤医院副院长、主任医师、博士研究生及博士后导师

> **新科技不断与医学结合，在新的环境下，邢念增认为年轻外科医生更应该持续学习，积极创新。**

七月的北京，中国医学科学院肿瘤医院门口，几位年轻的医学毕业生正穿着硕士服拍照。每年都有医学生从中国医学科学院肿瘤医院毕业，正式踏上自己的医学生涯。

2021 年，邢念增担任中国医学科学院肿瘤医院副院长。当时邢念增接到来自大洋彼岸的一通视频电话，他的老朋友——美国泌尿外科学会秘书长 John D.Denstedt 教授在祝贺他担任副院长的同时，也不忘"嘱咐"他别忽略了临床工作，"你可是世界上做泌尿腹腔镜手术最好的医生啊！"

邢念增在医学创新道路上不断突破创新，不仅在中国泌尿外科声名远扬，在国际同行中也备受尊重。在邢念增的带领下，中国医学科学院肿瘤医院泌尿外科不仅具备世界最先进的诊疗和手

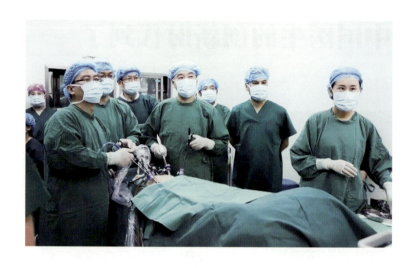

术水平，很多创新术式和前沿研究具有开创性意义，为世界泌尿外科做出了中国贡献。

周围人评价邢念增：永远热忱，不知疲倦。与邢念增对话的一个多小时，笔者深切感受到他身上昂扬的事业精神。这种能量场如同医学路上的"指路明灯"，不仅给患者带来信心，也给年轻的医学人带去了拼搏进取的感染力。

## 朴实愿望：学好技术为国人治病

"医生是很辛苦和高风险的职业，但恰恰因为它的挑战性，也让医生这个职业充满魅力。"

上午十点，邢念增穿着白大褂，风尘仆仆地迈进办公室，一小时前他刚刚完成了一台大手术。慕名邢念增的患者来自全国各地，最多时他一天连轴转完成十多台手术。在他看来，外科医生是一个极具挑战的职业。不仅要求知识与体力兼备，诊疗过程中还需承担着很大压力和风险。

邢念增回忆，他从小喜欢接受挑战，高考后选择了医学专业。

"当医生能解决老百姓的疾苦，这是一件好事。也是我的志向。"大学毕业后，邢念增成为山东省沂水中心医院的一名外科医师，那时的他，把当一名在专业领域有建树的好医生作为自己的目标。邢念增非常勤奋，当时医疗技术不发达，泌尿系统肿瘤都用传统的开放式手术，邢念增经常上手术台给老师做助手，积累经验。

1991年，邢念增告别沂水中心医院，考入山东医科大学攻读临床技能型硕士研究生。三年后，他又进入北京医科大学，成为中国泌尿外科界泰斗级专家郭应禄院士的博士研究生。1997年博士毕业后，邢念增收到3所国外大学博士后入学邀请。最终，他选择了美国明尼苏达州的梅奥医学中心。在这里，他依然把从早到晚的时间安排得满满的：白天正常学习，晚上则练习手术动作，做实验，一般凌晨两三点才休息。

有一次，邢念增看到梅奥医学中心泌尿外科主任 Mark，一天连做4台手术，而当时国内医生手术的极限只有一两台，这令他非常震惊。邢念增更加努力学习，希望将海外先进的技术带到国内。

20多年来，随着微创手术发展和医学进步，国内泌尿外科手术一天十多台已经成为常规，手术效率的提高也反映出中国医学的长足进步和发展。

2002年1月，因为表现优异，邢念增被破格晋升为梅奥医学中心助理教授，但四个月后，邢念增还是带着全家回国了。"出国前我就已经做好了回国的决定。我的目标是30岁以前把外科常见手术全做下来，为中国老百姓带回来更好的治病技术，就这一个朴实想法，刻在骨子里不会变。"

回国后，邢念增加入首都医科大学附属北京朝阳医院，先后开展了三四十项技术改进，建立了腹腔镜肾切除术规范化手术方案，以及膀胱癌规范手术方案等。改进后的多项技术，手术时间更短，创伤更小，患者恢复也更快。

邢念增表示，随着前列腺癌发病率和死亡率提高，大家对于疾病的关注度也随之提高。近些年前列腺疾病的治疗手段已经有了很大的进步，在诊断、手术与药物三个领域快速发展之下，我国前列腺癌患者的生存率也在不断提高。药物方面，中国的前列腺癌患者经历了从无药可用到单一用药方案，从一种抗肿瘤药物负重前行到多种抗肿瘤药物百花齐放。2023年，辉瑞的创新产品 PARP 抑制剂 Talazoparib 得益于"先行先试"政策，迅速落地海南乐城，帮助更多转移性去势抵抗性前列腺癌患者提前获得与国际接轨的创新药物治疗，也期待 Talazoparib 能够尽早在中国正式获批上市，使更多患者获益。

## 原创新技术有了中国姓

一种术式用自己的名字命名，是对外科医生最大的荣耀。邢念增教授拥有两项以自己名字命名的技术——"邢氏吻合法"和"邢氏新膀胱"。这两项技术不仅在国内外泌尿外科界产生了很大反响，更是被写进了著名的教科书《吴阶平泌尿外科学》中。

治疗晚期膀胱癌传统的方法以根治性膀胱切除为主，过去开放式手术下，一台膀胱全切手术可能持续七八个小时，不仅手术难度大，手术后患者只能挂尿袋，严重影响生活质量。为了解决这个问题，国外医生发明了原位膀胱，就是用患者大肠制作成新膀胱，手术术式以两位医生的名字命名。

微创手术诞生后，给晚期膀胱癌手术带了更多的创新空间。邢念增借助微创腔镜技术，完成膀胱切除手术，达到和开放手术同样的效果。这一套手术技术包含了多个创新点，被命名为"邢氏新膀胱"。当"邢氏新膀胱"的手术录像在澳大利亚及欧洲泌尿外科会议上出现时，吸引了众多泌尿专家的目光。

邢念增的一位同行朋友通过"邢氏新膀胱"再造的膀胱已使用了 10 年，至今仍身体康健。据粗略统计，因"邢氏新膀胱"受益的患者已达上千例。

在新膀胱技术的基础上，邢念增又开创了"邢氏吻合法"。膀胱切除后，需进行尿流改道，最常规做的手术称为回肠通道术，其难点是输尿管与直肠如何进行连接，又不会导致狭窄的发生。"邢氏吻合方法"的独到之处是既让输尿管与肠道端侧直接吻合，在保留充分血运基础上，保证管腔平顺，减少狭窄发生；又使左右两侧输尿管与肠道吻合口相对独立，为日后可能的上尿路并发症处理预留空间。

新技术方法简单，并发症少，腹腔镜下如今只需要 5 分钟左右就能够完成，大大减轻了患者的痛苦。

中国第一例腹腔镜下成功完成的肾癌合并下腔静脉瘤栓手术也是出自邢念增之

手。2009年，邢念增接诊了一位老人，肾上长了一个大肿瘤，已经伴随老人9年，刚开始老人没当回事，但后来瘤子越来越大，问诊时瘤子已经14厘米，且发生了瘤栓，患者体力消耗很严重、血色素很低。邢念增大胆尝试用微创腹腔镜帮助患者切除肿瘤。如今十多年过去了，患者仍然健康。

2018年，邢念增担任国家癌症中心/中国医学科学院肿瘤医院泌尿外科主任，这里是我国肿瘤治疗领域的最高平台，接诊的都是国内疑难复杂的病例，很多病人辗转多地没有很好的治疗方案，把这里当作最后的希望。

邢念增把每一位病人当成是一道考试题，仔细研究、认真对待、大胆创新。"我上了手术台，就立刻忘掉一切琐事，什么都不想，专心把手术做好。当病人躺在手术台上，相当于把生命完全交给了你，所以要有高度责任感，不能有任何懈怠。"

## 推动合作、心怀天下

作为全国人大代表的邢念增，还十分关心社会问题。此前，他曾提交过关于北京南站公交问题，以及女性流动人口的相关提案。

2024年8月，2024中国医师协会泌尿外科医师分会（CUDA）年会举行，作为中国医师协会泌尿外科医师分会会长、大会主席，邢念增倡议泌尿外科同仁一起通过分享和交流互相借鉴、碰撞思想，共同为泌尿外科的繁荣和进步贡献智慧。

邢念增不仅积极推动国内泌尿外科学术活动的开展，而且牵头进行国际交流，在世界舞台上分享中国经验。改革开放后，在跨国企业等机构的推动下，国际学术交流合作不断加深。邢念增说，这些年中国外科医学在国际舞台上有了自己的影响力。在雅典的一次国际学术会议上，他欣喜地看到年轻的中国医生在台上做报告，自信从容。

"过去都是我们学习外国的经验技术，现在外国医生也在向我们学习，包括临床研究试验、免疫药物上市、先进的管理理念等，我们也有自己的优势。"

新科技不断与医学结合，在新的环境下，邢念增认为年轻外科医生更应该持续学习，积极创新。他说，优秀医生必须具备三个品质——有理想，有情怀，有吃苦耐劳的精神。"把医生职业当成事业去经营，通过实践不断学习，进而提高自己的能力水平，形成良性循环。"

邢念增把做好手术的经验总结为"三精一高"：即精确的手术思路、精细的手术解剖、精湛的手术技艺，以及对患者高度的责任心。

作为全国人大代表的邢念增，还十分关心社会问题。此前，他曾提交过关于北京南站公交问题，以及女性流动人口的相关提案。2021年全国两会上，他又提交了关于国谈药品"双通道"管理机制及医疗机构准入的提案，得到有关部门的高度重视。2024年全国两会中提交的治理电信诈骗相关提案也收到了检察院系统的来信。

"我要治病救人，更要关注社会现象，做个好医生，做个好人。"邢念增结束采访后，又开始准备下一场手术。

（撰稿｜吴雪）

## 人物简介

邢念增　主任医师、博士研究生及博士后导师

国家癌症中心 / 中国医学科学院肿瘤医院副院长

全国人大代表

"百千万人才工程"国家级人才

担任中国医师协会泌尿外科医师分会会长、北京医学会泌尿外科学分会候任主任委员、中华医学会泌尿外科学分会委员兼副秘书长、全球华人医师协会理事兼泌尿分会副会长、中国抗癌协会常务理事、中国医院协会常务理事、亚洲机器人泌尿外科学会委员、UroPrecison 杂志主编、《中华医学杂志》副总编、《中华腔镜泌尿外科杂志》副总编、《中华泌尿外科杂志》常务编委、 Journal of Urology 编委、《中华肿瘤杂志》编委等职务。

擅长泌尿系肿瘤的诊治及泌尿微创手术、多项技术处于国内或国际先进水平。

国内外发表学术论文 390 余篇，其中 SCI 137 篇。获省部级以上科技奖 10 余项 。

# 感染专业大变革，织就一张生命安全网

**俞云松**

浙江省人民医院党委委员、副院长，主任医师、教授、博士生导师

> 快速提升感染科医生的临床思维能力和感染诊治水平，是应对各类突发传染病的重要举措。

和俞云松教授约时间不容易，他是医院管理者，也是临床医生，还是不少研究生的导师，在所剩无几的个人时间里挤出时间接受本次采访，他希望更多的人了解他所从事的感染病学专业。

说起感染科，SARS 疫情和新冠疫情期间都备受关注，平时却似乎无太大的声息。从事感染病学临床工作 30 多年的俞云松教授，见证了这一学科在我国的发展历程。他希望感染科可以得到更多的重视，因为这里不仅仅诊治各类感染病，还牵涉到抗菌药物的规范化使用，更关系到突发公共卫生事件的及时应对。

## 不止传染病，感染病学需要大转身

俞云松出生于浙江省衢州市衢江区太真乡的一户普通农家。

他的童年时期，农村医疗卫生条件差，父母希望他能选择医学，未来成为医生，这是一份相对稳定而又受社会普遍尊重的职业。

1988 年，23 岁的俞云松从浙江医科大学医学系本科毕业，分配到浙江医科大学院附属第一医院传染病科工作。

俞云松表示："感染科在早年的名称是传染病科，主要治疗各种传染病，如病毒性肝炎、流行性出血热、霍乱、伤寒和结核病等。我国感染病学专家在病毒性肝炎、结核病和艾滋病等疾病的防控、诊治上有着丰富的经验。总体而言，我国传染病学人才队伍的基础是很好的。"

老一辈专家都知道，新中国成立之初，天花、鼠疫、霍乱、血吸虫、黑热病等传染病在我国肆虐，严重危害人民群众的健康。我国政府高度重视传染病防治，陆续出台一系列政策，组织全国力量进行传染病防治，医院的传染病科也应运而生。

到了 20 世纪 80 年代，随着经典传染病如血吸虫病、天花等逐步得到控制，病毒性肝炎、结核病等诊治成为当时传染病科医生主要的工作内容。1988 年，在俞云松成为医生的第一年，上海爆发了可能是有史以来全球最大规模的甲型病毒性肝炎流行，有超过 30 万人感染。

初到医院，俞云松也主要看病毒性肝炎、伤寒等传染病，做一些感染病诊治方面的研究。"清楚记得当年科室收治了一个高烧不退的病人，由于病情复杂，请来上海华山医院传染病科翁心华教授会诊。他会诊后给出治疗方案，病人经过治疗很快就康复了。那一次在旁边学习的经历，给我的触动很大，坚定了我走上不明原因发热和细菌真菌感染疾病诊治临床为主的道路。"

1990 年 9 月，在传染病科从事临床工作之余，俞云松在职在母校深造，直到 1995 年传染病学博士毕业。

世纪之交，感染科迎来了"大变革"时代——1999 年，第六届全国传染病和寄生虫病学术会议一致决定将中华医学会传染病与寄生虫病学分会更名为"感染病学分会"。2002 年，翁心华教授担任第七届分会主任委员时，分会正式更名，全国各级医院也相继将传染病科改为感染科。

2003 年，38 岁的俞云松成为博士生导师。这一年爆发的 SARS 疫情，让全国的

感染科得到了空前的重视。SARS疫情以后，国内不少医院都建立了单独的感染病楼，设立了单独的感染科。

与此同时，随着乙肝疫苗接种纳入计划免疫以及有效抗乙肝、丙肝病毒药物的普及，感染科开始回归大感染本质，工作重点逐渐由病毒性肝炎、结核病等传染病诊治转向以细菌、真菌诊疗能力提升为重点的感染科建设。

2003年SARS疫情结束后，我国曾迎来感染病学科发展热潮。2004年，原卫生部要求，全国二级及以上综合性医院须建立感染性疾病科，同时开设发热门诊及肠道门诊，这两个门诊的运行管理也成为医院感染科的主要职责之一。

2016年，国家卫生计生委印发《关于提高二级以上综合医院细菌真菌感染诊疗能力的通知》，强调二级以上综合医院成立感染科，建立以感染科为主体的细菌真菌感染诊疗体系，这为感染学科未来的发展明确了定位。

在感染专业深耕多年的俞云松，2009年因工作需要加入浙江大学医学院附属邵逸夫医院，他带领团队在保持肝病诊治领域优势的同时，瞄准细菌、真菌感染诊治能力建设，包括发热待查与各类感染性疾病诊治能力建设。他认为，通过对不明原因发热，

当出现新发、突发传染病时，感染学科必须具备能力迅速响应，筑好疫情防控的第一道防火墙。

以及各种细菌、真菌和病毒等感染性疾病诊治能力的建设，能够快速提升感染科医生的临床思维能力和感染诊治水平，是应对各类突发传染病的重要举措。

感染学科的发展，需要依赖诊断技术的进步和抗微生物新药的研发。"感染性疾病诊断的重要环节是找到病原体，在这个环节，从以前的涂片、培养，到现在的分子生物学检测技术，包括基因诊断等技术的应用，新技术大大提高了病原诊断的阳性率和速度，为救治病人赢得了时间。"俞云松说。

而在新药研发方面，碳青霉烯类抗生素等新抗菌药物的临床应用，给之前难治的感染带来新的机会。俞云松教授感叹道，"因为诊断水平不断提高，再加上不断研发的新抗菌药物带来更好的治疗效果，感染性疾病的预后得到了大大的改善。"

## 培养人才，感染学科任重道远

2022 年底到浙江省人民医院工作以后，俞云松更忙了。"我现在尽力保证每周两个半天的门诊和一个半天的大查房，其他时间更多是在做医院管理工作，当然还要带研究生做研究，有时还要参加院内外的疑难病人会诊。"

如今大型医院的感染科医生，不仅仅要诊治各类感染性疾病，还要参加抗菌药规范化使用的指导和管理，以及承担医院感染防控工作，在患者救治和医疗安全上发挥着非常重要的作用。

在国家政策层面，感染科也被要求承担更多责任。2012 年，原卫生部出台第一部《抗菌药物临床应用管理办法》，其中明确规定感染疾病科医生要参与抗菌药物合理应用管理。

为了提升从事感染学科专业人员的能力，国内专家积极投身培训工作。卫生主管部门和感染专家发起了"培元"培训项目，是迄今为止我国规模最大、系统性最强、专业内容最好的抗菌药物合理应用人才培训项目。自 2013 年至今，累计培训了过万位从事细菌真菌感染诊疗的专业人员。

"培立方"由培元计划、培英计划、培微计划和泛长三角地区感控医生研修项目（SHIP）组成——培元计划主要针对感染专业临床医生、培英计划主要针对感染药学专业人员、培微计划主要针对临床微生物检验专业人员、SHIP 主要针对感控专业人员。俞云松多次作为专家对各个层级的感染专业医生授课，在培训上投入了大量精力。

除了要重视感染学科专业人才队伍建设之外，俞云松认为还应大力加强感染相关学科的多学科合作。

作为中国医药教育协会感染疾病专业委员会（IDSC）名誉主任委员，俞云松介绍，专委会包含了感染以及感染相关学科大部分专业的顶级专家，如重症、血液、呼吸、微生物、药学等。"我们从 2014 年起就制定了目标，希望能够通过多学科专家交流合作，推进感染病诊治水平的提高。"俞云松说，"尤其是在疫情后，国家更加重视感染科的建设，我们也希望能够进一步推进我国感染学科的发展。"

## 感染学科未来如何发展

门诊、病房、实验室……作为临床医生的俞云松，每天辗转于医院的这些地方，能够治好病人，让他们活得健康、快乐，是作为医生最值得骄傲的事，也同样是他和研究团队开展科技创新的源动力。2019 年，俞云松牵头的"多重耐药菌耐药机制及防治策略研究"项目获得了 2018 年度浙江省科技进步奖一等奖。这份荣誉的背后，是他和他的团队十多年坚持不懈的努力。

从业 30 多年，俞云松拯救了许多被细菌、真菌感染的病人，每一次救治，都要像侦探一样查明感染病原体。

几年前，有一位浙江奉化人在昆明做生意，不幸遭遇车祸导致手臂外伤，伤口一直流脓，到很多医院做清创但伤口一直没有愈合，面临截肢的风险。这位病人辗转到杭州找到俞云松诊断，通过活检组织培养，终于找到了罪魁祸首——巴西诺卡菌引起的化脓性感染。"找到病原体以后，治疗很简单，用了药，花的钱也不多，只不过治疗时间长一点。但他恢复得很好，手臂也保住了。"

"感染性疾病比较复杂，病人入院时往往诊断不明、且病情严重，但如果能够得到及时的诊治，病人就能由危转安。"俞云松说。

感染专业非常重要，同时感染学科的发展也考验着医院的发展战略，原因是感染科需要大量资源——比如病房空间，为了满足隔离等要求，需要的空间更大。另一方面，感染科是一个公益性很强的科室，平时的"效益"不高，甚至很低，需要得到医院的支持。在行业里，感染科医生待遇偏低的问题常常被提起，这也是一代感染病学专业人士希望未来可以改善的地方。

"感染学科需要继续加强人才队伍建设和专业能力提升，无论是在高校教育阶段还是毕业后的临床培训。当出现新发、突发传染病时，感染学科必须具备能力迅速响应，筑好疫情防控的第一道防火墙。"俞云松说。

(撰稿｜金姬)

## 人物简介

俞云松　浙江省人民医院党委委员、副院长，主任医师、教授、博士生导师
中国医药教育协会感染疾病专业委员会名誉主任委员，中华医学会细菌感染与耐药防治专业委员会副主任委员，中华医学会感染病学分会常务委员，中华预防医学会医院感染控制专业委员会常务委员，浙江省医学会细菌感染与耐药防治专业委员会主任委员。
长期从事感染病临床工作，对感染性疾病，尤其是细菌感染性疾病的诊断和治疗有着丰富的临床经验。1990 年以来，从事感染性疾病临床和细菌耐药机理、耐药细菌感染诊治研究。

### 为什么会出现细菌耐药？

1928 年弗莱明发现青霉素，1943 年，辉瑞发明并无偿贡献深罐发酵技术，实现大规模生产青霉素，解决二战抗生素供给问题。

有研究认为，仅仅因为抗生素的发明，人类寿命增长了 10 岁。抗生素出现后，细菌、真菌感染成了一种容易对付的疾病。此后，抗生素家族日益庞大，目前已经是所有药品中品种最多的一类药物。

每一次抗生素对细菌的攻击，细菌就练就一种防御的本领，如果抗生素使用不当，当细菌集齐十八般武艺，它就变成了耐药菌。

开发一种抗生素的周期可能是几十年，事实上从上世纪 80 年代以后，科学家就再也没有找到新的作用机制的抗生素。因此，我们只能寄望现有的抗生素，药物的寿命越长越好。如果滥用抗生素，最终的结果是缩减抗生素使用的寿命，导致无药可用。

2004 年开始，中国启动了针对抗生素不合理使用乱象的整治行动。

# 为皮肤疾病诊治寻找"中国方案"

**张建中**

北京大学人民医院皮
肤科主任、主任医师、
博士生导师

> 近十年，由我国皮肤科学者命名的皮肤病、
> 我国皮肤科学者发现的皮肤科致病基因越来越
> 多，中国皮肤科已经成为国际皮肤科不可或缺
> 的重要一员。

穿过一排林荫小路，笔者来到北京大学人民医院科研楼。推
门进入北京大学人民医院皮肤科主任张建中教授的办公室，张教
授身着白大褂正伏案整理医学书籍。在他办公室的书架上，有一
本由张建中教授主编的《皮肤性病学》，是我国第一部国家卫健
委规划长学制教材。

张建中还牵头 150 多项国际多中心与国内多中心药物临床试
验，发表论文 500 余篇，主编和参编 70 多部著作，培养研究生
80 多名，获中华医学科技奖一等奖、国际皮肤科联盟杰出贡献奖、
国家科技进步二奖等多项，2018 年获"国家名医"称号。

距离 1983 年张建中踏入北京医学院 ( 今北京大学医学部 ) 校

门那一刻，已经过去 40 余年，在漫长的职业生涯中，张建中成就了许多个首次：在国际上首次报告"特应性皮炎样移植物抗宿主病""妊娠股臀红斑""RPL21 基因为先天性少发症的致病基因"，在国内首次发现游泳池肉芽肿病等，并组织编制多部皮肤病诊疗指南。

张建中教授成为医学大家的经历，正好映射出中国皮肤科 40 年不平凡的发展史。

## 人生抉择：那一步我走对了

张建中细心整理了衬衫和领带，坐定后，娓娓道来，将时光拉回到了四十余年前，山西那个炎热又明亮的夏天。

1977 年，全国恢复高考后，刚满 18 岁的山西少年张建中成为首批即将填报志愿的学生。面对人生第一个重要选择，张建中脑海中想到的不是医生，而是学化学和当老师。

志愿表第三志愿一栏，张建中填写了医学类院校。记得有一次，同学们在中学校园石阶上和班主任聊天，班主任突然说："你们将来要是能做肖大夫那样的人也不错。"肖大夫是一位从广州到乡村工作的医生，村里很多人家都得到了他的帮助。

不为良师，便为良医。就这样，张建中歪打正着走上了学医路，命运的齿轮开始转动。

大学毕业，张建中面临第二个人生岔路口。彼时，学校师资缺乏，招募前 10% 的优秀学生留校任教，张建中正是其中之一。但他认为自身知识储备不足，内心又渴望临床工作，思考再三他决定报考北京医学院研究生，希望成为一名医生。"准备了一个月，六门课，流行病学没有学过，微生物上过一点点，两本教材都是借来的。"张建中顺利考入北京大学人民医院皮肤科攻读研究生，后来如愿成为北京大学人民医院医生。

张建中初为皮肤科医生时，皮肤科疾病能用的药品很少，现在回想，简直就是皮肤疾病诊治的"冷兵器时代"。

银屑病作为皮肤病里的难治疾病，当时的治疗方法既简陋又危险，常常让医生倍

感无力。上世纪八九十年代，皮肤科医生手里的"武器"只有水杨酸、白降汞、黑豆馏油、氮芥、反应停和免疫抑制剂等，治疗效果有限。张建中直到今天还忘不了黑豆馏油软膏的味道，"只要有一个人使用，整个病房就全是那个药味，熏得让人吃不下饭。

　　张建中回忆，刚工作时医疗条件比较简陋，紫外线灯是像汽车灯泡一样的一个灯泡加个罩子，他接诊过一位 80 多岁的病人，患有红皮病剥脱性皮炎，导师让张建中帮病人洗澡，俗称"淀粉浴"——洗澡水放满，放入两斤淀粉，搅拌后，把病人扶进去泡一会，出来后再涂药。"现在再也没有医生陪病人洗澡了。"他开玩笑说。

　　由于医疗条件有限，多数皮肤疾病都无法治愈，一度让张建中很受挫，有时候甚至怀疑自己。

　　2009 年，张建中开始牵头研发一款治疗银屑病的芳香烃受体

特应性皮炎无论从患病率、患病人群以及疾病负担等来看，都是皮肤科的"一号疾病"。

调节剂，这是一款中国自主研发的 1 类新药，经过 10 年的研发，最终这款药 2019 年在中国首先上市，成为 30 年来国际银屑病治疗的重大突破，也成为中国唯一一款领先世界的银屑病新药。

张建中还牵头了亚洲地区银屑病治疗新药氘可来昔替尼的临床研究，在 2023 年欧洲皮肤病与性病学会 (EADV) 年会上报告了亚洲 III 期临床研究结果。

## 寻找特应性皮炎诊断"中国标准"

站在皮肤病学科发展历程的维度看，最近十年是其发展最快的十年。张建中举例说，中国贡献了十多个皮肤疾病的基因命名。

1949 年以前，中国专家命名的皮肤科疾病只有一个，是由北京协和医院 Chester N.Frazier 和胡传揆教授共同报告的维生素 A 缺乏性皮肤病，该病在国际上的报告开创了中国学者首先发现和描述皮肤病的先河。

近十年，由我国皮肤科学者命名的皮肤病、我国皮肤科学者发现的皮肤科致病基因越来越多，中国皮肤科已经成为国际皮肤科不可或缺的重要一员。

特应性皮炎无论从患病率、患病人群以及疾病负担等来看，都是皮肤科的"一号疾病"。在相当长的时间里，特应性皮炎在国内没有受到足够的重视，诊断一度混乱。患者身上有疹子或者瘙痒，医生会笼统地诊断为"湿疹"。但简单地诊断为湿疹，实际上忽略了特应性皮炎的很多重要特征——特应性皮炎不仅会引起皮肤的症状，还会同时伴有过敏性哮喘或过敏性鼻炎等等。

为了使特应性皮炎的诊断与国际接轨，张建中带领团队经过大样本研究提出了特异性皮炎诊断的"中国标准"，共 3 条：第一，超过六个月的对称性湿疹；第二，过敏性疾病的个人史和家族史；第三，外周血嗜酸性粒细胞升高或血清总 IgE 升高或过敏原阳性。并总结出了"1+X"诊断方法。

这一诊断标准大大简化了特应性皮炎的诊断，使得多年来躺在教科书里的知识真正走入临床实际应用。

张建中介绍，诊断规范化后，还需要治疗能力的提高。随着医学不断发展，皮肤科疾病治疗的"武器"也在不断升级。上世纪 80 年代免疫制剂得到应用，近两年精准靶向生物制剂的出现，改变了很多患者的命运轨迹。

特应性皮炎与免疫相关，因此创新的药物就在调节免疫这个思路的基础上研发，研究者发现，抑制一些关键的免疫因子，可以很好地控制皮炎。比如高选择性 JAK1 抑制剂这种小分子药物，它针对细胞内形成某些炎症因子的通路，对某个环节给予精准的阻断，最终达到治疗疾病的效果。

创新药的出现让皮肤科医生对特应性皮炎的治疗更有信心。

## 帮助更多患者足不出县

随着社会的发展，皮肤病的疾病谱已经发生了巨大变化。

张建中介绍，过去皮肤科临床遇到的疾病多数是脚气病、脓疱疮等感染性疾病。过去的几十年梅毒已经很少，麻风病也已经非常罕见，维生素 A 缺乏症等营养性疾病已经消失。现在，由于炎症、过敏、免疫紊乱、肿瘤等导致皮肤病明显增加。另外，由于人群寿命的延长，光老化引起的皮肤疾病也激增，比如皮肤斑点增多，弹性下降，皮肤肿瘤增加等。

张建中说，作为学科带头人，如何帮助更多医生治好患者才是关键，特别是基层皮肤病医生的诊疗能力，需要得到提高。

多年前，张建中回老家探亲，在县医院做了一天义诊，一天看了近 400 名患者。这些人中大部分患湿疹、荨麻疹等常见皮肤病，但他们不得不跑到省会城市才能看到皮肤病专科医生。这让张建中深刻认识到基层皮肤科医生的匮乏和不足。在他看来，培养金字塔尖的人才固然重要，但作为一个人口大国，提升基层诊疗能力，帮助更多基层患者不用远离家乡就"治得了、治得好"是他的责任。

在担任中华医学会皮肤性病学分会第十三届委员会主任委员期间，张建中把重点放在了基层医师的培养上。他说，"年轻人想要成为优秀的医生，一定要保持热爱，恪守医德，对患者一视同仁，更要把做皮肤科医生当成一个事业，而不是职业。"

如今，基层皮肤科"一张桌子一间房，治疗设备没几样"和"只会抹抹小药膏"

的局面正慢慢成为历史。这令张建中感到既欣喜又自豪。他表示，他的心里一直有一个属于皮肤科医生的"中国梦"。这个梦很大，他会一直追下去。

（撰稿｜吴雪）

## 人物简介

张建中　北京大学人民医院皮肤科教授，主任医师，博士生导师

中华医学会皮肤性病学分会第十三届委员会主任委员，中国康复医学会常务理事，中国康复医学会皮肤性病学分会创始主委、名誉主委，世界华人医师协会皮肤科医师协会副会长，中国毛发研究会会长，中国皮肤科新药联盟发起人兼理事长，JAAD，CMJ等杂志编委。

擅长诊疗特应性皮炎、银屑病、脱发、皮肤移植物抗宿主病等疾病的诊治，在国际上首次报告"特应性皮炎样移植物抗宿主病"，提出了特应性皮炎诊断的"中国标准"，主编我国首部国家卫健委统编长学制教材《皮肤性病学》，牵头150多项国际多中心／国内多中心药物临床试验，发表论文500余篇（其中SCI论文190余篇），主编和参编70多部著作，培养研究生80余人，获国外奖多项，2023年入选中国最具影响力Leading PI前20人。

## 特应性皮炎

　　特应性皮炎（AD）是一种以皮肤炎症和皮肤屏障缺陷为特征的常见慢性皮肤病，过去30年全球范围内特应性皮炎患病率不断升高。

　　特应性皮炎以剧烈瘙痒、反复出现的皮损为特点。除了特殊的湿疹症状，一部分病人还伴有一些其他的过敏症状，例如过敏性鼻炎、过敏性哮喘、过敏食道炎、过敏性肠炎等等。过敏症状和不适引起的失眠，极大地降低了患者生活质量。

　　中国约有1700万中重度成年AD患者。

　　特应性皮炎往往是从小发病，婴儿、幼儿期就会发病，两岁以内发病的占60%左右。在儿童患者中，由于过去诊断标准不明确，特应性皮炎常常被诊断为湿疹或者奶癣。2014年的一项流行病学调查数据显示，中国儿童特应性皮炎的患病率较以往翻了4倍，1-7岁儿童患病率为12.94%，0-1岁婴儿患病率为30.48%，与国际数据相当。

# 人体最神秘"黑箱"，正在解密

**徐安定**

暨南大学附属第一医院临床神经科学研究所所长、中国卒中学会副会长、主任医师、博士生导师

> 从事神经病学专业的临床医生队伍不断壮大，现在绝大部分二级医院都设置了专门的神经内科，有专门的神经内科医生从事脑血管病的防治，从业人员水平有了大幅度提高。

暨南大学附属第一医院临床神经科学研究所所长、中国卒中学会副会长徐安定刚刚参加完在北京举行的 2024 中国卒中学会第十届学术年会暨天坛脑血管病会议，高兴地向笔者分享学术前沿最新的好消息：两篇中国团队的重磅学术论文在国际权威医学期刊《新英格兰医学杂志》发表，应用这些新突破，急性缺血性卒中患者的治疗将更加便捷高效。

中国是缺血性卒中发病率较高的国家，新的科研成果将会让很多患者受益，医者仁心，徐安定为中国学者团队能有这样的发现感到与有荣焉。

实际上，徐安定亦是广东脑血管病领域的一座高山，经过多年在临床及科研的积累，他和团队在该领域取得了跨越式发展。"如果说早年我们更多是把国外的先进经验、先进理念引进回国，照葫芦画瓢，那么如今，中国脑血管病的临床研究在过去三年已经达到全球领先水平，在世界上占据了重要地位。"

大脑是人体最为神秘的"黑箱"，神经系统疾病困扰着现代人，还有很多疾病等待着医学攻克。

## 神经病学人才队伍壮大

"高考的时候我才15岁，懵懵懂懂，考试结束班主任帮我填的志愿，阴差阳错就念了医学，算是一个机缘巧合。"上大学后，徐安定对临床产生了浓厚的兴趣，一心想去外科。不过，因为医院更需要内科医生，他的愿望最终没有实现。

"刚开始做医生时，送来一个全身瘫痪的病人，经我诊疗后确认他是周期性麻痹，低钾导致的瘫痪，及时补钾后很快就恢复了站立。技术并不复杂，但在当地引发了巨大的轰动，说当地有年轻的大学生可以治疗瘫痪，后续又送来了很多因中风瘫痪的患者。"徐安定回忆时带了一丝苦笑，"当时对于真正器质性损害导致的瘫痪，我们缺乏有效的办法。"

这件事对他影响很大，徐安定开始对神经病学，特别是脑血管病的奇妙产生了浓厚的兴趣，徐医生决定在这一领域深耕，后来攻读硕博阶段，他专注于脑血管疾病的研究，一干就是41年，"这一辈子都离不开这件白大褂了"。

徐安定格外关注脑血管病的规范诊治。留学回国后，从单打独斗到带领团队，他一直对诊疗规范及临床指南的推广极为重视，常在学术报告和各层级的学术会议进行分享，他还参与了很多中国脑血管病指南、系列专家共识的制订。

在技术上，徐安定团队在20世纪90年代中期就开始探索静脉溶栓和动脉溶栓，脑梗死绿色通道建设更是达到全国领先水平。他还牵头改善溶栓医疗质量的全国MOST项目，联合北京天坛医院牵头进行了提高溶栓率和缩短院内延误的全国多中心临床研究，极大地推动和促进了全国脑梗死静脉溶栓的开展。

在他掌舵期间，暨大附一院神经内科成为全国第一批综合卒中中心和脑梗死静

脉溶栓示范单位，形成了以脑血管病为领先，带动帕金森、痴呆、癫痫、神经重症和神经免疫等其他脑重大疾病诊治的医疗特色，成功国家重点专科。

脑卒中因其高发病率、高致残率、高死亡率、高复发率及经济负担重等特点，正在成为不容忽视的社会公共卫生问题。

2019年，国际权威医学杂志《柳叶刀》把脑卒中排在我国居民死亡原因的第一位，而且它的发病率在35岁以上人群中增长明显，脑卒中有逐渐年轻化的趋势。

徐安定多年来致力于脑血管疾病的防治，在他带领下，暨大附一院在创建局域卒中急救网、卒中急诊绿色通道新模式、时间窗内溶栓及介入取栓的早期急救等多个相关领域达到国际先进和国内领先水平；在推进脑血管疾病的区域共同防治，实现全区脑卒中病例数据共享、技术指导等方面也发挥了积极作用。

救治一位瘫痪病人的经历对他影响很大，徐安定开始对神经病学，特别是脑血管病的奇妙产生了浓厚的兴趣，徐医生决定在这一领域深耕，一干就是41年，"这一辈子都离不开这件白大褂了"。

## 头痛规范治疗任重道远

2023年5月，中国卒中学会头痛分会成立，引发社会关注。

"头痛作为神经系统常见疾病，发病率高、正确诊断率低、危害大，头痛已经成为严重的公共卫生问题，加强头痛知识的普及和提高公众对头痛的认识至关重要。"他表示，"头痛分会的成立，必将推动头痛专业基础和临床的研究，规范头痛的诊治流程，实现头痛的预防和精准规范治疗。"

偏头痛是临床中十分常见的疾病，最新的全球疾病负担调查的研究结果表明：偏头痛是世界新四大致残性疾病之一，也是50岁以下患者的首要致残原因。世界卫生组织数据显示，我国原发性头痛患病率高达23.8%。其中，偏头痛患病率全球14.4%，中国达到9.3%，约1.3亿人，大约每10个人就有1位偏头痛患者。

但偏头痛病因及机制均较复杂，存在诊断准确率低、治疗不规范、药物滥用等诸多问题，给患者造成极大负担。除疾病本身带来的痛苦，偏头痛还可以导致脑白质病变、认知功能下降、脑梗死等。

"偏头痛看似简单，实际上非常复杂，临床医生往往对其认识不足。"徐安定介绍，在头痛这个领域，仍然还有很多需要去重视和提高的地方。比如在偏头痛的治疗方法上，很多病人认为头痛而已，随便吃点止痛药就行，没有引起重视。

徐安定特别提到，很多头痛病人伴有情绪问题，特别是对于那些经常发作或者长期发作的慢性头痛病人，往往伴有焦虑、睡眠障碍甚至抑郁，对身体健康损害很大。"在我的临床生涯中，常常可以看到部分病人长期服用传统止痛药，产生消化道溃疡等副作用；还有病人产生了药物依赖，无法戒断。"

近年来，多家医院设置了头痛门诊和头痛病房，规范头痛疾病专科医师的培训，优化头痛疾病诊断与治疗流程。国家和政府层面对头痛诊疗的重视度也在逐步提升，头痛防控基地及体系建设不断推进，已在 20 多个省（区市）建立了 200 余家头痛中心和门诊。中国卒中学会也正式成立头痛分会，开展了系列头痛培训项目，提高头痛疾病的诊断率。

"卒中和头痛看似是两个完全不同的疾病，但是中间有很多的联系。比如部分偏头痛的成因，与卒中风险增加密切相关。还有部分人群是共病或者相关的，比如心脏卵圆孔未闭也有可能导致偏头痛；另一方面，目前整个卒中的防治体系，有很多事值得头痛专业学习借鉴的，因此当从事头痛专业的神经内科医生向学会提出申请时，大家经过讨论认为完全可以在中国卒中学会旗下成立一个头痛的专业分会，促进头痛专科发展的同时，也加强两个看似不相关实际上有内部关联的学科的联系。"徐安定介绍。

## 明星靶点 CGRP 为何令人期待

随着国内外偏头痛相关研究进展，特别是降钙素基因相关肽（CGRP）等新型治疗靶点的发现，偏头痛的治疗手段也日益更新。研究发现，CGRP 及其受体广泛分布于三叉神经血管系统和中枢，在偏头痛发作时，三叉神经节中激活的初级感觉神经元会从位于脑膜内的外周突出神经末梢释放 CGRP，被释放的 CGRP 与位于脑膜血管周围 CGRP 受体结合并激活这些受体，引起血管舒张、肥大细胞脱粒和血浆外渗，导致偏头痛发作。由此科研人员尝试通过阻断 CGRP 及其受体来缓解偏头痛和预防偏头痛发作。

2024 年，用于偏头痛急性发作及预防性治疗的创新药物瑞美吉泮获中国国家药品监督管理局（NMPA）批准上市，打破了过往无特异性治疗和预防药物的局面，使得医生多了一种使用口服靶向药进行治疗的选择。

"我有一位饱受头痛折磨的病人，长期使用镇痛药，饱受药物副作用的影响，找到我后，我向其推荐了这款创新药，初步反馈非常正向。"作为临床医生，徐安定评价说，CGRP受体拮抗剂能够阻断偏头痛发病相关的关键通路，缓解头痛症状。而通过这些创新药物，病人的病情能够获得缓解，这是医生们乐见其成的。

当然，徐安定也意识到，作为一款创新药物，很多医生对新药的认识还不够，还需要接受更多培训进一步学习。"对于一些创新的治疗方法，我们也希望能在中国人群中间做更多研究，收集更多真实世界的使用反馈。"

临床医学日新月异，医生是一个需要不断进行继续教育的职业。徐安定说，医生一生都在更新知识，学习和掌握新的治疗方法，为患者提供最好的治疗。

（撰稿 | 周洁）

## 人物简介

徐安定　二级教授/主任医师，博士生导师，广东省医学领军人才
历任暨南大学附属第一医院神经内科主任、副院长、院长等职
国家卫健委神经系统疾病质控委员会专家
中国卒中学会副会长
中华医学会神经病学分会委员兼脑血管病学组副组长
广东省卒中学会会长，广东省医院协会副会长
广东省医师协会副会长/神经内科医师分会主任委员
近十年负责国家自然科学基金及其他省部级各类基金等项目30余项，主编、副主编、参编专著6部，参编本科教材2部。
第一/通讯作者发表论文200+篇，包括10+篇Top期刊如Cir Res, Bioact Mater, Mol Therapy, Stroke, SVN等，其中6篇他引100+，单篇他引200+次，累计他引2700+次。参与发表NEJM论文2篇。
参与中国脑血管病指南、系列专家共识的制定，并主持数部专家共识/指南写作。
《中国脑血管病管理指南》2019版/2023第二版联合主编，撰写工作委员会主任。
获广东省科技进步奖二等奖（排名第一）、广西壮族自治区科技进步奖一等奖（排名第二）、中国卒中学会"中国卒中奖"、广东省科教文卫工会"徐安定劳模和工匠人才创新工作室"、广东省医师协会首届"广东医师奖"；中国医院协会优秀医院院长等。

# 40年，中国血液学"后来居上"

**马军**

哈尔滨血液病肿瘤研究所所长，主任医师，教授，博士生导师

> 未来白血病等血液病恶性疾病一定会被攻克。我们要一切以患者为中心，不断努力创新，将中国血液病学提升至国际同等水平，最终惠及广大患者，实现治疗效果与生存质量的双重飞跃。

年近七旬，但年龄没有阻挠血液肿瘤领域专家马军为血液病科研与诊疗忙碌的脚步。接受笔者采访的前一天，他刚从西班牙马德里参加完第29届欧洲血液学会（EHA）年会回到哈尔滨。回国的第二天，他正常出诊，接诊了50多位病人。

从哈尔滨最著名的景点圣索菲亚教堂往东300米，一幢灰色墙面的8层建筑，就是马军工作的哈尔滨血液病肿瘤研究所。在这里，马军已经奉献了42个年头。

1982年，哈尔滨血液病肿瘤研究所在马军的带领下成立，马军担任所长至今。

马军经历了近半部我国血液病学发展史。他是见证者，更是开拓者。在采访中马军展望了血液病诊疗的未来："未来白血病等血液病恶性疾病一定会被攻克。我们要一切以患者为中心，不断努力创新，将中国血液病学提升至国际同等水平，最终惠及广大患者，实现治疗效果与生存质量的双重飞跃。"

## 站上日本学术讲台的首个中国留学生

1970 年，年仅 15 岁的马军参加工作，被分配到哈尔滨市第一医院的血液科实验室。可以说，血液科是马军医生生涯的起点，也是人生的起点。意识到知识的重要性，马军一边工作一边自学完成了大学的基础课程，并掌握相关临床医学和检验技术。

7 年后，马军以黑龙江省第一名的成绩，争取到日本留学的宝贵机会，成为中国改革开放后首批公派留学生之一。1978 年，与马军同行的是中国工程院院士巴德年和已故原卫生部部长陈敏

1984 年，国际血液病学界越来越多人知道了中国有个"Dr.Ma"。马军所在的哈尔滨血液病肿瘤研究所在国内首先开展了人系统造血干细胞培养，他本人在国际上首先提出了慢性粒细胞白血病双克隆学说。

章。当年马军从哈尔滨去日本东京，没有直航航班，要先从北京到香港，再从香港飞到东京。一路辗转，历时 12 天。

马军一开始在日本新潟大学医学部血研中心学习，后转入日本东京大学医学部，学习血液病、造血干细胞移植相关知识。到日本后，年轻的马军感受到了当时国内血液病诊疗与国际先进水平的巨大差距。

出国前，马军工作的哈尔滨市第一医院血液科只有 12 张床位，基本无药可用，遇到白血病等恶性血液病，医生们往往无能为力。"我们当时做检测，基本靠手工、靠眼睛，而日本当时的机械化程度已经很高，许多血液、细胞、病毒检测都是依靠机器自动完成。在东京大学医学部，他们一年能做将近 60 例骨髓移植，那时候我们国内一年都没有几例。"

差距面前，马军感觉自己"要学的实在太多了"。从医疗理念到设备使用，对于他来说都是迫切需要学会的。他几乎每天早晨 7 点开始学习，一直到半夜 1 点才能入睡。马军希望能够抓住宝贵的学习机会，把最先进的技术学成并带回国，努力弥补差距，更好地服务中国血液病患。

作为留学生，除了学日语和英语，为了啃下更多一手文献，他还努力掌握德语。"刚到日本前三个月，是最困难的时期。我没有大学学历，一切都要从头开始。最初真是非常辛苦，三个月下来瘦到只有 100 斤。"

留学期间，日本血液病学界的两大理念令马军印象深刻：一是关注罕见疑难病，二是重视学术研究。"我记得 1979 年医院接诊了一名病人，患巨球蛋白血症，带教老师让我们医学生一起参与讨论。有一位美国教授告诉我，你们留学的时间有限，有机会接触到罕见和疑难病，记住怎么诊断和治疗，一辈子都有用；常见病你们以后每天都会接触，反而更容易熟悉。"

慢慢攻克语言关之后，马军开始参与到研究课题中。后来，他所做的"慢粒白血病干细胞复制功能"研究，论文发表在学校校报上，引起日本血液病学界的关注。回国前，他完成了"干细胞遗传学研究"，实验结果在日本血液学会年会上报告。马军宣读论文后，大会主席向与会者介绍说："马军来自中国，是会成立几十学年来首位在这里发表论文的中国人。他的研究很有价值。"

这个令日本人感到震惊的前沿研究，背后还有一段不为人知的故事：马军的"干细胞遗传学研究"，关注的是慢性髓系白血病。当年为了做临床对照组实验，马军所取的实验样本就是自己。为了完成这个研究，他先后一共做了 4 次骨髓穿刺。

1982 年，马军学成回国。当时他面临几个选择：可安排他进卫生部及医科院从事行政工作；另外，北京上海等地各大科研院所和知名医院向他抛出了"橄榄枝"；家乡省市领导也向他表示，希望他能回哈尔滨。

经过反复思考，马军迈出了决定人生道路的关键一步——回到哈尔滨，成立独立的血液病研究所。在日留学 4 年，他省吃俭用攒下一笔钱。"当年一些在日本生活的中国人，回国前喜欢买'八大件'。我没有买冰箱电视，把钱留给了 7 台设备——倒置显微镜、库尔特细胞计数仪、血小板功能仪、二氧化碳培养箱，还有一些最先进的药物，最后装了整整 20 箱运回国。"

那一年，哈尔滨的冰天雪地中，在哈尔滨市第一医院血液科基础上，马军组建了哈尔滨血液病研究所。后来因为想发展肿瘤学，所以在名称里加了肿瘤二字。"当时我提了一个要求，不要给我行政职务，我只是一个医生、教授，这样就可以了！"

## 血液病"中国方案"追赶世界

1915 年，美国洛克菲勒集团的一位内科医生在中国首先报道发现一例特殊的"营养不良性贫血"。这是我国首个血液相关疾病的报道，也被视为中国血液病学的起点。

新中国成立后，以邓家栋教授、陈悦书教授、郁知非教授、潘瑞彭教授等为代表，在苏州、上海、天津、北京建立了我国第一代血液内科专科。之后第二代血液病学专家建立了国内首批血液科、血研所。

20 世纪 80 年代，中国血液病学科发展迎来了新阶段。

1984 年，国际血液病学界越来越多人知道了中国有个"Dr.Ma"。因为在这一年，马军所在的哈尔滨血液病肿瘤研究所在国内首先开展了人系统造血干细胞培养，他本人在国际上首先提出了慢性粒细胞白血病双克隆学说。

1989 年，哈尔滨血液病肿瘤研究所建立层流病房开展造血干细胞移植，成功率

为 93%，白血病治愈率为 62%，治疗重型再障贫血 32 例，异基因造血干细胞移植成功率达 87%，目前已有 5 例生存超过 20 年以上。

同一时期，北京、上海、天津几大血研所也相继成立或重新组建，国内血液病学的力量开始逐渐壮大。具体到治疗，单克隆抗体 1997 年面世，小分子靶向药 2001 年出现，CAR-T 疗法 2012 年出现，这些新药和治疗手段先后进入中国，中国的血液疾病诊疗水平得以大幅提高。

马军认为，当下中国血液病学已是突飞猛进，现在的诊疗水平接近世界先进水平。据他介绍，中国在血液病学领域的卓越贡献显著，主要体现在三大里程碑式研究成果上。

首先是三氧化二砷的应用。三氧化二砷，俗称砒霜。很多人只听闻它的剧毒性，但不知道它可以用来治一种特定类型的白血

中国血液病患者已经超过 400 万，且呈逐年上涨的趋势。因人口基数大，一些原本被称为"罕见病"的血液病在国内是"常见病"。一代又一代的中国血液学专家，奋力让血液病诊疗的"中国方案"与时俱进，变得更加精准。

病。

1971 年，哈尔滨医科大学附属第一医院的药师韩太云在黑龙江省林甸县农村扎根时，发现一位乡村医生通过外敷砒霜治疗各种疾病，比如止痛，缓解贫血症状，甚至能延长部分肝癌患者的生存期。在一名外科教授的帮助下，韩太云发现砒霜的最主要成分是亚砷酸，也就是三氧化二砷，于是进行了提纯处理。同年 3 月，韩太云在非常艰难的环境下，把提纯后的三氧化二砷做成了注射液。

注射液做出来后，对止痛非常有效。不久后，马军和团队用三氧化二砷治疗了一位患 M3 型白血病的美国小女孩。这名小女孩被治愈的消息在当时轰动了美国。之后，马军争取到三氧化二砷在美国进行临床试验，纳入复发濒临死亡的 M3 型白血病患者快速进行临床应用，最终 12 例全部获得了长期生存，达到完全缓解。这个研究成果开启了靶向治疗的新纪元。这一创新疗法使得 92% 的急性早幼粒细胞白血病（APL）患者获得了完全临床治愈，成为国际公认的"哈尔滨方案"，标志着我国在血液病治疗领域的重大突破。

其次，上海交通大学医学院附属瑞金医院王振义院士为肿瘤治疗找到全新的理念与方法——诱导分化疗法，开辟了白血病治疗的新时代，为白血病治疗策略带来了革命性的变化。

再者，北京大学人民医院黄晓军院士提出的"北京方案"——半相合造血干细胞移植技术，极大地拓宽了移植治疗的适用范围，使得更多患者有机会接受并受益于这一疗法，开创了"人人可及移植"的新时代，为全球恶性血液病的治疗带来了前所未有的希望。

这些发现不仅彰显了中国在血液及淋巴系统疾病治疗领域的全球影响力，也是对人类医学的巨大贡献。

## 期待更多血液病创新药

放眼全球医学界，血液病学一直走在转化医学的前列。世界上第一例靶向药物、第一例单抗药物均来自血液病学。

创新药的研发，也决定了血液疾病的诊疗水平。在急性髓细胞白血病领域，阿糖胞苷和伊达比星作为基石产品，早在30多年前就已经在中国上市，至今仍是国内外指南的推荐药物。

在急性淋巴细胞白血病领域，免疫治疗创新治疗方案带来了更多的治疗选择。

近年来，随着对血液肿瘤发病机制的深入研究以及分子诊断技术的进步，血液肿瘤的早期检测和疾病监测更加精准和高效。而靶向药物和免疫疗法的广泛应用，也为血液肿瘤的治疗格局带来了巨大变化。奥加伊妥珠单抗是首款获得美国FDA批准的靶向CD22的ADC药物，用于治疗复发性或难治性前体B细胞ALL（急性淋巴细胞白血病）成人患者。2021年12月，该药物在国内上市，填补了此前中国在该治疗领域无ADC药物的空白，使更多的患者有机会进行后续治疗，为更多中国患者带来了更多生存获益。

中国血液病患者已经超过400万，且呈逐年上涨的趋势。因人口基数大，一些原本被称为"罕见病"的血液病在国内是"常见病"。一代又一代的中国血液学专家，奋力让血液病诊疗的"中国方案"与时俱进，变得更加精准。

为更好地推动肿瘤诊断治疗的规范化、标准化和专业化，促进国际学术交流和多中心协作研究，1997年，马军与孙燕、吴孟超、储大同、管忠震、廖美琳、秦叔逵、吴一龙等专家共同创建了中国抗癌协会临床肿瘤学协作专业委员会（CSCO）。这成为我国临床肿瘤诊疗领域发展的另一个里程碑。

"2002年进行了第一个临床试验，就是三氧化二砷用于治疗M3型白血病。截至目前，有上千款肿瘤药进入临床试验。这些创新药的出现，让更多病患能够用得起药。"

不过马军也指出，当前国内first-in-class（原创新药）的药非常少，改变药物结构但具有自主知识产权的me-too、me-better药物比较多。中国每年first-in-class创新药大约0-2个，属于世界第三梯队。此外，中国一二线城市与经济欠发达地区在血液肿瘤疾病的诊疗能力存在一定地区差异，这也是马军认为未来有待克服的问题。

展望中国的血液病学未来，马军认为虽然国内这一领域起步较晚，但因为有一代代了不起的专家学者的不懈努力，让中国的血液病学得以在科研和诊疗水平上持续提升。"国内国际交流不能停，创新研发不能停，同时还要更好地为患者服务。"马军表示，只要秉承"一切为了患者"的理念，中国血液病学将会迎来更大的成就。✏

（撰稿 | 王仲昀）

## 人物简介

马军 主任医师，教授，博士生导师
哈尔滨血液病肿瘤研究所所长
中国临床肿瘤学会（CSCO）监事会监事长
亚洲临床肿瘤学会副主任委员
中国临床肿瘤学会白血病专家委员会主任委员
国家卫生健康委能力建设与继续教育中心淋巴瘤专科建设项目专家组组长
白血病·淋巴瘤杂志 总编辑
原中国临床肿瘤学会（CSCO）主任委员
原中华医学会血液学分会副主任委员

### 血友病

血友病是一种由于凝血因子Ⅷ或凝血因子Ⅸ的基因缺陷引起的 X 染色体连锁的隐性遗传性出血性疾病。

根据患者体内缺乏的凝血因子不同，血友病分为甲型和乙型两种。其中甲型血友病是缺少凝血因子Ⅷ引起，患病人数约占 80% ~ 85%；乙型血友病是缺少凝血因子Ⅸ引起，患病人数约占 15% ~ 20%。

血友病患者绝大多数是男性，女性血友病患者较少见。血友病在男性中的发病率为 1/5000（血友病 A）和 1/25000（血友病 B）。

血友病的主要临床表现为出血及出血相关症状，如出血部位的疼痛、活动障碍等。并发症主要包括反复出血引起的损伤，如反复关节肌肉出血引起的关节病变、关节残疾或假肿瘤。

治疗血友病的第一代药物是血液中提取的凝血因子，后来有了重组人凝血因子，这种创新药物规避了血源性感染的风险（血友病患者由于输注血浆或血液制剂等所带来的潜在感染和传播肝炎、艾滋病的风险）。

目前最新的治疗技术是非因子药物以及基因治疗。

# 一呼一吸间，守护生命之灯

**解立新**

解放军总医院呼吸与危重症医学部主任、主任医师、博士生导师

> 生命如一盏明灯，可以如夏花般绚烂；也可能遭遇重病，在风雨中飘摇。解立新带领着呼吸与危重症学科团队，守护生命之灯，他说，这是一份责任，也是一种理想。

从医三十余年，处理过无数紧急情况、经历了 SARS 疫情和新冠疫情"大战"，解放军总医院呼吸与危重症医学部主任解立新在患者、学生眼中如无往不胜的"将军"，但解立新教授自己回顾职业生涯，永远不能忘怀的却是一个并不轰轰烈烈的场面：20 年前，凌晨医院大楼的走廊、一对夫妻、和他们焦急又充满期待的眼神。

这对夫妻的女儿是一名 16 岁的女孩，孩子被艰难地从外地转运到北京，只为搏一次生的希望。解立新收治了这个命悬一线、病情复杂的孩子。

孩子当时病情危急，出现咯血和呼吸衰竭，病情反复多变，

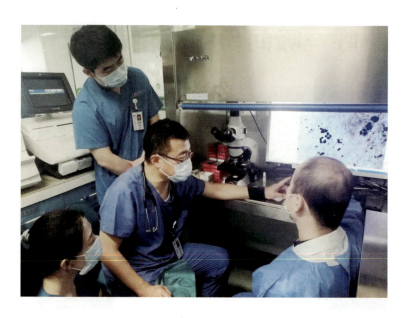

随时有生命危险。为了找出病情突然加重的原因，解立新在办公室里通宵达旦地查阅资料。凌晨三点多，当解立新终于找到问题所在、洗把脸从办公室走出来时，发现孩子的父母守候在办公室外的走廊里。

"看到你脸上的表情，我们相信你一定有办法。"事后孩子的父亲这样对解立新说。

呼吸与危重症医学，往往是救治疑难危重病人生命的"底线"，寄托了家人最后希望。生命如一盏明灯，可以如夏花般绚烂；也可能遭遇重病，在风雨中飘摇。解立新带领着呼吸与危重症学科团队，守护生命之灯，他说，这是一份责任，也是一种理想。

## "救命专业"的升级迭代

2024年的5月22日，解放军总医院呼吸与危重症医学部满"四周岁"，学部虽然年轻，但却是国内唯一在呼吸学科下设有胸外科、血管介入、重症亚学科以及研究所、实验室的以肺器官设置学科

呼吸与危重症医学部在传统呼吸危重症、感染、肺癌和呼吸介入这四个传统优势外，充分发展内外一体优势，创建了如结构性肺病、肺移植、胸膜疾病、血管介入等亚专科，这些亚专科虽然单独存在，但又有一定的学科交叉。

的大平台。

从 2019 年开始,按照军队卫勤系统改革举措安排,解放军总医院(301 医院)将驻京绝大多数医疗机构进行合并,整合相关专科资源,将重点临床支撑学科设置为 21 个学部,分布在各个中心,呼吸与危重症医学部设置在解放军总医院第八医学中心(原 309 医院),整合了 301 医院绝大多数医学中心的呼吸科,并纳入了原 309 医院的胸外科、血管介入团队和外科重症监护室(ICU),解立新担任学部主任。

解立新这样解释学部的特色和优势:"从学科体系来看,我们是真正以'器官建科'的一个学科,这种体系最大的好处是可以实现'内外一体化'。比如对胸膜疾病、早癌的诊治,常常是内外一起治疗和处理,改善治疗效果,同时促进彼此能力提升。"

他介绍说,学部在传统呼吸危重症、感染、肺癌和呼吸介入这四个传统优势外,充分发展内外一体优势,创建了如结构性肺病、肺移植、胸膜疾病、血管介入等亚专科,这些亚专科虽然单独存在,但又有一定的学科交叉。

全新的平台形式,是呼吸与危重症专业在新的医学环境下的新发展,既是创新也是传承。

为什么追溯重症医学的历史一般都要从呼吸病专家说起?解立新解释说,1953 年被看作是世界重症医学的元年,标志性的事件是欧洲脊髓灰质炎大暴发中,丹麦哥本哈根的一位小姑娘感染脊髓灰质炎后,治疗过程中发生痰堵导致濒临窒息。此时一位麻醉科医生在床房给小姑娘实施了气管切开术,实现了正压通气,这是重症医学的开端,也表明重症医学起源于呼吸衰竭的救治,体现了呼吸与危重症医学捆绑式发展的重要性和必要性。

1958 年,301 医院呼吸科建立,何长清教授、崔德建教授、李俊亨教授、刘又宁教授、陈良安教授等专家为学科发展做出了卓越的贡献。上世纪 70 年代因为救治慢阻肺、肺心病的重大需求,国内部分医院如钟南山院士所在的广州呼研所、北京 301 医院和朝阳医院、上海中山医院等先后创建了呼吸重症监护病房。上世纪 80 年代初,从法国留学归来的陈德昌教授,在北京协和医院建立了中国首个外科重症监护室。应该说中国现代重症医学发展之路是多头并进,殊途同归。

1990 年,解立新从原第三军医大学毕业后,分配到解放军总医院呼吸科,师从

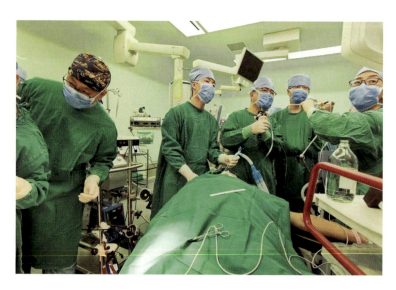

我国著名的呼吸内科专家刘又宁教授。

刘又宁教授是改革开放后中国第一批国外留学获得博士学位归来的医生。他是中国近几十年机械通气和肺部感染领域的奠基人之一，获得了这两个领域国家科技进步二等奖。刘又宁教授编写的《机械通气与临床》，1990年出版，是如今40岁以上呼吸科和重症医学科医生们的启蒙教材。

"人的生命就在一呼一吸之间。很多疾病的结局，都是终结在呼吸衰竭。"解立新如此解释呼吸、肺部损伤救治在危重症医学中的地位。从上世纪90年代初开始，西方国家将呼吸科更名为呼吸与重症医学科。这样的转型后来也影响到中国。

2000年左右，王辰院士等专家不断呼吁将呼吸科与危重症医学科捆绑发展，到2016年后国内大型医院基本都建立了呼吸与危重症医学科，与综合性的重症医学科相比，呼吸与危重症医学科更专注于重症肺炎、呼吸衰竭诊治等问题。

在刘又宁教授的培养下，解立新教授成长为国内知名的呼吸危重症领域医学专家。解立新主要的学术方向是肺部损伤的救治和感染救治，他带领团队在呼吸支持技术领域不断探索，一些技术已经领先于国外。呼吸与危重症学科在这一代医学专家的手中进入了新的发展阶段。

## 未来，科技感满满

提到感染的救治，解立新回顾了对感染病学带来划时代改变的药物和技术创新。

首屈一指的发明自然是抗菌药物的出现。上世纪 30 年代青霉素的出现，标志着抗生素时代开启，对医学史和人类历史带来了深远的影响，挽救了众多感染患者的宝贵生命。

第二个划时代的发明是疫苗，通过疫苗接种，众多传染性疾病得到了控制。

第三个技术是呼吸机的发明和应用，是现代 ICU 生命支持的里程碑事件，但是多年来国内呼吸支持设备长期被国外垄断。

解立新介绍，"2015 年左右，随着呼吸学科和本土企业的发展，我们在国内率先建立了呼吸支持设备评价体系，协同国产呼吸支持设备企业促进国产呼吸支持设备优化升级，打破了国外垄断，并实现超越，一些产品也已经出口海外。"

他介绍，近些年的进步主要还有病原学检测技术的发展，为医生找到病原提供了工具，在感染病原学的快速诊断、感染与肺的宿主免疫的相互作用等研究领域，中国团队取得了很多成果。

解立新教授原研的智能化床旁快速病原学诊断技术 M-ROSE 还被应用到肺移植的管理中。过去军队医院没有开展肺移植，在解教授团队的全力推动下，2021 年开始，启动常态化肺移植。呼吸与危重症医学部 ICU 团队为肺移植患者提供全程的生命支持和悉心的护理，从感染的评估、预防和治疗到围术期的评估、康复和指导，都有着标准完备的临床治疗体系。解立新牵头将 M-ROSE 技术应用到肺移植中，动态评估供体和受体的感染情况，开展个体化抗感染治疗。

这个新技术不仅可以在床旁快速明确移植供体和受体的病原学，为供体是否存在感染做出快速评估，为术后治疗的抗生素选择作出及时指导，还能在术后实时监测病原学的变化，判断是否出现感染以及感染的动态变化，为临床救治提供快速、准确的诊断依据和治疗策略。

在感染的检测方面，解立新团队与高校合作研发病原的 AI 识别系统，相关研究成果获得了军队科技进步奖一等奖等荣誉，并在国内几十家医院进行推广。

科技的助力下，呼吸与危重症医学来到了新的时代，未来的 ICU 应该是充满科技感的 ICU，智能技术将帮助医护人员更好地找到疾病的原因和救治方法。

## 医学不仅是"技术"更是"人文"

三十多年职业生涯，解立新可谓"南征北战"。

2011 年底，解立新到海南三亚创建 301 医院海南分院呼吸科；回到北京后 2020 年开始筹建解放军总医院呼吸与危重症医学部；两次从零到一的创业经历是他一生的财富。

在管理者、临床医生、科研人员等等多个身份的切换过程中，让他日夜牵挂的仍然是患者。他说，所有的医生都应该感谢患者，医生和患者是一条战壕的战友，面对的是共同的敌人——疾病。

回到本文一开始 16 岁女孩的故事。女孩被收治后，治疗初期比较顺利，当医生逐渐减少激素用量后，病情突然出现反复，再次变成"白肺"，患者咯血明显增多，继发呼吸衰竭，不得不实施了气管插管有创机械通气。"我反复琢磨，我们的治疗方案没错，到底哪错了？"

晚上查阅文献，解立新意识到她的情况与甲亢病史有关联，女孩服用的一种药物副作用可引发安卡相关性血管炎，而当时药物引发的安卡相关性血管炎极其少见。一夜的工作终于找到了孩子病情加重的原因，调整治疗方案后女孩很快恢复，2 周后出院。一个孩子的生命不仅是关系她自己，还有背后的整个家庭。当解立新看到走廊里等候的孩子父母时，他再次感受到医生这份职业的重量。

患者成全了医生的价值，患者也是医生科研创新的依托。

"肺损伤修复"是解立新正在聚焦和攻坚的问题之一。2022 年，解立新团队收治了一名从北京一家儿童医院转诊的孩子，当时还不到十岁。当时孩子的情况是病毒性肺炎、急性呼吸窘迫综合征（ARDS）、气胸，肺已经成了"石头肺"，按照常规的处置，这种情况只能进行肺移植。肺移植必须等待肺源，而且移植后终生需要药物治疗，这对于一个孩子而言是残酷的。

"患儿上了ECMO后，我们发现病情明显稳定了。我决定，别急着做肺移植，给孩子几天时间。"几天后，孩子病情真的有了好转，医生唤醒孩子，做清醒状态下的ECMO。由于有顽固性气胸，胸外科给她实施了肺修补手术，解立新团队用手术中取出的一点肺组织进行研究后，发现孩子肺的自我修复能力特别强。

患儿病情的好转和肺组织研究呈现出的结果，触发解立新的思考：给患肺创造正常修复的环境，避免异常修复，是一个值得探索的新课题。此后，团队对各个年龄段的肺组织情况进行了研究，发现即便90岁的人，肺组织也有潜在的自我修复能力。"关键就是看如何避免异常修复，促进它的正常修复，这条路虽然可能比较难走，但总得有人走。"

小女孩住进ICU的第四天恰好是六一儿童节，看到病情向好，医护人员感到特别欣慰，特意将一个蛋糕送到小女孩的床边，与她一起度过这个特殊的节日。ICU病房里，除了紧张和凝重，此时增添了温馨的气氛。

"医学面对的是活生生的人，医学是人类发展自然科学和人文科学的整合，它永远存在缺陷，这也是医学发展的不懈动力，向未知领域挑战。"解立新教授常常与同行、与朋友谈起他从医三十多年的感悟：医学有人文的一面，医生和患者永远需要站在一起互相激励，去共同迎接挑战。

（撰稿｜黄祺）

## 人物简介

解立新　解放军总医院呼吸与危重症医学部主任
主任医师，教授，博士研究生导师，军委科技领军人才
专业方向：呼吸危重症、感染、呼吸康复
中华医学杂志中/英文版、中华结核和呼吸杂志、中华内科杂志编委
国际呼吸杂志、CDTM副总编
中华医学会呼吸病学分会全国委员兼呼吸治疗学组组长，危重症学组顾问

中华医学会细菌感染与耐药防治分会全国委员

中国呼吸医师协会危重症专业委员会副主委

中国医师协会急救复苏与灾难专委会副主委

牵头获得国家科技部重大/重点、国自然重点、军队重大/重点、北京市重点等课题资助，发表论文500余篇，其中 SCI 累计影响因子 1000 余分

获得国家科技进步奖二等奖（第三完成人）、军队科技进步奖一等奖（第一完成人）

# 发病年龄早，
# 中国乳腺癌诊疗正在翻越自己的险峰

**马飞**

国家癌症中心／中国
医学科学院肿瘤医院
内科治疗中心主任

> 医学总是尽力攻克横亘在我们面前的一个又一个难题。针对难治的晚期乳腺癌，内分泌治疗联合靶向药物的大胆设想变成现实——内分泌联合靶向治疗策略出现。

2023 年，国内著名财经评论员叶檀通过个人账号发布了自己的近况，许久不在公众面前露面的她戴着头巾，声音和身形都比较虚弱。她坦承自己刚刚经历生死大劫——她被查出乳腺癌晚期并接受了治疗。后来，她不断通过视频分享自己的治疗和康复历程。2024 年，叶檀恢复了部分工作，视频中的她看起来心态和身体都在康复。

乳腺癌，一种曾经让人恐惧的疾病，如今因为早筛和治疗技术的进步，不再让人谈癌色变。从叶檀的经历中可以看到，规范治疗和积极的态度，让一部分晚期乳腺癌患者也有机会获得很好的治疗效果。

但中国整体的乳腺癌治疗效果现状不容乐观。

国家癌症中心／中国医学科学院肿瘤医院内科治疗中心主任马飞亲历了中国乳腺癌诊治在过去二十多年间的巨变。他用一种客观冷静的态度来评价目前国内乳腺癌诊治的状况：中国乳腺癌患者 5 年生存率已经从原来的 70% 左右提高到现在的 80%，在所有实体肿瘤中，乳腺癌 5 年生存率排名靠前；然而，中国乳腺癌的 5 年生存率与发达国家相比仍然存在差距，而且国内不同区域之间也存在差异。

马飞还强调说，中国乳腺癌发病年龄比很多国家早，年轻的乳腺癌患者多，这就需要医生为患者提供治疗的时候更多地考虑她们在心理、未来生育等等方面的需求。马飞和他的团队，正在为提高乳腺癌生存率和帮助年轻乳腺癌患者回到正常生活轨道而努力。除了诊治患者，马飞领衔的乳腺癌相关临床科研也受到了国际学术界的关注，为乳腺癌的治疗贡献了中国经验。

中国乳腺癌发病率仍在增长，中国乳腺癌医生和科研人员，正在翻越自己的险峰。

## 乳腺癌，一种"代表性"疾病

"我出生长大的地方位于淮河中下游，是癌症高发的地区。我家里不少长辈因为癌症去世，给我留下很深的印象。"马飞回想，自己小时候的理想是做科学家，如今成为医生并且做临床研究工作，已经实现了自己儿时的梦想。

1994 年，马飞以优异的成绩考入中国协和医科大学，攻读硕士研究生和博士研究生阶段，马飞就已经专注于肿瘤专业，从学校毕业以后，马飞进入中国医学科学院肿瘤医院成为医生，主攻乳腺癌的诊疗和研究。

中国乳腺癌诊疗领域的医生，还有一个共同的梦想，就是提高中国乳腺癌总体 5 年生存率——与发达国家乳腺癌 5 年生存率超过 90% 相比，中国还需要进步。特别是晚期乳腺癌，国内患者 5 年生存率仍然只有 30%-40%，"拉低了乳腺癌总体生存率"。

乳腺癌是全球女性中最高发的癌症之一，在中国，乳腺癌发病率在女性癌症中排第二位。2024 年年初，经国家卫生健康委批准，国家癌症中心基于肿瘤登记及随访监测最新数据，在 JNCC 上发布 2022 年中国恶性肿瘤疾病负担情况。数据显示，

2022 年中国新发乳腺癌病例约 35.72 万人，死亡病例约 7.5 万人。

马飞介绍，乳腺癌是实体肿瘤中极具代表性的瘤种，诊疗理念和技术在近 100 年间发生了巨大的进步。乳腺癌诊疗理念的变化也影响了其他肿瘤的治疗理念。

"最初，人们把乳腺癌看做是局限性疾病，通常会选择扩大根治术，务求将病灶切除殆尽。"当时的医学认为，用外科技术切除病灶、甚至扩大范围地切除病灶是最安全的，早期的乳腺癌手术会扩大范围到切除胸部肌肉。

随着医学对乳腺癌认识的加深，肿瘤是全身性疾病的本质被看清。这个时期，综合治疗理念随之出现，在确保疗效的前提下，乳腺癌的治疗手段越来越重视功能的保护和外观的保留，因此改良根治术、保乳手术和前哨淋巴结活检等损伤更小的外科治疗手段得到了更广泛的应用。

马飞说，外科理念进步的同时，乳腺癌放疗和药物治疗在过去几十年间也取得了巨大的进步。上世纪四五十年代，化疗让本来无药可用的癌症有了治疗机会；上世纪 70 年代，以他莫昔芬为代表的内分泌治疗进入乳腺癌治疗临床；到上世纪 90 年代，曲妥珠单抗的应用正式开启了乳腺癌的靶向治疗之路。

由于对疾病认识的加深以及新药物的出现，乳腺癌领域率先提出了多学科联合诊治的新理念。现在，乳腺癌患者在接受外科手术后，经过评估通常还要继续接受术后的辅助化疗以及放疗治疗，以保证治疗后长期的效果。新的治疗方法大大提高了乳腺癌患者 5 年生存率。

## 精准治疗时代来临

马飞认为，内分泌治疗理念的提出是乳腺癌诊疗百年历史上里程碑式的事件之一。早在一百年前，医生们就发现如果切除卵巢，一部分乳腺癌患者病情可以得到有效的控制，这样的结果表明激素与乳腺癌之间有密切的关系。到上世纪 70 年代，内分泌治疗药物成熟，内分泌治疗方案成为乳腺癌治疗的标准方案之一。

如今科学对肿瘤的认识，已经到了基因层面。在此基础上，基因靶向药物诞生，乳腺癌治疗进入精准时代。

靶向药物的出现也改变了马飞的职业轨迹。在大学攻读研究生期间，马飞学习的是肿瘤外科，原本他会成为一名肿瘤外科医生。2002年，一种创新的靶向药物在中国开展注册临床研究，马飞因为参与这个研究对乳腺癌内科的发展产生了很强的信心。"此前乳腺癌治疗主要依赖外科手术和化疗，化疗的副作用比较大。靶向药物的出现为晚期乳腺癌患者带来极大的疗效提升，带来患者生存期的延长。"

乳腺癌主要有4种分子亚型。激素受体（HR）阳性、人表皮生长因子受体2（HER2）阴性乳腺癌（缩写为HR+/HER2）是最常见的一类分型，约占所有乳腺癌患者的70%。内分泌治疗一直是HR+早期乳腺癌的标准辅助治疗，可以获得比较好的效果，但是仍有约30%的高危患者在经过内分泌治疗后可能会复发，进展为无法治愈的转移性疾病。

医学总是尽力攻克横亘在我们面前的一个又一个难题。针对难治的晚期乳腺癌，内分泌治疗联合靶向药物的大胆设想变成现实——内分泌联合靶向治疗策略出现。

2018年，辉瑞公司的创新药CDK4/6抑制剂在中国获批，这种新药是用于治疗HR+/HER2局部晚期或转移性乳腺癌的CDK4/6抑制剂，为这一类乳腺癌带来了创新性的疗法。2023年1月18日，这款药物被纳入国家医保目录。现在，内分泌治疗

如今科学对肿瘤的认识，已经到了基因层面。在此基础上，基因靶向药物诞生，乳腺癌治疗进入精准时代。

联合 CDK4/6 抑制剂的方案，使得乳腺癌精准治疗又向前迈进了一步。

中国有庞大的乳腺癌患者群体，中国医生有丰富的诊疗经验。作为医生和临床科研专家马飞认为，应该鼓励一部分临床医生成为医学科学家，推动乳腺癌诊治的发展。目前乳腺癌的复发转移和治疗抵抗机制仍未破解，中国医生应该基于临床需求贡献来自中国的发现和突破。"关于乳腺癌新作用靶点的探索，我们仍落后于欧美发达国家。未来我们应加大这一方面的投入，寻找更多可应用于临床的诊疗策略，并大力推行临床研究，继续推动乳腺癌的临床诊疗进步。"

## 通过质控体系提升治疗效果

根据《"健康中国 2030"规划纲要》中加强癌症防治工作的整体要求，国家卫健委及相关主管部门近年来在积极推动"单病种、多学科"诊疗模式，逐个突破、以点带面地探索建立相对完善的肿瘤诊疗质控体系与网络。

乳腺癌就是第一个单病种质控体系建设试点病种，马飞是牵头这项工作的主要专家。2018 年 8 月 3 日，国家肿瘤质控中心乳腺癌专家委员会成立，标志着乳腺癌单病种质控第一阶段工作启动。

马飞表示，中国乳腺癌五年生存率仍落后于国际平均水平，这背后的原因包含了医疗资源的可及性尚需提升，地域和城乡医疗水平的差异等。因此，推进规范化诊疗的质量控制及扩大优质医疗资源的覆盖范围成为国家层面的重要战略规划。

经过三年的建设，乳腺癌单病种管理项目已取得显著成效：国家卫生健康委等行政机关发布了乳腺癌诊疗规范，建立了从早期筛查到合理用药，再到晚期治疗和随访的全链条指南体系；构建了多层次的组织体系，包括国家及省级乳腺癌管理专家委员会的成立，跨学科协作组的设立，以及推动优质医疗资源向县域延伸，形成了国家级到县级的四级乳腺癌防控网络；建立了数字化管理体系，依托国家抗肿瘤药物临床应用监测平台，完成了涵盖 1400 余家医院的数据库建设，为监控和决策提供了数据支持。

"通过试点中心的选拔与能力建设，实现了乳腺癌诊疗能力在筛查、多学科协作、科研转化等方面的全面提升，首批试点中心已完成验收，第二批试点中心的招募也已启动，旨在形成全国性示范效应。"马飞说。

数据库、信息化、规范化……这些看起来冷冰冰的词汇，最终将影响到具体的每一位病人的治疗，以及她们的生存时间和生活质量。

## 为年轻患者保留生育机会

中国乳腺癌患者群体有一个很大的特点，就是青年患病人群比较大。我国乳腺癌发病年龄相较于西方国家更早，且年轻患者人群的比例预计仍会持续上升，目前中国女性的平均发病年龄约为 50 岁。

回想自己诊治的那么多病人，马飞说印象最深的是几位年轻患者。

曾经有一位 22 岁的女大学生就诊，经过马飞诊断，发现病情已经非常严重。陪着女孩看病的不是父母也不是亲属，而是一个和她年龄相仿的女生。马飞了解以后才知道，女大学生家里经济条件差，她不敢把自己生病的消息告诉父母，陪她看病的是同学。

通过这个女生，马飞意识到有这么一群特殊的乳腺癌患者，她们很年轻，可能缺少家庭的支持，只能孤立无援地与疾病抗争，承受着巨大的精神压力；她们对生命充满期待，但却不得不忍受疾病带来的巨大痛苦和打击。

马飞还记得另一位年轻患者，原本治疗效果不错，已经达到了临床治愈的标准。但有一天这位患者告诉他，因为疾病治疗后无法生育，她的家庭关系变得很差，让她对生活失去了信心，她动了想自杀的念头。因为这位患者，马飞切身体会到失去生育能力给年轻乳腺癌患者带来的伤害，如何在治疗中保护好女性的生育功能，是乳腺癌领域医生需要关注的。

"这些年我们一直在寻求更好的方法，治疗乳腺癌的同时尽量减小对患者生育能力的影响，让她们有机会开始新的生活。"马飞介绍，他的团队在国内率先开展了乳腺癌治疗中的生育保护，邀请生殖领域专家一起合作建立肿瘤生殖学新兴交叉学科，发布了乳腺癌治疗生育保护的专家共识，并建立了肿瘤患者生育保护绿色通道。"如果乳腺癌患者有生育保护的需求，我们会联合北京大学第三医院或北京妇产医

院的生殖专家团队，帮助患者进行治疗中的生育保护。"

　　如今，生殖医学中的很多技术都可以帮助乳腺癌患者保护生育功能，比如卵母细胞冻存、胚胎冻存、卵巢冻存等等，药物性的去势和保护手段也越来越丰富。这些年，马飞不时会接到乳腺癌患者生下健康孩子的好消息，这让他对自己的职业充满自豪感。

　　在诊治疾病的同时，马飞团队还针对中国乳腺癌发病年龄早的问题进行基础研究，目的是寻找乳腺癌的预防筛查策略。团队最新的研究发现了相关遗传基因，这些研究成果将为乳腺癌早筛和预防提供指引。

　　另一个让马飞感到紧迫的问题，是中国初诊乳腺癌患者中 I 期、II 期、III 期患者比例较高，中晚期患者在患者总人数中占比高于全球水平。马飞再次呼吁，全社会要重视乳腺癌的早期筛查。他表示，尽管近二十年来通过科普宣传，不少人都有了乳腺癌早筛的观念，但仍然有大量人群没有得到筛查。"我们需要建立符

　　马飞介绍，他的团队在国内率先开展了乳腺癌治疗中的生育保护，邀请生殖领域专家一起合作建立肿瘤生殖学新兴交叉学科，发布了乳腺癌治疗生育保护的专家共识，并建立了肿瘤患者生育保护绿色通道。

合中国卫生经济条件和中国乳腺癌现状的筛查体系。"

（撰稿｜黄祺）

## 人物简介

马飞　国家癌症中心 / 中国医学科学院肿瘤医院内科治疗中心主任
健康中国研究中心癌症防治专家委员会主任委员
Cancer Innovation 主编
教育部长江学者特聘教授、北京协和医学院长聘教授
肿瘤智能化医疗器械研究与评价联合实验室主任
分子肿瘤学全国重点实验室 PI、国家重点研发计划首席
中国医学前沿杂志副主编
Lancet 全球乳腺癌专委会成员
国家肿瘤质控中心乳腺癌专委会副主委兼秘书长
中国乳腺癌筛查与早诊早治规范委员会秘书长
国家抗肿瘤药物临床应用监测专委会秘书长
中国抗癌协会肿瘤药物临床研究专委会副主委
中国抗癌协会整合肿瘤心脏病分会副主委
中国药师协会肿瘤专科药师分会副主委
博鳌肿瘤创新研究院理事长

### 肿瘤治疗新进展

**靶向治疗**：靶向治疗是一种针对肿瘤细胞特有的分子标志进行攻击的治疗方法，它可以精确作用于肿瘤细胞，减少对正常细胞的损害。靶向药物通过识别并阻断肿瘤细胞生长、分裂所必需的特定分子路径，从而抑制肿瘤的生长和扩散。

**免疫治疗**：免疫治疗是通过激活或增强患者自身的免疫系统来攻击肿瘤细胞。这种方法包括使用免疫检查点抑制剂、CAR-T 细胞疗法等。免疫检查点抑制剂如 PD-1/PD-L1 抑制剂可以解除肿瘤对免疫系统的抑制，帮助免疫细胞识别并消灭肿瘤细胞。CAR-T 细胞疗法则是将患者的 T 细胞重新编程，使其能够更有效地识别并杀死肿瘤细胞。

**介入治疗**：介入治疗是一种通过微创手段直接作用于肿瘤的方法，包括放射性粒子植入、经皮穿刺肿瘤消融等。这种方法可以直接破坏肿瘤组织，减少对周围正常组织的影响，适用于某些无法手术切除或希望减少手术创伤的患者。

# 疫苗接种，全民健康的"第一步"

**梁晓峰**

暨南大学讲席教授，中华预防医学会副会长

> 预防接种工作的深入开展，为中国的健康大局奠定了基础，而随着社会经济的发展，人们对健康有了更多的期待，疫苗接种需求也变得多样化。

　　暨南大学讲席教授、中华预防医学会副会长梁晓峰，曾任中国疾控中心免疫规划中心主任、中国疾控中心副主任，在传染病预防领域工作了四十年，他亲历和推动了中国免疫接种工作的进步。

　　上世纪之前，因传染病而致病、致死、致残是常见的现象，而现在，我们已经很少看到因为传染病导致严重后果的病人。新中国建立后取得了巨大的卫生健康成就，人民健康水平大幅度提升，其中预防免疫为民众健康的促进做出了巨大贡献。根据2022年国家卫生健康委公布的数据，我国人均预期寿命已经达到77.93岁，主要健康指标居于中高收入国家前列。

　　天花是全世界最早因开展预防接种工作而控制和消灭的严重

天花和脊髓灰质炎，都在新中国建立后的十多年间得到了有效的控制，能够取得这样的成果，原因是新中国政府建立了当时条件下较为完备的公共卫生网络。同时，一大批科学家为研发疫苗而奋不顾身。

传染性疾病。1980年1月，世界卫生组织在联合国第33届卫生大会上正式宣布，天花成为人类战胜烈性传染病的一个成功范例。而早在1961年6月，中国最后一名天花病人痊愈出院，新中国用11年时间，消灭了困扰中国人数千年的瘟疫。

1974年，世界卫生组织号召，为全球儿童开展扩大免疫规划（EPI），接种"四苗防六病"，即卡介苗、百日咳白喉破伤风疫苗、麻疹疫苗、脊髓灰质炎四种疫苗，预防结核病、百日咳、白喉、破伤风、麻疹和脊髓灰质炎六种疾病。

我国从1978年开始响应世界卫生组织号召，各地陆续开展了计划免疫工作。2002年，全国将乙肝疫苗纳入儿童免疫规划；2005年开始，全国陆续将乙脑疫苗、流脑疫苗等纳入国家免疫规划，涵盖14种疫苗可预防疾病达到15种。近两年，部分省市陆续将水痘、流感、人乳状瘤病毒疫苗（HPV）等疫苗纳入当地儿童、青少年和老人的免费接种范围。

预防接种工作的深入开展，为中国的健康大局奠定了基础，而随着社会经济的发展，人们对健康有了更多的期待，疫苗接种需求也变得多样化。我国当下的预防接种事业有了更加丰富的内涵，一些国外疫苗产品陆续进入中国，服务范围也更加广阔，越来越丰富的疫苗产品和服务方式，正在为人们的全生命周期健康带来更多保障。

2021 年 5 月，国家疾病预防控制局在北京正式挂牌，其中设立了免疫卫生司，重点管理全国预防接种工作。新机构的成立意味着疾控机构职能从单纯预防控制疾病向全面维护和促进全人群健康转变，不仅能更好地应对突发性公共卫生事件，组织并调动力量进行防控，还能顺应健康发展新趋势，积极应对人民健康发展新需求。

## 曾经的传染病大国

中国曾是传染病大国，传染病夺去了无数年轻甚至幼小的生命。

一份历史资料记载，1941 年至 1946 年，云南全省约 60 个县流行天花。1950 年至 1960 年，云南全省平均每年发病 1105 例，死亡 223 例。

1950 年 10 月，中央人民政府政务院颁布了由周恩来总理签发的《关于发动秋季种痘运动的指示》，通过接种牛痘疫苗来预防天花，全国迅速掀起了普遍种痘的高潮。

1952 年云南省开始普种牛痘，每年约接种 400 万至 750 万人份。云南省最后一例天花病例发生在西盟县，患者胡某，1960 年 3 月发病，隔离治疗 3 个月后痊愈，留有麻脸，2009 年 9 月 23 日因胃肠道疾病过世。

上世纪 50 年代初到 60 年代初，中国进行了三次强制性全民种痘，五亿多人口共发放了 18 亿剂疫苗。为了防止天花病毒从境外输入，从 1961 年 3 月开始，中国在云南靠近边境 50 公里的范围内对当地居民实行了三年普遍种痘一次的方法，以加强免疫，在与缅甸、老挝、越南三国的国境线上开辟了一条长达 4061 公里的天花免疫地带。

新中国建立初期，老百姓的生活还十分困难，为了不给人民群众增加负担，国家承担了种痘的所有费用，还拨巨款先后成立或完善了专门研究生产疫苗等防疫制品的北京、长春、兰州、成都、武汉、上海等六大生物制品研究所。

回顾新中国建立初期中国传染病的状况，天花只是其中之一，梁晓峰介绍说，当时传染病流行非常普遍，全国各地民众饱受传染病之苦，特别是对广大的农村地区，婴儿住院分娩率低，疫苗接种率也低，白喉、新生儿破伤风、脊髓灰质炎、麻疹、乙脑、流脑等疾病夺走了许多儿童的生命。侥幸存活下来的患者，很多也会留下肢体和脑部的残疾。

## 艰苦环境中开展预防接种

在天花得到控制后，中国流行范围比较大的传染病是脊髓灰质炎，也就是大家所说的小儿麻痹症。天花和脊髓灰质炎，都在新中国建立后的十多年间得到了有效的控制，能够取得这样的成果，原因是新中国政府建立了当时条件下较为完备的公共卫生网络。同时，一大批科学家为研发疫苗而奋不顾身。

"糖丸爷爷"顾方舟的故事，已经成为中国公共卫生史上的佳话。

1957 年，病毒学家顾方舟临危受命，开始脊髓灰质炎疫苗研究工作。1959 年 12 月，脊灰活疫苗研究协作组成立，由顾方舟担任组长。疫苗进入临床试验阶段，顾方舟义无反顾地喝下了一小瓶疫苗溶液，以验证安全性。一周后，顾方舟平安无事，为了证明疫苗对小孩也安全，他给自己刚满月的儿子喂下了疫苗。

1960 年底，首批 500 万人份疫苗在全国 11 个城市推广开来。在投放了疫苗的城市，脊髓灰质炎流行高峰逐渐变弱。疫苗研发成功，但储藏困难，而且给孩子喂药也很困难。顾方舟将奶粉、葡萄糖等与疫苗融合，研制了糖丸版疫苗，"吃糖丸"于是成为一代中国人的童年回忆。

梁晓峰介绍，过去几十年，通过在全国大量反复接种脊髓灰质炎减毒口服活疫苗，小儿麻痹在中国于 2000 年被消灭。近几年，因为与中国接壤的部分国家还存在脊髓灰质炎病例，因此曾出现过少数输入性病例，仍然需要公共卫生部门对脊髓灰质炎保持警惕。

在疫苗研发上还有一位必须记住的科学家，是中国工程院院士赵铠，他毕生致力于病毒疫苗的研究开发，他是中国消灭天花的一大功臣，改进了天花疫苗。他还曾任北京生物制品所所长，期间引进了美国默克公司的乙肝疫苗生产线，我国生产出了充足的质优价廉的乙肝疫苗，为尽早甩掉中国乙肝大国的帽子作出了贡献。

1989年，俞永新院士主持研发的乙脑活疫苗被批准在全国使用。如今，俞永新院士当年的成果已经造福全世界。2012年，以SA14-14-2毒株为核心的乙脑活疫苗通过了WHO（世界卫生组织）预认证，成为我国首支通过WHO预认证的疫苗。乙脑减毒活疫苗被国际组织和乙脑流行国家大量采购，造福于当地民众。乙脑减毒活疫苗是我国第一个具有自主知识产权的疫苗品种，其标准成为了国际标准，我国疫苗研发水平从此正式跃上了新的高度。其后，我国科学家陆续研发出了世界首创的戊肝疫苗、手足口病疫苗和埃博拉疫苗。

公共卫生部门到基层开展预防接种，在几十年前非常艰苦。

梁晓峰1984年大学毕业后到甘肃卫生厅卫生防疫处负责计划免疫工作。他介绍，由于民众对接种疫苗不太理解，医生们下乡需要做很多解释工作。另外，因为没有冷链运输的条件，下乡接种只能安排在冬天开展，夏天是不能下乡打疫苗的。直到上世纪80年代，联合国儿童基金会等机构以及包括日本、澳大利亚等国家，向中国捐助了用于疫苗运输的冷链设备，才解决了疫苗的储存、运输问题。国际组织和友好国家的援助，大大促进了我国计划免疫工作的开展。

中国免疫接种史上还有一段故事，是关于乙肝疫苗的。

中国是乙肝感染大国，上世纪80年代，中国处于乙肝感染的高峰时期，也是全球乙肝负担最重的国家。1992年，中国疾控中心在全国30个省145个疾病监测点调查发现，人群乙肝病毒阳性率为9.75%。

美国默克公司研发出当时世界上先进的基因工程重组乙肝疫苗在美上市。以当时中国的经济水平，即便疫苗价格降到最低，中国家庭也难以承担。1989年，默沙东公司与中国政府经过谈判，决定将乙肝疫苗技术转让中国，中国政府采购两条生产线设备，默沙东公司负责指导和培训中国科学家和工程师，在北京、深圳分别建立两条乙肝疫苗生产线，以推进中国消除乙肝疾病。2019年的中国进博会上，参与技术转让项目的一位工程师向梁晓峰赠送了一件特别的礼物——30年前利用国外技术生产的第一批乙肝疫苗样品。

1993 年，中国生产出第一批重组基因工程乙肝疫苗并开始接种。2002 年，乙肝疫苗被纳入中国国家扩大免疫规划，越来越多的新生儿实现母婴阻断。

2002 年，将乙肝疫苗纳入全国儿童免疫规划后，截至目前，新生儿群体中的乙肝疫苗覆盖率在 90% 以上，母婴成功阻断率达 95%。梁晓峰介绍，2014 年的全国血清学调查结果显示，乙肝疫苗纳入免疫规划后，儿童乙肝感染率快速下降，5 岁以下孩子乙肝病毒感染率已经下降到 0.33%。开展乙肝疫苗接种后，大约使 5000 万儿童免于乙肝之患。

## 更多疫苗来到中国人身边

中国在早期还是受援助国的身份，但随着免疫规划项目的优异成果和技术的提升，自 2013 年起，已经成为疫苗捐助国。

此外，国家免疫规划配套的法律法规、服务体系、信息系统等也日趋完善。2019 年我国首创、全球首部疫苗管理法的出台与生效，为疫苗行业加强监管提供了法律依据。据相关研究数据显示，实施国家免疫规划之后，针对的 15 种疾病之中 7 种，发病率较疫苗使用前下降了 99% 以上。

梁晓峰还担任世界卫生组织肝炎专家咨询委员会（STAC）委员和世界卫生组织西太平洋地区免疫规划技术专家委员会（TAG）委员。从全球范围看，中国通过预防接种取得的传染病防控成绩，让他感到非常自豪。

随着中国经济的腾飞，以及民众对健康的愈加重视，一些免疫规划之外的疫苗先后进入中国，并且受到了民众的欢迎，特别是可以预防儿童传染病的疫苗，得到了家长们的广泛认可。

辉瑞公司研发生产的 7 价和 13 价肺炎球菌多糖结合疫苗，在被引入中国市场后，随着不断地科普教育，我国公众开始重视肺炎链球菌疾病的预防。该疫苗的研发上市，也带动我国两个厂家生产出用于儿童的 13 价肺炎球菌多糖结合疫苗。目前，一些业内专家正在推动肺炎链球菌疫苗进入免疫规划，让更广泛的孩子得到疫苗保护。"肺

炎球菌疫苗被世界卫生组织列为'极高度优先推荐的疫苗'，已经被 168 个国家纳入免疫规划，中国也需要关注这件事情，政策上需要积极促进。"梁晓峰表示。

数据显示，肺炎链球菌是导致儿童重症肺炎的首要病原菌，全球每年约有 80 万名 5 岁以下儿童死于肺炎，其中 58% 就是由肺炎链球菌造成，因此它也被称为"5 岁以下儿童的头号杀手"。肺炎链球菌不仅可以引起儿童肺炎，还引起脑膜炎、败血症等疾病。世界范围内目前较为有效的预防手段就是注射肺炎链球菌结合疫苗。

## 补上老年人免疫接种短板

近几年冬季和春季季节性的呼吸道传染病发病高峰，不仅导致很多孩子无法正常上学，也让免疫力低下的老人苦不堪言。

"老年人需要给与特别的关注，因为老年人免疫力差，脆弱人群感染病毒后会直接威胁生命安全。肺炎和流感是常见的传染病，也是对老年人危害比较大的传染病，而这两种病可以通过接种疫苗预防，疫苗的效果都很好。我国老龄化越来越严重，我们除了保护好孩子，也要保护好老人。"梁晓峰说。

为了提高老年人接种的积极性，梁晓峰认为还应该提高卫生系统的服务能力，方便老人就近接种，还要提高处理不良反应的能力。"我们需要综合性地为老年人提供优惠和便利措施，比如流感疫苗和肺炎疫苗，能否通过保险或者其他措施，提高老年人疫苗接种率。"

呼吸道合胞病毒（RSV），也是近年来冬春季节老人和孩子感染比较多的一种病毒。呼吸道合胞病毒（RSV）是最普遍的肺炎致病病毒。根据 2022 年发表在《柳叶刀》的研究，2019 年全球有 3300 万 RSV 感染病例，导致大量住院和死亡，特别是 5 岁以下儿童和老年人受影响最大。目前辉瑞、GSK 等企业研发的呼吸道合胞病毒（RSV）疫苗，也有望进入中国市场，为老人和孩子提供保护。

作为中国免疫接种事业发展的亲历者和推动者，梁晓峰对于今天中国传染病预防获得的成就感到非常自豪。健康是社会和谐、经济发展的基础，而传染病预防、免疫接种则是健康的基石。中国的免疫接种事业在满足传染病预防基本需求的基础上，正在为人们多元化的需求提供更多服务。

（撰稿｜黄祺）

## 人物简介

梁晓峰　暨南大学讲席教授，中华预防医学会副会长；曾任中国疾控中心免疫规划中心主任、中国疾控中心副主任。

现为世界卫生组织肝炎专家咨询委员会（STAC）委员、联合国咨商生命科学与人类健康专委会(CCLH)副主席、世界公共卫生联盟（WFPHA）执委、美国华盛顿大学健康测量与评价研究所（IHME）科学委员会专家、全国新型冠状病毒肺炎专家组成员。

长期致力于传染病防控和疫苗预防接种方面的研究工作，在疫苗免疫及疫苗相关疾病控制（消除脊灰、消除麻疹、乙肝疫苗 GAVI 项目实施）、甲流控制、援非埃博拉控制、控烟、慢性病监测控制和疾病负担研究等方面取得了丰硕的工作成绩和研究成果。

# 新药和社会保障，为血友病人带来安全感

**杨仁池**

中国医学科学院血液病医院（血液学研究所）血栓与止血诊疗中心主任、主任医师、博士生导师

> 随着创新药物的出现和国家医保政策对血友病的关注，再加上血友病医学专家们的共同努力，国内血友病的规范治疗大大进步。"儿童患者中几乎看不到残疾的情况，他们可以健康成长，走上与其他人一样的生活道路"。

大约是 2005 年的秋天，笔者探访一位当时 3 岁的血友病小患者。

那是一个上海普通的居民小区，小朋友家里所有家具硬质的边缘，都被海绵条包裹好，小朋友专用的小椅子和小桌子，每一根木条都被缠上了布带。

孩子安安静静地坐在椅子上玩自己的玩具，他的妈妈说，家人尽最大的努力保护着这个"一碰就坏"的生命。

血友病，由于体内缺乏凝血因子而造成的凝血障碍性疾病。因为凝血功能远远低于正常人，生活中任何的动作，都可以给血友病患者造成伤害：胳臂碰一下桌沿，走路崴一下脚，甚至就是

一个下蹲……普通人"缓缓就好"的情况，血友病人需要很久才能恢复，或者无法恢复。如果没有接受持续规范的治疗，一部分血友病患者成年后重度残疾。

一百年前，欧洲重型血友病患者的寿命不足 10 岁；30 年前，很多重型血友病人在青壮年时期就严重残疾。血友病发病率约为万分之一，我国约有 8 万 –10 万名血友病患者，重型血友病患者大约有 4 万人。

中国医学科学院血液病医院（血液学研究所）血栓与止血诊疗中心主任杨仁池教授，与血友病打了三十多年的交道。上世纪 90 年代，杨仁池见到的成年病人基本上都有不同程度的残疾，当时得到规范治疗的患者很少，血友病药物也非常有限。

随着创新药物的出现和国家医保政策对血友病的关注，再加上血友病医学专家们的共同努力，国内血友病的规范治疗大大进步。"儿童患者中几乎看不到残疾的情况，他们可以健康成长，走上与其他人一样的生活道路"。

二十多年来，杨仁池教授不仅推动血友病学科的发展，牵头建立血友病诊治中心体系，还开展新药临床科研，让生活在各地的血友病患者能就近接受规范治疗。

## 曾经"惨不忍睹"的疾病

"小时候，母亲身体不太好，当时想法很简单：以后成为医生，治好我妈妈的病。"出生在农村的杨仁池带着这个朴素的想法，考入同济医科大学（现为华中科技大学同济医学院），1988 年毕业后他选择血液病专业作为自己的职业道路。

上世纪 80 年代末、90 年代初，血液病还有太多未被认识的难题，这也激发了杨仁池的兴趣。

从医学院毕业后杨仁池进入中国医学科学院血液病医院工作。1992 年，杨仁池因为三年担任住院医师阶段出色的表现，经过考核后破格获得了攻读博士研究生的机会。在攻读博士研究生期间，他研究的课题是白血病。

中国医学科学院血液病医院作为中国唯一的血液疾病专科医院，当时有四个主要的专业方向：白血病、贫血、血栓止血、造血干细胞移植。杨仁池博士毕业，按

照导师的指引进入了当时相对薄弱的血栓止血专业，导师希望他能为这个专业带来发展。

"我们医院还是一家研究型医院，不仅仅是治好病，还需要进行研究。"中国医学科学院血液病医院是世界血友病联盟的成员单位。为了在科研上有更多的进步，1997 年杨仁池申请到世界血友病联盟的奖学金，获得去英国谢菲尔大学分子遗传学实验室进修的机会。

进修结束回国后，杨仁池申请到国家卫生部的科研项目，有了第一笔科研资金——3 万元。"这就是我们学科发展走出的第一步。"

一直到 21 世纪初，中国血友病诊治水平和科研水平与发达国家仍存在比较大的差距。当时血友病治疗的药品，只有血浆源性产品，因为这些产品从血浆中提取，常常会出现供不应求的情

中国血友病诊疗体系建立，杨仁池教授牵头制定了血友病诊治规范和标准，原本没有得到规范治疗的病人们，开始浮出水面。

况，安全性也存在隐患。

杨仁池教授说，另一个问题是医保覆盖有限，很多病人用不起药。

二十多年前接诊的病人，杨仁池教授用"惨不忍睹"来形容他最初看到的血友病患者的病情。杨仁池教授还遇到过椎管内出血瘫痪的病人，颅内出血死亡的病人。整体而言，血友病患者的生存状况在当时是非常困苦的。

"无药可用""有药用不起"，是二十多年前国内血友病人的真实处境。也是因为这样的困境，国内从事血友病专业的医生很少。

"1997 年出国进修，让我直观地认识到国内与国外在血友病领域的差距。国外建立了血友病诊治中心，有血友病患者组织，有血友病学术团体。"杨仁池教授说，进修让他找准了专业发展的方向，知道应该如何发力把这件事情做好。

尽管仍旧没有新药，但杨仁池教授认为可以先把血友病学科的组织框架搭建起来。2000 年，杨仁池教授参与组织举办了第二届血友病诊治培训班。第一届培训班在 1993 年开办，是 1990 年中国加入世界血友病联盟后的第一次培训，被业界称为血友病专业的"黄埔一期"。

第二届培训班，杨仁池教授不仅邀请医学专业人士参加，还邀请患者和家属参加，希望通过医患双方共同努力，发展壮大血友病患者组织。

## 建立信息网，血友病患者浮出水面

2005 年左右出现的药品短缺，将血友病治疗困境曝光在媒体上。

根据患者体内缺乏的凝血因子不同，血友病分为甲型和乙型两种。其中甲型血友病是缺少凝血因子Ⅷ引起，患病人数约占 80% 到 85%；乙型血友病是缺少凝血因子Ⅸ引起，患病人数约占 15% 到 20%。

治疗血友病的第一代药物就是血源性药物，被大家通俗地称为"八因子""九因子"。2005 年左右因为种种原因，"八因子""九因子"突然断货，让血友病患者陷入恐慌，一些患者通过媒体求助，希望尽快解决当时的用药危机。

对于这样的情况，国家卫生行政主管部门高度重视，决定建立全国血友病病例信息管理制度，目的是梳理全国血友病患者基本信息，用以调配药物的生产，保证患者的用药。全国血友病病例信息管理制度在那个时候开始建立，中国医学科学院血液病医院成为国家血友病病例信息管理中心，杨仁池教授是这项工作的主要负责人。

中国血友病诊疗体系建立，杨仁池教授牵头制定了血友病诊治规范和标准，原本没有得到规范治疗的病人们，开始浮出水面。

2004 年，中国医学科学院血液病医院与国内 5 家兄弟单位发起成立中国血友病协作组。从此，国内血友病诊治机构也有了自己的组织体系。

## 新药出现，治疗得到突破

在学科框架逐渐搭建的同时，血友病药物也终于出现了突破。

1997 年美国辉瑞（前惠氏）公司上市了针对乙型血友病患者的注射用重组人凝血因子IX药物。这种创新药物规避了血源性感染的风险（血友病患者由于输注血浆或血液制剂等所带来的潜在感染和传播肝炎、艾滋病的风险），被广泛应用于乙型血友病患者的治疗。1999 年，辉瑞公司又上市了另一款注射用重组人凝血因子Ⅷ药物，让甲型血友病患者有了更加安全的治疗选择。

2012 年，上述两款重组人凝血因子药物获批进入中国市场。

"血友病从最初没有药，到有了血浆源性药物，到研发出基因重组药物，可以说进步不小。"杨仁池教授介绍，除了创新药，医保政策对于血友病的覆盖也有了很大进步。

2017 年，儿童血友病预防性治疗被纳入国家医保目录。所谓预防性治疗，就是在患儿发生第一次关节出血或者颅内出血等严重出血后，开始定期规律性给予凝血因子药物进行替代治疗。预防性治疗对于血友病患者避免残疾等严重后果，发挥了关键作用。

近两年，血友病药物有了更多的进步。之前血浆源性药物或者是基因重组类药物，需要每周两次或者三次通过静脉注射给药。这种方式对于幼儿来说是比较痛苦的。

近年，国内外开始研发非因子药物，非因子药物与过去的因子类药物相比治疗原理完全不同。

过去的药物本质上是"缺啥补啥"，而非因子药物的原理是将患者体内抗凝蛋白水平调低。"研究者从血栓形成的原理得到启发，通过调低体内的抗凝蛋白水平，在低水平的情况下保持止血再平衡，达到既不出血也不血栓的效果。"杨仁池教授说。

杨仁池教授介绍，国外非因子产品目前在国内已经完成三期临床试验，很快就将上市。而国内企业研发的非因子产品有的已经完成一期临床研究，马上进入二期临床研究。"非因子药物产品很快就将上市。"

另一个巨大的进步是基因治疗的出现。基因治疗的原理是通过分子生物学技术，向患者体内导入外源性的八因子或者九因子基因，让它们持续表达，达到一次治疗长期甚至终身有效的目标。目前欧盟和美国已经批准用于甲型血友病和乙型血友病的基因治疗产品上市，不过因为价格太贵，使用的患者还比较少。

国内也正在研发血友病的基因治疗产品，杨仁池教授参与其中，取得了很多亮眼成绩。

## 社会援手，让血友病人生活得更好

当然，任何治疗技术都存在自身的局限，对于血友病这种遗传疾病，迄今还无法达到彻底治愈，患者需要在漫长的人生中持续地接受治疗。

为了让血友病患者得到更好的诊治，由杨仁池教授牵头，在国内同道的大力支持下，中国血友病分级诊疗体系初步建立。

2020年，中国血友病协作组和中国罕见病联盟共同发起了血友病中心能力建设项目。项目帮助各地血友病中心提高诊疗水平，实现诊疗的标准化，对符合要求的血友病中心进行认证，首批已经有200多家医院提交认证申请，150家中心通过现场评审并获得授牌。

目前，国内血友病诊疗三级网络基本已经形成。三级网络的第一级是治疗中心、第二级是诊疗中心、第三级是综合管理中心。由于各级中心诊疗水平提高，生活在

全国各地的血友病患者不需要到北上广或者天津等大城市，就近就有标准化、经过认证的血友病中心为他们提供医疗服务。血友病中心能力建设项目也得到了社会各界的支持。辉瑞公司就是最早支持这一工作的企业。

在医保覆盖、学科发展、社会力量支持的多种力量助力之下，国内血友病患者生活质量大为改善。近年来，杨仁池教授在全国各地几乎看不到因血友病造成残疾的孩子。即使是在二线、三线城市，儿童血友病病人的管理也做得很好。

杨仁池教授多年来坚持为成年血友病患者呼吁，希望成年患者的预防性治疗也能纳入医保，以保障成年患者的治疗需求。血友病的预防性治疗相当于高血压、糖尿病患者的日常服药，重型血友病的预防治疗可以将病情控制在轻型或者中间型，避免严重的后果。他表示，真正需要长期治疗的、病情比较重的血友病患病率是十万分之2.73，估算下来全国大约有4万名患者。因此杨仁池教授认为，医保部门可以按照这一数据来考虑政策的设计。

"希望有一天阳光洒到成年血友病患者身上，让患者生活得

从某种意义上说，做罕见病专科医生是一个"寂寞"的职业，但杨仁池教授在这条道路上却乐此不疲，充满热情。

有尊严。"杨仁池教授说。

从某种意义上说，做罕见病专科医生是一个"寂寞"的职业，但杨仁池教授在这条道路上却乐此不疲，充满热情。他说：我们做医生，必须讲"情怀"，我治疗的血友病患者能够和健康人一样过上平安的生活，享受人生的乐趣，对我来说是最高的奖赏。

（撰稿 | 黄祺）

## 人物简介

杨仁池　中国医学科学院血液病医院（血液学研究所）血栓与止血诊疗中心主任、主任医师、博士生导师

亚太血友病协会指导委员会成员

中国医药教育协会止血与血栓分会副主任委员

中国研究型医院学会血栓与止血专业委员会常委

中国医院协会罕见病专业委员会常委

中国研究型医院学会罕见病分会常务理事

中华医学会血液学分会委员

国家血友病病例信息管理中心负责人

国家卫生健康委第二届罕见病诊疗与保障专家委员会委员

中国罕见病联盟血友病学组主任委员

中国血友病协作组组长、中国罕见血液病工作组组长

Haemophilia 中文版主编、《血栓与止血学》杂志主编

# 解决毛发困扰，不再是"锦上添花"

**吴文育**

复旦大学附属华山医
院皮肤科主任，主任
医师，教授，博士研
究生导师

> 近几年中国毛发专业医生投身临床科研和基
> 础科研，取得了不少成果，未来将会有更多有
> 价值的研究成果推动毛发疾病的诊疗。

　　近几年毛发话题总是上热搜，脱发不仅是一种生理困扰，也成
了精神压力的代名词。

　　解决毛发问题在过去可能被认为是"锦上添花"，在今天却成
了"刚需"。回应患者的需求，皮肤病专业里的毛发亚专业在国内
快速发展，特别是最近的十多年，专注于毛发专业的医学专家从全
国仅十几人，发展为庞大的专业医生群体。

　　复旦大学附属华山医院皮肤科主任吴文育教授，亲历了中国毛发
专业从默默无闻到如今受到追捧的过程，作为中华医学会皮肤性病学
分会第十六届委员会毛发病学组组长，吴文育牵头组织毛发专业医生
的规范化培训，完善各个层级医院毛发专业的规范化建设。

　　中华医学会皮肤性病学分会第十六届委员会毛发病学组成立

后，发布了指南、专家共识等权威信息，吴文育教授认为，指南和专家共识将更好地指导基层毛发专业医生为患者提供专业服务。

吴文育介绍，近几年中国毛发专业医生投身临床科研和基础科研，取得了不少成果，未来将会有更多有价值的研究成果推动毛发疾病的诊疗。"中国的毛发专业未来一定会蒸蒸日上。"

中国的毛发专业在最近的十多年迅速发展壮大，2024年世界毛发大会上，中国是除了举办国美国以外参会人数最多的国家，中国医生和科研人员在大会上介绍了中国的研究成果和治疗经验。

皮肤科是华山医院的传统王牌专业，吴文育在这里得到了锻炼和成长，成为皮肤病专家。

吴文育介绍，中国拥有大量的病人以及特殊的病例。2024年6月20日，吴文育教授团队在医学顶级期刊《英国医学杂志》（BMJ，IF 93.6）发文，报道了一例术后（压力诱导性）秃发的病例报告。

利用这些宝贵的资源在全国建立高质量的研究队列、开展高质量的临床研究，是中华医学会皮肤性病学分会第十六届委员会毛发病学组正在推动的工作。

## 曾经，毛发专科医生全国仅十几人

因为从事毛发专业，患者第一眼见到吴文育医生，会不自觉地关心医生的发量如何。在发量上吴教授很自信，只是头发白得比较早。提起自己的白发他不忘幽默地科普："除了染发，目前的医学技术还无法让白发变成黑发，这一点只要看看我的头发就知道了。"

成为皮肤科医生，吴文育说"一切都是最好的安排"。

小时候，吴文育身体不好，经常生病，因为老是看病，他对医生非常敬仰。高考后吴文育选择了医学专业，以优异的成绩进入上海医科大学（现复旦大学上海医学院），攻读研究生时他选择了皮肤病作为专业方向。

皮肤科是华山医院的传统王牌专业，吴文育在这里得到了锻炼和成长，成为皮肤病专家。

2006年，科室从发展的角度开始培养毛发方向的专业人才，从事皮肤外科的吴文育被派往国外进修毛发移植技术。此前，他诊治的领域主要是皮肤肿瘤，这次留学经历，改变了他后来的专业道路。

吴文育先后在加拿大英属哥伦比亚大学附属温哥华总院皮肤科和美国 Bosley 毛发研究中心进修，其中导师 Jerry Shapiro 是全球著名的毛发专业医生，也是全球第一位只关注毛发疾病的皮肤科医生。在这位非常热爱毛发事业的医生身边，他受到了感染，也学习到最前沿的技术。

在海外，除了学习毛发移植技术，吴文育还学习到毛发相关疾病的诊疗，看到很多从未见过的毛发疾病。回国后他将毛发专业作为自己的事业方向，开展从毛发移植到药物治疗、综合诊疗方案临床工作和科研工作。

在皮肤病中，毛发曾是一个"不受待见"的专业，它不像皮肤肿瘤、银屑病等疾病那样直接危及生命。但随着生活水平的提高，患者越来越重视毛发问题，寻求治疗的人也越来越多。

过去国内从事毛发专业的医生可能总共只有十几人。随着需求的增长，专业队伍不断壮大。2015年后，毛发专业迎来黄金期。

就医需求大了，但很多患者发现想要找到专业的医生却不容易。为了规范诊疗，毛发专业学会应运而生，学会组织了对医生的规范化培训，并牵头建立毛发专病门诊体系，从大城市三甲医院到地市级医院、县级医院，中国目前大约有600余家公立医院开设了脱发专病门诊。

## 重度斑秃有了新办法

吴文育教授表示，简单概括，毛发专业要解决的最核心的问题是如何不掉发和如何生发，未来还要解决如何让白发变成黑发。目前医学对毛发的探究正在进行中，比如毛发的生理状态和生长周期、毛发脱落的原因、影响因素等，谜题正在一个一个解开。

引起脱发最主要的两大疾病，一个是雄秃（雄激素性秃发），一个是斑秃。我国雄秃人群约为1.7亿人，斑秃人群约为300万至400万人。

斑秃被老百姓称为鬼剃头，是一种常见病。多数轻度斑秃是局限性的，诱因消失后头发就会长出来。比如压力引起的斑秃，一旦一个人从考试压力、工作压力中解脱出来，斑秃自己就好了。"但是对于大面积脱发，自己恢复的概率不到5%，绝大部分患者需要治疗。因此，不同程度脱发的人群治疗的选择不同，这就是我们提倡分级治疗的原因。"吴文育教授介绍。

对于斑秃来说，任何年龄都可以发病，发病高峰有几个阶段。一个是青少年时期，大约12%的斑秃患者是青少年。中年人也是斑秃高发人群，他们上有老下有小，精神压力较大，工作繁忙。

吴文育介绍说，斑秃原本主要采用糖皮质激素治疗。但长期使用激素副作用较大，有可能导致肥胖、高血糖、高血压等不良反应。药物的局限曾经让部分难治性斑秃陷入无药可用的困境。

近些年对斑秃的发病机制的研究发现，有一群特殊的T淋巴细胞会攻击毛囊上皮细胞，造成毛发暂时性脱落，如果阻断这种免疫反应，那么毛囊恢复到正常的生长周期。基于这个发现，进一步的研究发现JAK-STAT途径能完成许多细胞因子从细胞膜到细胞核之间的信号传递，是一种重要的细胞内信号传导通路。

JAK-STAT激活这条通路，使炎症反应不断加强，造成头发在很短时间内大量脱落。针对基础研究中发现的现象，辉瑞研发创新药JAK3/TEC激酶家族双通道抑制剂，于2023年10月在中国获批，用于治疗12岁及以上青少年和成人重度斑秃患者。

"这是全球首个用于重度斑秃的JAK3/TEC激酶家族双通道抑制剂，这对于全球重度斑秃的治疗来说是里程碑式的事件。有了创新药物，我们可以去探索更多的治疗方式。"吴文育教授说。过去对于反复发作的、顽固的斑秃，没有更多的办法治疗，新药物出现后医生有了更多的选择。

## 毛发问题不仅是毛发问题

诊治大量的斑秃病人后，吴文育教授总结了患者中常见的对斑秃的误解。

一个普遍存在的误解是：斑秃不用治疗自己会好。他解释说，斑秃的治疗有时机问题，由于斑秃发展与炎症反应有关，在炎症反应起初时，比较容易控制病情，如果炎症反应越来越激烈，就好像水流从高处冲下，再大的力也难以阻挡。因此，出现斑秃时建议患者及时就医，让专业的医生判断病情。

第二个误区是只要治疗就百分之百能治好。吴文育教授介绍，目前治疗斑秃的各种药物都有一定的成功率，换言之也有一定的失败率。

第三个误解是很多患者认为，一次治疗结束、头发长出来以后，未来就不会再掉头发了。但实际上斑秃复发是非常常见的现象。"我一直对很多病人说，你就把斑秃当做感冒一样，这次好了，下次不知道什么时候会再得。只有调整好自己的生活方式，调整好心情，才可能减少复发。"

吴文育教授常常给斑秃患者送上自己的十六字"箴言"：早睡早起、均衡饮食、良好心态、正确洗护。"心态是非常重要的，很多临床研究中都证实，心情和斑秃有直接的关系。"

斑秃是一种器官特异性的自身免疫性疾病，它主要针对毛囊。大部分斑秃病人不会伴有其他免疫性疾病，但少部分病人的确会同时患有甲状腺疾病，或者白癜风等免疫系统疾病。吴文育教授提醒，如果出现斑秃，说明一个人的免疫功能出现了问题，未来是否会导致其他器官的疾病，是不确定的。这个问题也是目前学术界研究的热点。

由于斑秃的这种特殊性，在门诊中，吴教授常常要充当心理医生，他说，做医生，一半靠医术，一半靠"心术"。吴文育教授碰到过一些斑秃患者，刚进诊室时面无表情，医生询问几句后开始嚎啕大哭，这是他们积压在心中的压力的释放。

如今青少年的斑秃也越来越常见。吴文育教授接诊过一个 15 岁的外地女孩，头上一根头发也没有，而这样的情况已经好几年，四处寻求治疗都收效甚微。家长告诉医生，孩子比较要强，考试成绩稍微差一点就会很焦虑。吴教授慢慢疏导，结果孩子哇哇大哭起来，哭完她得到了释放，心情也放松了。"像这样严重的斑秃，对孩子心理打击很大，一家人也会焦虑抑郁。"吴文育教授说，如今有了创新药物，给难治性斑秃患者带来了新的希望。

（撰稿｜黄祺）

## 人物简介

吴文育　主任医师，教授、博士生导师
复旦大学附属华山医院皮肤科主任
中华医学会皮肤性病学分会常务委员
中国整形美容协会毛发医学分会候任会长
中华医学会医学美学与美容学分会全国委员
中华医学会皮肤性病学分会毛发学组组长
中国医师协会皮肤科分会皮肤外科学组副主任委员
中国非公立医疗机构学会皮肤专业委员会副主任委员
上海市医学会医学美学与美容学分会主任委员
上海市医学会皮肤性病学分会副主任委员
上海市医师协会皮肤性病学分会副主任委员
上海毛发医学工程技术研究中心主任

## 斑秃

斑秃，俗称"鬼剃头"，是一种以斑片状脱发为特征的自身免疫性疾病，是全球发病率第二高的脱发症状，仅次于雄性激素性脱发。

斑秃常被视为美容问题，但实际上是一种炎症性自身免疫性疾病。造成斑秃的原因是免疫系统攻击身体毛囊而导致毛发成"斑块状"脱落。斑秃的共病有不少，最常见的包括甲状腺疾病、白癜风等自身免疫性疾病。

斑秃通常发生在头皮位置，也会影响眉毛、睫毛及胡须等面部毛发和其他部位毛发及指（趾）甲。除了影响美观，斑秃患者可能伴有焦虑、抑郁等症状。斑秃发病不分年龄、性别，对青少年和成人的生活质量会带来不同程度的影响。尤其是青少年斑秃患者，其承受的心理健康和社交多方面压力更加明显。

精神压力易导致免疫系统异常，是斑秃发作的重要原因。工作压力突然增加、经常熬夜的白领人士，考试周期的青少年群体、家庭遭受重大变故的人群等，容易出现斑秃。

# 总在学习的感染科医生，
# 只为患者"用药安全"

**马丽平**

国家卫生健康委
医院管理研究所
研究员、主任

> 面对国际和国内日益严重的细菌、真菌耐药形势，我国政府高度关注这一问题，陆续出台了一系列规范抗菌药物临床应用以及加强细菌、真菌感染诊治能力的相关政策和部门规章。

2020 年 12 月，《中国细菌真菌感染诊治能力建设及抗菌药物临床应用管理发展报告（2021）》出版，主编是国家卫健委医院管理研究所医疗质量管理研究部主任马丽平。这本看起来装帧简朴的书籍，凝聚了国内感染病学专家、卫生部门管理者的心血，一经出版，便在业内引起了广泛的关注。

钟南山院士为《中国细菌真菌感染诊治能力建设及抗菌药物临床应用管理发展报告（2021）》作序，他在序言中说："如何遏制抗菌药物耐药是一个非常复杂的问题。在众多公共原因之中，医疗上的不合理使用是主要因素之一。由于感染性疾病分布在医院各个专科，缺乏规范的诊疗标准和指南，具备专业诊治能力的医生队伍

匮乏，院内多学科诊疗模式尚待探索，微生物检验能力弱等等原因都成为阻碍我国抗菌药物合理使用的屏障。"

正是因为现实中存在种种困难，卫生健康主管部门领导下的各种管理探索具有重要的学术价值和现实意义。

钟南山院士在序言中表示："我也非常高兴地看到，在国家卫健委的领导下，针对专业医生、临床药师和临床微生物专业人员细菌真菌感染诊治培训的各类项目在国内开展的态势良好，接受培训的学员越来越多，合理使用抗菌药物的理念正在形成。"

马丽平主任表示，国内感染性疾病科的建设成效日渐发挥作用，从中可以看到过去十多年国内感染专业取得的进步。

她介绍，针对遏制抗菌药物的不合理使用，国家卫生健康委在健全规章制度、完善规范、加强监测、开展专项整治、建立长效机制等方面开展了大量的工作，我国临床使用抗菌药物的各项检测指标持续改善，细菌耐药形势整体稳中向好。规范化诊疗和合理用药最终会体现在每一个人的身体健康以及全人群的健康水平上。

## 抗菌药物管理取得成效

面对国际和国内日益严峻的细菌、真菌耐药形势，我国政府高度关注这一问题，陆续出台了一系列规范抗菌药物临床应用以及加强细菌、真菌感染诊治能力的相关政策和部门规章。总体而言，2004 年至 2009 年是管理框架搭建阶段，2010 年至 2013 年是加速落实阶段，2014 年之后是综合管理阶段。

马丽平主任介绍说，2004 年，原卫生部联合三部委发布《抗菌药物临床应用指导原则》，从此，我国不断加强对抗菌药合理应用自上而下的管理。同一年，列入处方药名录的抗菌药物零售被严格管理——国家食品药品监督管理局规定，从 2004 年 7 月 1 日起，未列入非处方药品名录的各种抗菌药物（包括抗生素和磺胺类、喹诺酮类、抗结核类、抗真菌类药物），在全国范围内所有零售药店必须凭职业医生处方才能销售。

2011 年 4 月原国家卫生计生委宣布开展为期 3 年的全国抗菌药物临床应用专项整治活动。2012 年 8 月，被称为"史上最严限抗令"的《抗菌药物临床应用管理办法》正式实施。办法明确将抗菌药物分为非限制使用、限制使用与特殊使用三级管理。其中明确规定了不同等级医生的处方权限。

专项整治后，全社会逐渐形成共识：规范使用抗菌药物是为了保障每一个人的健康和安全。

近年来，抗菌药物多元化政策陆续出台，包括医疗机构重点监控合理用药、带量采购、国谈落地等政策，如何在多维管理背景下，加强政策衔接，理解政策内涵，从制度层面减少抗菌药物耐药，全方位提升抗菌药物合理应用水平是一门"必修"的课程。

## 把培训送到最需要的地方

为提高临床医生的细菌真菌感染诊疗能力，2015 年"细菌真菌感染诊治培训项目（培元计划）"应运而生，"培元"取自"固本培元"一词，寓意巩固基础，马丽平主任担

任该项目主要负责人。

马丽平主任介绍，随着我国对细菌、真菌感染诊治管理的不断加强，广大医疗机构细菌、真菌感染诊治能力薄弱的问题凸显，如何加强对医务人员的培训成为落实国家《遏制细菌耐药国家行动计划》的关键。"为了加强我国医疗机构细菌、真菌感染诊治能力建设，完善细菌、真菌感染诊治培训体系，国家卫健委医院管理研究所开展了细菌真菌感染诊治项目'培元'计划。"

"第一期培训在上海启动。"如今回想，初创期的"培元"计划面临不少困难与挑战，但马丽平主任说，在政府指导下、在全国多位专家的支持下，我们克服种种困难，圆满举办了首次培训活动。

"培元"计划最大的特色是教师权威、课程标准化、考核严格以及在理论知识学习外有临床"跟师"实践的机会。这些设计都保证了培训的质量，保证了学员通过培训后真正有所收获。

如今，"培元"计划已经是国内最系统、最权威的培训项目之一，不少临床医生都以顺利通过"培元"计划的培训和考核为荣。

"培元"计划之后，有了"临床药师细菌真菌感染诊治理论培

国内感染性疾病科的建设成效日渐发挥作用，从中可以看到过去十多年国内感染专业取得的进步。

训项目（培英计划）"和"临床微生物专业人员细菌真菌感染诊断能力提升项目（培微计划）"，还有"中国感控医师研修项目（SHIP计划）"，如今项目也已经覆盖全国。这些培训项目组成了"培立方"矩阵，"培立方"对于我国细菌真菌感染诊疗的多学科人才培养起到了很大的推动作用。

马丽平主任介绍，"培元"计划获得了国内知名专家和基层医生的一致好评，如今培训进一步深入基层，开展培元项目"基层行"，为县市级医院临床一线的医生提供培训服务。"在基层举行培训，大家非常踊跃，也都非常珍惜参加培训的机会。"

多年来，不少学员经过培训回到医院不仅成为优秀的感染科医生，还担负起管理职责。在丽水举行的"基层行"培训活动中，马丽平主任收到了来自第一期学员现在已是丽水市中心医院感染科主任杨杰的一张感谢卡，感谢国家卫生健康委医院管理研究所举办的培元项目给临床一线医生能力提升的支持，感谢培元项目延展到基层。这项活动也将医院管理研究者和一线的医生们紧密地联系在一起。

基层医生完成培训后，不仅提升了自己的业务能力，也会影响所在医院甚至所在区域的感染疾病诊疗水平。"就像薪火相传。学员回到自己的医院后，会有一种带领大家一起提升的责任感，他们会把学习到的理念传递给身边的同事和患者。"马丽平主任说。

自2015年起，培元计划已走过10年的历程，至今举办30期理论培训班，累计学员近8000人，实践基地由最初的6家基地增加到9家，这些基地累计培训500余人，今年又遴选出13家实践培育基地，无论是理论学习班的学员还是实践基地培训的学员，都在所在医院和区域的抗菌药物合理用药中发挥了作用。

（撰稿｜黄祺）

## 人物简介

马丽平　国家卫生健康委医院管理研究所研究员、主任
国家卫生健康标准委员会医疗机构管理标准专业委员会副主任委员
国家医疗保障局DRG试点工作专家组专家
国家医疗器械临床使用专家委员会委员

全国医疗装备产业与应用标准化工作组委员

国家卫生健康标准委员会医疗服务标准专业委员会委员

中国卫生信息与健康医疗大数据学会医疗质量管理与监督专业委员会副主任委员

中国医药质量管理协会医院质量管理创优工作委员会副主任委员

中国医学装备协会民营医院装备管理分会副会长

国际医疗质量协会（ISQua）专家

主持省部级相关科研课题和项目 100 余项。发表核心论文 80 余篇，主编 / 参编专著 15 部、主译 / 参译译著 11 部。获得国家级科技创新奖和优秀论文奖，兼任《中国医院管理》等三本杂志编委。

# 创新

基因时代，更多创新产品正在帮助患者摆脱痛苦。

# 对抗"超级细菌"，
# 这里有一支"神秘队伍"

**张菁**

复旦大学附属华山医院抗生素研究所副所长、临床药理研究中心主任、药物临床试验机构常务副主任

> 人和微生物的关系永远是你争我夺、共存共生，唯有临床更合理的用药、实现个体化精准治疗，加之不断研发新药，把药用好，双管齐下，才能让老百姓不会因为耐药菌感染而失去生命。

1928 年，青霉素的首次发现完成了人类医学进展中重要的飞跃。近百年时间过去，抗菌药物的使用也面临着一个令人揪心的问题——细菌耐药。

人类研发出一种新的抗菌药物需要长达 10 年甚至更久，细菌产生耐药却只需要 2~3 年，甚至更短。耐药菌的出现，使得临床上常用的抗菌药物无法治愈耐药菌所致感染，需使用更昂贵的针对耐药菌感染的新型抗菌药物，这加重了患者的经济负担；同时，耐药问题也增加了医院的院内感染控制成本，加重了国家医疗负担。

全球每年至少有 70 万人被耐药的"超级细菌"夺去生命。

最新研究预计，到 2050 年这一数字可能会上升到 4000 万。

"当下抗生素耐药的现象很严重。"复旦大学附属华山医院抗生素研究所副所长、临床药理研究中心主任张菁深耕抗菌药物临床药理学研究数十年，她认为，人和微生物的关系永远是你争我夺、共存共生，"唯有临床更合理地用药、实现个体化精准治疗，加之不断研发新药，把药用好，双管齐下，才能让老百姓不会因为耐药菌感染而失去生命。"

## 有故事的研究所

复旦大学附属华山医院抗生素研究所成立于上世纪 60 年代，由中国临床抗生素学奠基人戴自英教授创立。戴自英教授曾师从青霉素发现者之一、诺贝尔医学奖获得者、牛津大学病理学教授弗洛里教授，戴教授 1950 年获牛津大学博士学位回国，于 1955 年创建了华山医院传染科。接着，1963 年根据卫生部批示，创立

"上海第一医学院抗菌素临床应用研究室"，为抗生素研究所的前身。

对于普通患者来说，抗生素研究所颇为神秘。采访中，张菁介绍："研究所以感染病诊治三要素（患者－病原菌－抗菌药物）为抓手，将感染病临床诊治和抗菌药物合理应用与临床药理学、临床微生物学融为一体，开展抗菌药临床药理学研究和临床评价、细菌真菌耐药防治及耐药机制研究。抗生素研究所在华山医院总院、北院和东院有 50 多张病床，有普通、专家门诊，并承担了院内和院外细菌真菌感染会诊任务。"

"我们的医生不仅要进行感染病的诊治，也要做新药的临床研究，是多面手。"在科技部 "六五"到"十三五"项目支持下，经几代人努力和积累，华山医院抗生素研究所在我国创建了集临床微生物学、临床药理学和临床治疗为一体的抗菌药物临床评价体系，也积累起了以临床为导向开展创新药物关键技术及平台建设的经验。

早在 1988 年，华山医院牵头建立了我国第一个细菌耐药监测网——上海市细菌真菌耐药监测网，经世界卫生组织（WHO）专家认可后，我国首次作为中国监测点，加入 WHO 西太区细菌耐药监测网，至今仍良好运转，是国内历史最久的细菌耐药监测网。

上世纪 90 年代，我国的临床试验开展得不是很规范，临床试验数据无法在国际上得到认可，国外的许多新药也因中国没有配套的临床试验管理法规而不敢轻易到中国上市。随着中外合作的开展，2000 年，华山医院获批了国家科技部"国家抗感染新药临床试验研究中心，戴自英教授的接班人汪复所长和张婴元所长作为负责人牵头了多个抗菌新药国际多中心临床试验。

在推动我国临床试验规范和国际临床试验质量管理规范（GCP）标准接轨方面，汪复教授和李家泰教授等五位资深专家组成了中国 GCP 起草五人专家小组，参与制定了我国第一版《药品临床试验质量管理规范》。我国创新药临床评价体系经 GCP 建设逐渐步入国际规范化行列，对我国新药临床评价水平与国际接轨起到了重要推动作用。

2000 年至今，由汪复教授和张婴元教授等牵头完成了对国内 11 类 50 余种抗菌药物的临床研究，尤其是 2016 年以来，张婴元教授牵头完成几个国内抗耐药菌新药上市，给临床耐药菌感染提供了新的治疗药物。牵头完成了 7 个临床急需优先审评的重点品种的临床评价，包括替加环素、奈诺沙星胶囊及注射液、康替唑胺、两性霉素 B 胆固醇硫酸酯复合物、头孢比罗、黏菌素 E 甲磺酸盐。

其中，张菁教授带领团队开展了抗"超级细菌"的临床药理学关键技术，旨在阻断耐药菌传播，并贯穿于抗耐药菌新药临床评价的各个阶段。首次获得的 23 个抗耐药菌药物 PK/PD 靶值已用于制定不同感染的各患者人群给药方案。

张菁教授作为承上启下的一代，跟随着大师们的足迹，开启了自己的事业道路。自上世纪 80 年代以来，张菁教授在张婴元教授带领下，和团队一起开展了抗菌药物治疗药物监测（TDM）体系的建设。目前已建立了十余种抗菌药物 TDM 检测方法并应用于临床，张菁教授牵头 5 项研究者发起的前瞻性 TDM 多中心临床研究，为抗菌药物治疗浓度范围、质量保证等提供了循证数据支持。

在临床药理学、定量药理学领域工作 30 余年，张菁教授在学术上硕果累累，但看待自己的成绩时她却分外谦虚："从没有药到有仿制药，再到创新药。脚踏实地一步一步做，经过戴自英、汪复、张婴元、王明贵历任所长几代人的努力，我们先后获得了上海市科技进步一等奖、中国药学科技二等奖等，这都是几代人创造的成果接力到了我们的手中，没有他们，就没有这些荣誉。"

## 推动临床试验进步

"谁占领了临床试验，谁就占领了未来医学的鳌头。"临床试验是所有新药、新医疗器械从研究走向临床的必经之路。张菁教授告诉记者，Ⅰ期临床试验是她主要的研发重点。"我们要做的是根据动物试验找到的安全剂量推算出人体中安全剂量范围，再根据首次人体试验的起始剂量谨慎开展剂量递增试验，找到每个药物在人体内的安全剂量范围。"

受益于前辈们搭建的平台，抗生素研究所药物临床评价体系得到了国际认可。

2006 年 3 月到 2007 年 2 月期间，为评价左氧氟沙星片 500mg 日 1 次给药方案在亚洲感染人群中应用的安全性和有效性，由老所长张婴元教授牵头，华山医院等全

国 32 个研究中心以非对照、开放的方法在中国的社区获得性下呼吸道感染及尿路感染患者中对左氧氟沙星 500mg 片日 1 次的给药方案进行了临床评价及群体药代动力学研究。

　　左氧氟沙星是一种广谱抗菌药物。"当时，国内医学界对于左氧氟沙星的给药一直不统一，有一天两次给药，也有一天三次给药，且剂量 100 mg 至 300 mg 也有所不同。然而，左氧氟沙星属于浓度依赖性抗菌药物，也就是说，其杀菌作用随药物浓度的升高而增强。"

　　张菁教授介绍，在对轻、中度社区获得性下呼吸道感染和尿路感染患者进行临床研究后，终于确认了左氧氟沙星 500mg 日 1 次口服的最佳给药方案，且有望减少细菌耐药性的发生，该临床试验通过了日本厚生省和中国药监部门检查，临床试验数据获得认可。该给药方案载入了中国和日本左氧左沙星说明书中。

药盒里的那张说明书，是体现她和同事们工作价值的地方。

临床试验做了多了，经验不断积累，从实践到理论，才能形成体系和建立关键技术。在这个过程中，我们也是一步一步摸着石头过河的。

"临床试验做得多了，经验不断积累，从实践到理论，才能形成体系和建立关键技术。在这个过程中，我们也是一步一步摸着石头过河的，"2019年重大新药创制科技重大专项中，我们获得了'药物临床评价示范平台'称号。"张菁教授说这一路走来有很多艰辛和不易。张菁教授对于临床试验的受试者们总是怀抱一份感恩："大部分新药的Ⅰ期临床试验的受试者都是健康人，正是这些受试者的默默付出，才为新药研究提供了宝贵的人体数据。"

2016年，由老所长张婴元教授全程牵头的Ⅰ—Ⅲ期创新药奈诺沙星胶囊经过临床评价后成功上市。当时，原国家食药监总局下发《关于开展药物临床试验数据自查核查工作的公告（2015年第117号）》，要求已申报生产或进口的待审药品开展临床试验数据自查工作，确保临床试验数据真实、可靠，相关证据保存完整。

此次药物临床试验自查涉及 1622 个品种，奈诺沙星作为国家 1.1 类抗菌新药第一个通过核查，这无疑对华山医院抗生素研究所完成药物临床研究的质量是一种莫大肯定。此后，研究所作为牵头中心，完成抗耐药菌 1.1 类新药奈诺沙星注射液和康替唑胺片 I—III 期临床试验，获批上市，其中康替唑胺片的中国首次人体数据桥接美国，中美同步开展 II 期临床试验，中美数据互认。张菁教授带领团队进行的 $^{14}C$ 同位素标记研究、肝肾功能不全患者的药动学研究、TQT 评价心脏安全性、剂量 – 暴露 – 效应定量分析、药动学 / 药效学评价给药方案、通过群体药代动力学建模和模拟技术获得特殊人群药动学特征等一系列临床药理学和定量药理学研究均写入康替唑胺药品说明书，为创新药上市后临床合理应用提供了循证依据。

## 中国人要有自己的临床数据

张菁教授常说，药盒里的那张说明书，是体现她和同事们工作价值的地方。但她也强调，说明书上的剂量需根据不同感染患者，尤其是危重症患者时，调整和优化。

万古霉素是公认杀菌效果很强的抗耐药革兰阳性菌药物，血药浓度对能否达到抗感染目的有直接影响。但其治疗浓度范围窄，如果剂量低，会出现血药谷浓度和药时曲线下面积（AUC）偏低现象，无法达到有效治疗目的，且容易产生耐药性问题。如果过高，则会出现肾脏毒性。因此需要用药后进行 TDM，据此对剂量是否调整做出决定，减轻对患者各项器官功能的损害。

张菁教授介绍，2009 年指南指出万古霉素无需监测血药峰浓度，只要监测血药谷浓度就能够代表药物暴露量（AUC）。但根据十几年万古霉素 TDM 的经验和数据，他们始终认为首次 TDM，获得血药峰谷浓度更能够代表药物暴露量。

为此，自 2011 年开始，张菁教授带领团队验证谷浓度监测不能很好代表 AUC。她牵头 3 项研究者发起万古霉素前瞻性 TDM 多中心临床研究，提出了万古霉素在中国人群中有效性和安全性的治疗窗。"2020 年，国际指南又变了，而且结论跟我们的研究不谋而合，这也告诉我们一个道理，中国人自己的数据非常重要。"

与此同时，张菁教授团队的研究还同步了万古霉素成人和儿童患者的不同剂量用法用量的有效性和安全性临床研究，结合基于 TDM 结果通过群体药代动力学建模后，制作了用药小程序，"有了这个小程序，当医生需要用万古霉素时，只需输入患者的相关生理和病理如体重、年龄、内生肌酐值等数据，就可以获得患者首次用药的剂量，供临床医生参考。"目前，万古霉素、阿米卡星、多黏菌素类药物等检测工作已服务于上海市各大医院，为临床个体化用药提供支持。

身为一名抗菌药物临床研究者，张菁教授比大家都了解当下抗生素耐药的现状，也深知唯有更多的好医生，合理规范使用抗生素，才能够防患于未然。

（撰稿｜周洁）

## 人物简介

张菁　复旦大学附属华山医院抗生素研究所副所长、卫健委抗生素临床药理重点实验室主任、临床药理研究中心主任、华山医院药物临床试验机构常务副主任。上海市领军人才。首届上海市女医师协会"医树"科技创新奖获得者、上海市巾帼创新领军人物。
兼任中国药理学会临床药理专委会副主任、中国药理学会定量药理专委会副主任、中国药学会抗生素专委会副主委、上海药学会抗生素专委会主委、中华医学会细菌感染与耐药防治分会主委；
上海市药学会理事、药物临床研究专委会主任委员、抗生素专委会副主任委员；
上海市医学会理事、感染与化疗分会主委。

# 中国第一大癌"慢病化"，并非遥不可及

### 杨衿记

广东省人民医院肿瘤
医院肺内一科主任，
主任医师，博士生导
师，博士后合作导师

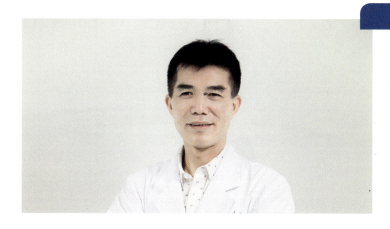

> 我们这个时代的肺癌专科医生，赶上了肺癌治疗方法快速发展的黄金时期，肺癌个体化治疗与抗肿瘤新药研发取得多个突破性进展，肺癌医生不再"愁眉苦脸"，患者也因为技术的进步而重拾信心。

肺癌，至今仍是中国第一大癌。

《2022 年中国恶性肿瘤疾病负担情况》预估，2022 年我国新发肺癌病例数约 106 万，位居肿瘤发病率榜首，两倍于排名第二位的结直肠癌，而因肺癌死亡的人数高达 74 万，接近排名第二、三、四位瘤种死亡人数总和。

有数据显示，我国肺癌患者总体 5 年生存率仅为 19.7%。肺癌治疗领域的进展，对癌症防治总体目标的实现具有重要意义。

肺癌无疑是全世界医学界面前难啃的骨头。广东省人民医院肿瘤医院肺内一科主任杨衿记三十多年来围绕肺癌这个巨型的敌人，

暨肺癌规范化治疗

中国·佛山 11月11-12日

进行诊治上的探索，帮助无数患者走出困境。

医学从来不是单纯的技术，在不断为患者寻求更加精准的治疗之外，杨衿记教授还从科普和人文的角度，帮助肺癌患者树立信心。这位从粤西农村走出来的医学专家，用自己的专业能力和医者仁心，照亮肺癌患者的抗癌道路。

## 学而优则医

杨衿记出生在粤西农村，父母虽然没有受过太多教育，但坚定地让五个孩子多读书，他们相信教育是农村孩子改变命运最好的机会。杨衿记以优异的成绩被中山医科大学录取，他成为几十年来全村第一个考上一流医学院校的孩子。

成为医学生多年后，父亲给杨衿记讲了一个意味深长的故事。杨衿记的祖父中年时不幸患鼻咽癌，这是一种中国南方常见的癌症，父亲当时陪着祖父去中山医科大学肿瘤医院看病。医生们专业权威的诊治和细心照料，让杨衿记的父亲萌生一个愿望：以后如果有个儿子，一定要让孩子报考这所院校。

杨衿记回忆，虽然父亲没有直接决定自己的报考志愿，但生活中一定是潜移默化地给孩子们灌输了学而优则医的观念。填报志愿时，杨衿记把所有的志愿空格都填上了中山医科大学，最终顺利实现了父亲的梦想。

大学毕业后，杨衿记被分配到一家医院的胸外科成为外科医生。几年后，杨衿记报考了他敬仰的吴一龙教授，攻读硕士研究生。吴一龙教授是我国著名的肿瘤循证医学权威、肺癌临床科学家，目前担任广东省肺癌研究所名誉所长，广东省肺癌转化医学重点实验室主任。吴一龙教授团队至今引领着中国肺癌相关临床研究，为世界肺癌学界贡献了许多中国智慧。

上世纪 90 年代初，肺癌高发的苗头刚刚出现，当时低剂量螺旋 CT 扫描等等筛查手段尚未出现，早期肺癌的发现还很难。杨衿记回忆，在他工作的早期，肺癌病人和他们的家属眼中只有绝望，得了肺癌就意味着迅速走向生命的终点。当时作为肺部肿瘤科医生，挫败感多于成就感。

刚毕业的几年，杨衿记作为住院医生接受了严格的职业训练，他的全情投入也为自己的医学生涯积累了丰富的经验，掌握了扎实的临床基本功。"值夜班、管病人……这些工作非常辛苦，但也是每一位临床医生必须走过的路。"后来，他严格要求自己的学生，希望他们每一个人都能给患者满意的专业服务，就像当年他的父亲看到的医生们那样。

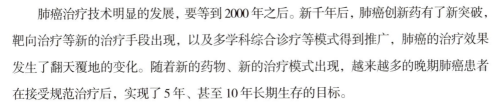

## 晚期肺癌"慢病化"目标正在靠近

肺癌治疗技术明显的发展，要等到 2000 年之后。新千年后，肺癌创新药有了新突破，靶向治疗等新的治疗手段出现，以及多学科综合诊疗等模式得到推广，肺癌的治疗效果发生了翻天覆地的变化。随着新的药物、新的治疗模式出现，越来越多的晚期肺癌患者在接受规范治疗后，实现了 5 年、甚至 10 年长期生存的目标。

杨衿记介绍，全球第一代 ALK/ROS1 抑制剂克唑替尼在我国上市已经十余年，得益于靶向药物的研发和精准治疗的进步，越来越多驱动基因阳性晚期肺癌患者带瘤生存超过 5 年，其中一部分患者已长达 10 年。

近几年，创新药的突破性疗效正在不断得到证实。2024 年美国临床肿瘤学会年会

（ASCO 2024）上，辉瑞研发的创新靶向药物（全球第三代 ALK 抑制剂）洛拉替尼五年随访结果引起了全世界医生的关注。数据显示，在既往未经治疗的间变性淋巴瘤激酶（ALK）阳性晚期非小细胞肺癌（NSCLC）患者接受洛拉替尼靶向治疗，其中 60% 的患者在五年后未发生疾病进展或死亡。与对照组相比，使用洛拉替尼治疗的患者疾病进展或死亡风险持续降低 81%，脑转移进展风险降低 94%。

杨衿记表示，创新药"是肺癌治疗历程中巨大的进步"。"如果肺癌其他靶点的靶向药物都能够获得第三代 ALK 抑制剂这样的治疗效果，那么肺癌治疗将发生巨大的飞跃。"

对靶向药带来的进步，杨衿记一直非常关注。2022 年，杨衿记主编的《钻石突变，十年磨一剑：ALK 或 ROS1 阳性晚期肺癌患者 10 年生存录》出版。书名中的"钻石突变"，指的是 ALK 与 ROS1 基因突变。如果肺癌患者属于这两种基因突变，由于这两个基因突变已经有疗效明显的靶向药物治疗，因此他们算是肺癌患者中的"幸运儿"。

"晚期肺癌实现'慢病化'，最终还是要靠科技的进步。"杨衿记说。

杨衿记感叹，我们这个时代的肺癌专科医生，赶上了肺癌治疗方法快速发展的黄金时期，肺癌个体化治疗与抗肿瘤新药研发取得多个突破性进展，肺癌医生不再"愁眉苦脸"，患者也因为技术的进步而重拾信心。

## 医生、社会合力管控好肺癌

作为医学专家，作为每天接触患者的临床医生，杨衿记对肺癌的思考常常超出技术范畴，他会从社会人文的角度去看待中国第一大癌。杨衿记认为，无论是在治疗阶段，还是接受治疗之后，肺癌患者都需要得到家庭、社会的支持。未来肺癌实现"慢病化"后，更加需要社会对肺癌患者给予理解和宽容。

为此，杨衿记牵头一些跨学科的工作，去鼓励更多患者积极乐观地看待疾病，同时也通过各种形式去填补患者与普通公众之间交流的鸿沟，为患者赢得更好的生活空间。

2021 年，杨衿记主编、由广东省医师协会肿瘤内科医师分会编著的书籍——《怒放的生命：100 个活过 5 年晚期肺癌患者抗癌记》出版。这本书中收录了 100 位肺癌患者

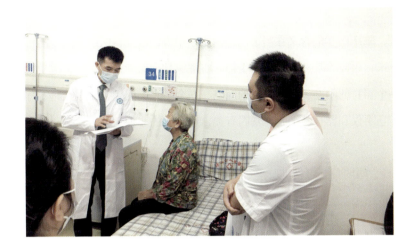

的抗癌故事，杨衿记希望借助这些真实的患者故事，倡导科学抗癌的理念。

近几年，杨衿记又在牵头一项新的工作——访谈节目"肺事讲·Lung Talk"。"我们邀请一些愿意面对公众的患者/家属，接受现场采访，我们多学科的专家也一起参与。通过现场的访谈，患者讲述自己的抗癌过程，传播科学的抗癌理念和知识，鼓励大家建立信心。"

杨衿记介绍，这个节目和通常的科普讲座不同，嘉宾是中、晚期肺癌患者和多学科医务人员，患者讲出自身的抗癌经历和感受，总结抗癌经验；而医护人员则从医学科学、医学人文关怀、心理学等层面进行补充、回应和分析。在"肺事讲·Lung Talk"中，患者与医生一起交流，一起进行"病情复盘"，既有情感的共鸣，观点的碰撞，也有最新的诊疗进展的分享，给肺癌患者多维度的信息参考。

尽管不容易，杨衿记还在坚持做，他希望通过这个节目向社会推广一个概念：肺癌不是单纯的生理疾病，还与心理、社会因素等密切相关。而且，越来越多的肺癌患者将长期与肺癌共存，而他们在日常的工作和生活中，需要饮食营养、运动、睡眠和心理等方面

杨衿记牵头一些跨学科的工作，去鼓励更多患者积极乐观地看待疾病，同时也通过各种形式去填补患者与普通公众之间交流的鸿沟，为患者赢得更好的生活空间。

的康复和支持。

杨衿记一直强调，临床医学的含义在当下已经发生了很大的改变，医学模式不能再是单纯的生物医学模式，而应该是一种崭新的生物－心理－社会医学模式。过去医学对疾病的认识可能是一个器官的问题、一个细胞的问题、一个基因的问题，而今天再看肺癌这样的复杂疾病，它不仅和器官、细胞、基因有关，还与人的心理状况，社会环境有很大的关系。

2023 年 2 月 15 日，国内首个"精准肺癌心身医学多学科门诊"在广东省人民医院肿瘤医院开诊，杨衿记是门诊的发起者，他表示，这个门诊真正实现了"以患者为中心"，通过多学科专家的合作最大程度地减少患者的顾虑，让患者既可以接受规范的抗肿瘤精准诊治，又能得到基于患者社会心理特征的个体化治疗，最终让微观的精准诊治与宏观的个体化治疗在门诊中融合和落实，不仅让患者获得更长的生存期，也让患者在长生存期里拥有更高质量的生活。

杨衿记和他的团队，正在为实现晚期肺癌"慢病化"持续努力。

（撰稿｜黄祺）

## 人物简介

杨衿记　主任医师 博士生导师 博士后合作导师
广东省人民医院肿瘤医院肺内一科主任
中国初级卫生保健基金会肺部肿瘤慢性病专业委员会主任委员
中国临床肿瘤学会（CSCO）理事
广东省健康科普促进会肺癌分会主任委员
主持 2 项国家自然科学基金面上项目、1 项国家科技部慢病重大项目子课题和 2 项省自然基金面上项目。
主持获得广东医学科技奖一等奖，参与获得国家科技进步奖二等奖，中华医学科技奖一等奖，省科学技术一等奖、二等奖。
2015 年度首届"羊城好医生"，2018 年度"广东好医生"，2019 年度"国之名医·优秀风范"，2022 年度"推动行业前行的力量"十大医学先锋专家。
主编《怒放的生命：100 个活过 5 年晚期肺癌患者抗癌记》。《钻石突变，十年磨一剑：ALK 或 ROS1阳性晚期肺癌患者 10 年生存录》。

# 在南方，开拓皮肤病专业新空间

**杨斌**

南方医科大学皮肤病医院院长、主任医师、教授、博士研究生导师

> 皮肤是人体最大的器官，病种多达 2000 余个，有四分之一危及生命。皮肤病是危害国民健康的重大公共卫生问题，在全球非致死性疾病中治病负担位列第三。

在不少人眼里，皮肤科是"小科室"。其实不然，皮肤是人体最大的器官，病种多达 2000 余个，有四分之一危及生命。皮肤病是危害国民健康的重大公共卫生问题，在全球非致死性疾病中治病负担位列第三。

南方医科大学皮肤病医院院长、皮肤病专家杨斌从事皮肤科工作 30 余年，她一直对业内同行和学生强调一个概念：皮肤科医生就像福尔摩斯，不能只看一张皮、只治一张皮。在她看来，皮肤疾病的症状往往只是内在疾病的表象，皮肤科医生要有整体观念，懂得透过现象看本质，寻找引起皮肤表象变化的内在病因，这些疾病可能与免疫、代谢、内分泌，甚至肿瘤等疾病有关，找不准病因，就谈不上有效的治疗。

## 参与创建南方两家皮肤病医院

1967 年，杨斌出生在浙江金华。高考时，她的第一志愿并不是医学，而是和海洋相关的专业，希望今后能从事一份充满挑战的工作。有时候人生的"误差"往往成就另一番天地。杨斌回想说，攻读医学虽然辛苦，但这么多年来收获了满满的成就感。

1990 年杨斌从温州医学院医学系本科毕业，被推免（推荐免试研究生）到中南大学湘雅医学院攻读皮肤病与性病学硕士研究生。

作为我国第一所中外合办的医学院，1916 年，湘雅医学专门学校（现中南大学湘雅医学院）的湘雅 3 班在医疗本科教育阶段开设皮肤病学课程，由此可见皮肤科在湘雅医院的悠久历史。

杨斌感叹道，接触皮肤科以后，发现这个学科很符合她喜欢挑战的性格。"一方面，皮肤病的病种非常多；另一方面，皮肤病跟免疫关系、系统性疾病都很密切，所以亚专科的发展非常快，我们可以研究皮肤外科，也可以研究皮肤影像，还可以研究皮肤美容。"

从中南大学湘雅医学院硕士毕业后，杨斌本可以留在湘雅医院，由于父母调动到刚刚建省的海南工作，杨斌选择去海南开启自己的事业。

杨斌到海南省人民医院皮肤科后很快成为业务骨干，并担任行政副主任的职务。几年后，杨斌调入海南省皮肤疾病防治研究所，参与筹建海南省皮肤病医院的工作。2001 年，海南省皮肤病医院基本建成。这一年，杨斌背起行囊远赴英国、美国深造，回国后杨斌继续攻读，获得了皮肤病性病学专业的博士学位。

2006 年年底，广东省卫生厅公开招聘省皮肤性病防治中心"一把手"。杨斌从海南来到广东，从 2009 年开始，在广东省政府的支持下，杨斌投入建设广东省皮肤病医院的工作。2012 年 3 月，广东省皮肤病医院正式开业，杨斌出任院长至今。2017 年，乘着广东省委、省政府建设高水平大学的春风，医院成建制划转南方医科大学管理。

因为出色的工作成绩，杨斌先后荣获"全国先进工作者""全国疾病预防控制工作先进个人""全国教科文卫体系统先进女职工工作者""广东省优秀院长""广东好人""首届广州名医""国务院政府特殊津贴专家"等荣誉称号。

从事皮肤性病临床与防治 30 余年，她熟悉各种疑难复杂皮肤病的诊治，至今仍坚持每周出三个门诊，参与临床教学查房。翻开杨斌的时间安排表，门诊、查房、科研、教学、行政……满满当当，真正

属于私人的时间往往是回复完邮件的凌晨 12 点后。忙碌和她略显沙哑的嗓音成为"个人标识"。

> "皮肤病不能只看一张皮、只治一张皮。"这是杨斌常常强调的。

## 用新的视角看待皮肤疾病

"皮肤病不能只看一张皮、只治一张皮。"这是杨斌常常强调的。

在皮肤病性病学专业躬耕求索三十余载，她深知，透过现象看本质，综合分析症状，找准疾病的内在病因，才能全面治愈患者。皮肤专科医院的医生规范化培训要求学生在综合性医院的内科、外科等科室待够约 11 个月，因为皮肤病各种症状只是表象，皮肤科医生要有整体观念，要懂得透过现象看本质，寻找引起皮肤表象变化的内在病因。

杨斌举例说，特应性皮炎（AD）往往伴发过敏性鼻炎和哮喘，而银屑病患者也可能会有关节炎。

"刚刚接触皮肤学的时候，觉得治疗皮肤病好简单。患者长些皮疹，开点膏药涂一涂；如果好不了，上激素；再严重一点，拿出免疫抑制剂。治疗手段的局限，会让人产生一种错觉，皮肤科好像没那么难。"杨斌感叹道，当医生越久，想为患者做的就越多，就

会觉得这个学科其实是很复杂的。

以特应性皮炎为例，在皮肤科疾病中的治疗难度相对较大，传统治疗手段在疗效和安全性方面还存在未被满足的需求。得益于临床医学对包括免疫细胞、炎症因子在内的免疫相关机制了解的逐步深入，以高选择性JAK1抑制剂为代表的新型治疗手段的快速发展，让AD治疗难点正在被突破。

杨斌有个12岁的小病人，是鱼鳞病伴特应性皮炎（AD）。因为皮肤瘙痒，这个小朋友看上去就像有多动症，一直安静不下来，父母不得不给他办了休学。

"我给他用了JAK抑制剂以后，瘙痒症状得到了缓解。孩子的母亲已经考虑让孩子复学了。"

因为骨子里期盼挑战未知领域，在30余年的从医经历中，杨斌成为皮肤科领域的开拓者。

2012年，为了提高危重皮肤病患者的救治率，她致力于建设全国首个皮肤病层流病房。2019年，她牵头全国25家三甲医院皮肤科成立"中国手部湿疹科研协作组"，开展多中心临床研究，制订《中国手部湿疹专家共识》；在全国率先开展了斑块型银屑病、特应性皮炎的生物制剂和小分子药物治疗，并结合银屑病慢病管理App的开发应用，探索出银屑病一站式管理模式，医院被纳入国家银屑病规范化诊疗中心之一。

值得一提的是，为提高疑难危重症皮肤病救治能力，在杨斌的带领下，南方医科大学皮肤病医院开设自身免疫性皮肤病、皮肤肿瘤等多学科诊疗（MDT）门诊，目前皮肤危重病临床治愈率达 98% 以上。

## 皮肤病学科更精更强

杨斌所在的南方医科大学皮肤病医院，2024 年迎来了建院 60 周年，这家医院的历史也折射出我国南方地区皮肤病科的发展脉络。

广东省曾是全国麻风病发病率最高省份之一。2007 年以前，该院主要职责是性病、麻风病的面上防控，存在机构较小、能力较弱、活力较差的问题；2007 年开始探索转型，提出以防为主、防治结合，目标是创建全省乃至全国具有示范水平、专科专病优势突出的大型现代化皮肤性病防治专业机构；2012 年加挂广东省皮肤病医院牌子，进入改革发展期，按照"大专科、小综合"的发展战略，将医院品牌逐步做大；2017 年，成建制划转南方医科大学管理，成为南方医科大学直属附属医院，进入全面发展期，设立学科引领、创新发展，打造国内一流、国际知名的高水平专科医院的发展目标，逐步实现医教研防协同发展。

2020 年，南方医科大学皮肤病医院白云院区建设项目正式签约，规划床位 1000 张，规划建设成为以皮肤性病诊疗为龙头，包括内科、外科、妇科、儿科等支撑学科，集医疗、教学、科研、防治于一体的"强专科、精综合"三级综合性医院。2022 年，医院在天河区建立了珠江新城医学美容中心；2024 年，医院筹建番禺门诊部。

杨斌强调，皮肤病专科医院需要内科、外科、妇科、儿科以及影像科等科室的支持，在发展过程中要注重整体观和系统观。为此，医院谋划了"做精、做强、做大"三个层次的发展路径。

首先，开展专科专病精细化建设，推进精细化治疗。医院对亚专科进行分析，通过提升诊疗技术、优化工作流程、提升服务质量等，增强专病治疗能力。

其次，医院强化专科实力，开展临床和基础科研，应用创新疗法，树立优势品牌。目前，该院已经进入学科发展新阶段，通过加大投入力度，逐步培养并加强呼吸内科、心血管内科、消化内科、肿瘤科、内分泌科、变态反应科等专科能力建设，并发展影像学科、病理学科，搭建重症医学科（ICU）等。

在杨斌看来，在皮肤病医院的跨学科专科建设很有必要。"比如特应性皮炎 (AD) 的病人，也可能伴随哮喘或者鼻炎，这就要求我们的皮肤科医生不仅仅会看皮肤，还要有其他学科的专业知识。有的时候，皮肤就是内科疾病的一个表现，所以我们可以通过一些化验的检查去发现一些线索。"

与此同时，愈来愈多的优秀医学生也涌向皮肤科。杨斌自豪地表示，"我们皮肤科现在越来越受欢迎。比如说今年的推免生，各大院校排名靠前的 70 名学生来报考我们皮肤科的研究生。"

看着那么多有为青年投身皮肤科事业，杨斌感到肩上的担子更重了。"我常常被问到'具备什么素质才能成为好医生'，在我看来，首先，现在医学发展迅猛，知识更迭速度快，只有不断学习，提高临床业务能力，才能更好地服务患者。其次，要有职业精神和同情心，才能理解患者的痛苦，体谅患者的实际困难。我们医疗工作虽然辛苦，但是可以治病救人，可以引领一个学科的发展造福苍生。病人的感谢和认同能够让我们感受到这份工作的价值和意义。我想说的是，皮肤病性病学这个专业不仅可以治疗疾病，还能给人带去美丽和自信。"杨斌总结道。

（撰稿｜金姬）

## 人物简介

杨斌 南方医科大学皮肤病医院党委书记、院长、博导
国务院政府特殊津贴专家
中华医学会理事
中国医师协会皮肤科医师分会副会长
中华医学会皮肤性病学分会委员、免疫学组成员
中国整形美容协会皮肤美容分会副主委
亚洲银屑病学会（ASP）理事
广东省医学会皮肤性病学分会主任委员
广东省医师协会皮肤科医师分会副主委
广东省整形美容协会副会长

# 晚期肾癌，走出"姑息"的无奈

**何志嵩**

主任医师、北京大学泌尿外科研究所副所长

> 有了创新药物和创新治疗方式后，当务之急是推动晚期肾癌的规范化治疗，让患者获得更好的治疗效果。

　　肾癌，发病率不算高。在中国男性癌症发病率排名中，肾癌位居第十位左右；中国女性癌症发病率排名中，肾癌在十名之外。

　　但是，晚期肾癌对生命的威胁很大。肾癌是泌尿系统三大肿瘤之一，其死亡率居泌尿系统肿瘤之首。

　　2005 年之前，医生对晚期肾癌几乎束手无策，因为治疗其他肿瘤的有效方法如化疗、放疗等，对晚期肾癌的治疗效果都十分有限，患者病情发展很快，一旦转移就只能"姑息"治疗。

　　直到 2005 年，针对晚期肾癌的靶向药物出现，晚期肾癌的治疗进入全新的阶段，医生们终于拥有了"武器"，可以帮助患者获得治疗机会。

　　何志嵩亲历了晚期肾癌治疗技术飞跃式的进步过程。过去面对患者只能暗自惋惜的医生们，如今可以帮助患者积极地应对疾病，并且实现了生命的延长和生活质量的改善，晚期肾癌患者的生存期从原来的 1 年左右提高到 2 年以上。

谈起巨变，何志嵩这位温文尔雅的医生也难掩激动。他表示，有了创新药物和创新治疗方式后，当务之急是推动晚期肾癌的规范化治疗，让患者获得更好的治疗效果。

作为行业权威专家，何志嵩教授承担了制定国家层面的肾癌单病种相关质控规范的任务。"我个人认为，国内一线城市的医疗机构，肾癌的诊断和治疗已和国际同步，治疗手段和治疗理念都不逊于任何国家。但是，基层医院的诊治水平还存在很大的提升空间。所以，国考指标和单病种质控的推行，有望进一步推动国内肾癌诊疗水平的提高，让更多的国内肾癌患者获益。"

## 发病率低、死亡率高的癌症

初秋的北京市大兴区，马路边的白杨树为行人挡住刺眼的阳光。启用不到一年时间的北京大学大兴院区门诊大楼里，明亮整洁的候诊区井井有条，来自全国各地的泌尿系统疾病患者正在安静候诊。

1946 年，谢元甫、吴阶平在北大医院创建了中国首个独立的泌尿外科专业。北京大学第一医院泌尿外科从上世纪五六十年代开始蜚声全国，疑难疾病患者会怀揣着信任来到这里就诊。2009 年起，北京大学第一医院泌尿外科暨北京大学泌尿外科研究所连续在复旦大学发布的《中国最佳医院排行榜》位列专科首位。

何志嵩在上世纪 90 年代进入北京大学第一医院，师从郭应禄院士，从此走上了自己的医学道路。

泌尿系统癌症，普通人比较熟悉的可能是前列腺癌、膀胱癌，为什么大家很少听到肾癌？何志嵩说，主要的原因是晚期肾癌曾经长时间缺少治疗方法，肾癌学科没有得到太多发展。

每一名医学生都会从教材上学习到关于肾癌症状的知识，肾癌的临床症状是著

名的"肾癌三联征"：腰痛、腰部包块、血尿。腰痛通常是因为肿瘤增大侵入周围的组织、腰肌或神经受到了侵犯；腰部或上腹部的包块说明肾癌病灶已增大到一定程度；血尿反复发作，则意味着肿瘤已经突破了集合系统。

实际上，如果患者真的出现这些症状，多数患者已经到了肾癌中晚期，错过了手术时机，可用的治疗方法有限。

何志嵩介绍，从世界范围看，肾癌的发病率上升很快，中国也存在同样的情况。"肾癌发病率上升快可能与老龄化、生活方式以及体检意识的加强有关。"过去一般认为肾癌在城市人群中发病率比农村地区高，但近些年的调查发现，中国农村地区肾癌发病率上升速度也非常快，何志嵩说，这说明我国农村地区生活水平和生活方式在快速地接近城市。

通常我们说到的肾癌，主要是最常见的肾细胞癌。肾癌的发病原因至今尚不明确，很多患者确诊后会问医生"我为什么会得肾癌"，何志嵩介绍，肾癌的发病与一些高危因素的确有关，特

作为行业权威专家，何志嵩教授承担了制定国家层面的肾癌单病种相关质控规范的任务。

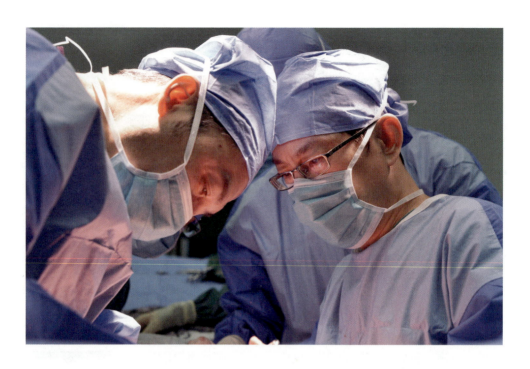

别是吸烟、肥胖，以及一些在特殊职业环境中工作的人等。

因此如果谈到预防肾癌的发生，何志嵩向公众说得最多的就是戒烟和保持健康的生活方式。"很多人觉得奇怪，吸烟不是引发肺癌吗？为什么和肾脏有关？实际上香烟内的有毒物质进入血液循环后，最终也会来到肾脏等器官。"何志嵩认为，中国应该继续加强控烟，进一步降低癌症的发生率。

近些年随着社会经济的发展，体检得到普及后，肾癌的早期发现有了很大的改观，不少肾癌患者都是在体检B超检查中被发现肾脏的病变，体检发现的患者占到总患者人数的90%左右。早期肾癌可以通过手术治疗，多数患者都能达到治愈的效果。

何志嵩团队相关的研究发现，早期肾癌发展速度并不快，肾癌和肾肿瘤的平均生长速度是每年1厘米左右，因此早期发现肾癌后及时治疗，对人的健康损伤不会太严重。"现在我们可以给条件合适的患者进行保肾的肿瘤切除手术，不需要像过去一定摘除器官，为患者的康复和日后的生活带来更好的生活质量。"

## 晚期肾癌治疗迎来突破

早期肾癌并不可怕，但晚期肾癌却经历了漫长的无法治疗的黑暗时代。"过去如果晚期肾癌发生转移，那么患者的平均寿命为一年左右。"

转机出现在2005年，针对晚期肾癌的靶向治疗药物获得美国FDA批准上市，创新的抗血管生成靶向药从肾癌的发生机制上找到了突破点。2007年，辉瑞将晚期肾细胞癌的一线标准治疗药物——口服靶向药物（苹果酸舒尼替尼胶囊）——引入中国。到2015年，新一代的口服TKI抑制剂阿昔替尼片在中国获批上市。

抗血管生成靶向药出现之后，免疫治疗药物也逐渐成熟，靶向药联合免疫治疗的方案成为晚期肾癌治疗的标准方案，我国晚期肾癌一线治疗正式进入靶免联合时代。

2024年4月，国家药品监督管理局批准了特瑞普利单抗联合阿昔替尼一线治疗晚期肾细胞癌的适应症。

何志嵩介绍，创新药物出现后，晚期肾癌患者的平均生存期从过去的1年开始逐渐延长，目前已经可以达到2.5年、3年，一些患者的生存期延长到4年。

新药问世初期，价格曾经比较贵，但随着医保目录覆盖创新药，大大减轻了晚期肾癌患者的经济负担。

有了新药后，多学科的联合诊治MDT受到重视，通过多学科联合诊治，晚期肾癌患者的治疗措施变得更加精准。在何志嵩领导下，医院组建了以泌尿外科专家为主导，联合放射治疗科、肿瘤化疗科、医学影像科、核医学科及泌尿病理专业、骨肿瘤专业等多学科专家的MDT团队，针对疑难病例、复杂病例以及中晚期泌尿肿瘤患者进行综合评估诊断，为患者提供个性化治疗方案及全程管理。这个MDT团队荣登"中国泌尿肿瘤百强榜"且位列华北和东北区域第一位。

何志嵩表示，北京大学第一医院泌尿外科几十年来传承了大专家大查房的优良传统，而MDT将多学科专家"大查房"变得常规化，让更多患者享受到这一诊疗模

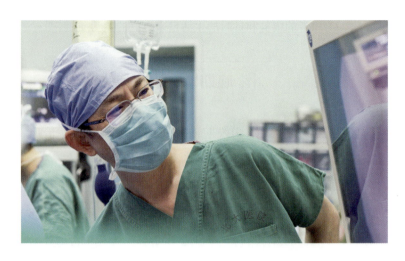

式带来的益处。

随着治疗手段的丰富，规范化诊疗和质控成为学科发展的关键。在国家卫生健康委发布的《国家三级公立医院绩效考核操作手册（2024版）》中，新增了肿瘤专业医疗质量控制指标。其中列出了肾癌单病种相关质控指标，包含四个项目：首次治疗前临床分期评估率、首次非手术治疗前病理学诊断率、术后病理TNM分期率和围手术期死亡率。

何志嵩介绍，只有在治疗前对患者进行很好的分期评估，医生才能制定更加科学、相对个体化的治疗手段，让患者在瘤控和生活质量方面达到最佳平衡。所以把肾癌分期作为一项硬性指标提出，无疑将有助于提高国内肾癌治疗的整体水平。

何志嵩曾执笔《中国肾癌规范诊疗质量控制指标（2022版）》，他认为，中国肾癌治疗的规范化正在循序渐进地推进。随着对肾癌研究的深入，更加精准的诊疗将会是学科发展的方向。

## 泌尿外科，中国医学进步的缩影

吴阶平教授创建泌尿外科时，只有三张床位，但因为有郭应

每一代人都有自己的使命，在何志嵩这一代泌尿外科人的肩膀上，承担着疾病诊治规范化、精准化、进一步提高难治疾病治疗效果以及自主创新的重任。

禄、沈绍基、孙昌惕、顾方六等知名教授的加入，学科很快声名鹊起。何志嵩介绍，由于这些学者都是从海外留学归来，带回了先进的医学理念，也更愿意大胆尝试和探索新技术的应用。

1978 年，受原卫生部委托，郭应禄、薛兆英等 5 人赴加拿大考察肾移植，回国后他们撰写了国内第一部《肾移植》专著，免费送给同行学习。在北大医院泌尿外科的推动下，中国肾移植在 20 世纪 80 年代逐渐走向规范和成熟。1997 年，北大医院泌尿外科成立肾移植病房，全国各地医生都来进修。

科室在全国率先引进体外冲击波碎石机、膀胱尿道镜、输尿管镜、经皮肾镜、腹腔镜等当时最先进的技术和器械，带领中国泌尿外科进入了微创时代。

为了让全国的同道都有机会学习最新的技术，北大医院泌尿外科从 20 世纪 50 年代开始面向全国招收进修医生进行长期培训；20 世纪 80 年代开始面向全国举办医师短期集中培训。

1995 年，郭应禄院士创办北京医科大学泌尿外科培训中心（后更名为北京大学泌尿外科医师培训学院），并于 1997 年发起"泌尿外科将才工程"，为全国培养专业骨干。

2001 年，郭应禄再次启动"将才工程"，重点对全国各地医院的科主任级专家骨干进行培训，举办"博士生导师培训班""热点话题高端论坛""境外培训"等，培养创新型科技人才队伍的领军人物。这一时期，各种新的技术和器械问世，"将才工程"大大推进了中国泌尿外科事业的发展进程。

初入北京大学第一医院泌尿外科，何志嵩耳濡目染医学大家们的治学精神，也得到了各种进修和学习的机会。通过"将才工程"，何志嵩学习到当时最领先的泌尿外科诊治理念，为后来的事业发展奠定了基础。

在科研上，北京大学第一医院也始终走在前面。1964 年，北大医院成立我国首个泌尿外科研究室，1978 年成立北京医学院泌尿外科研究所（现更名为北京大学泌尿外科研究所）。

何志嵩说，医学前辈们前瞻性地谋划了学科的发展方向，搭建了学科发展的平台，早期通过交流学习、后来通过探索创新，走出了自己的创新之路，也使得北京大学第一医院泌尿外科始终站在行业领先的位置。

泌尿外科的发展就像是中国现代医学发展的缩影。每一代人都有自己的使命，在何志嵩这一代泌尿外科人的肩膀上，承担着疾病诊治规范化、精准化、进一步提高难治疾病治疗效果以及自主创新的重任。

（撰稿｜黄祺）

## 人物简介

何志嵩 主任医师
北京大学泌尿外科研究所副所长
中国医师协会泌尿外科医师分会第三届委员会副会长
中国抗癌协会男性生殖系统肿瘤专业委员会副主任委员
中国临床肿瘤学会（CSCO）理事会理事
中国临床肿瘤学会尿路上皮癌专委会主任委员
中国临床肿瘤学会前列腺癌专委会副主任委员
中国临床肿瘤学会肾癌专业委员会副主任委员
国家肿瘤质控中心肾癌质控专家组组长
中华医学会泌尿外科分会肿瘤学组委员
中国初级卫生保健基金会泌尿外科专业委员会副主任委员
北京医学会泌尿外科分会常务委员
北京医师协会泌尿外科专科医师分会常务理事

# 偏头痛治疗，告别"熬"时代

**李焰生**

上海交通大学医学院
附属仁济医院脑血管
病中心主任医师、教
授

> 治疗效果大幅度改善的背景下，让李焰生着
> 急的是，不仅是患者对头痛等疾病还存在种种
> 误解，医生端也存在诊疗服务的供给不足。

李焰生教授和神经内科疾病打了近 40 年交道。

大脑迄今为止仍是"暗盒"，当人体其他器官因为科技的进步而变得"透明"，大脑神经系统的很多疾病，仍然存在许多未解之谜。比如李焰生关注多年的偏头痛，就是一个至今无法彻底治愈的难题。

值得庆幸的是，医学正在一点点解开神经系统疾病致病机制的部分谜题，根据这些发现而研发的创新药物，已经可以有效地治疗疾病，帮助患者从痛苦中走出来。

治疗效果大幅度改善的背景下，让李焰生着急的是，不仅是患者对头痛等疾病还存在种种误解，医生端也存在诊疗服务的供给不足。由此也导致了国内偏头痛患者的就诊率不高，大量患者

没有接受规范化的治疗的现状。为此，他不仅在学术界积极参与面向医生的专业能力培训，也通过拍摄视频、线下宣讲等方式，面向公众科普关于偏头痛的知识。

长期隐藏在海面之下的大量偏头痛患者，需要更多专业医生的帮助。

## 神经系统疾病，现代人的困扰

上高一时，李焰生的父亲因肝病去世，切肤之痛让他萌生了做医生的理想，同时他也想从军，因此，报考军医大成为他的目标。1980年，李焰生在江苏南京参加高考，成绩公布，他以所在高中第一名的出色成绩顺利进入第二军医大学（现海军军医大学）。

本科毕业后，李焰生师从当时海军军医大学附属长征医院神经内科宰春和教授攻读硕士研究生，在这期间接受了神经病学与遗传学等相关学科的学术研究训练。李焰生说，导师要求学生多阅读英文的论文和资料，这也使他了解到了更多全球先进的科学理念和学术知识，为他后来从事临床科研打好了基础。

成为医生后，李焰生有机会在由上海五家大医院神经内科退休专家组成的"上海市神经科教授会诊中心"学习和旁听，十年时间，他从医学前辈身上学习技术和医德，终身受益。

几十年前，中国的检查技术和诊疗水平还处于萌芽阶段，李焰生回忆，他大学刚毕业时，CT才刚刚诞生，全上海只有屈指可数的几台CT设备。由于检查技术的局限，很多神经系统疾病都

在李焰生的带领下，上海大医院中首次开设头痛头晕专病门诊。设立专病门诊，不仅方便患者找到专业对口的医生，李焰生说，这样的形式还可以帮助团队建立疾病的大数据库，在此基础上可以做大量的临床研究，为未来优化治疗提供帮助。

难以诊断。"比如说阿尔茨海默,我刚刚工作的上世纪80年代,很少看到这样的病人。"李焰生记得,年轻时遇到过一位30多岁的痴呆患者,当时很难诊断到底是什么病,只能给病人做脑活检。即便检查出病因,也几乎没有治疗方法。改革开放后中国经济高速发展,医疗体系的建设也进入了快行道,现在,就连一些社区卫生服务中心,都已经配备了CT等先进的医疗设备,可以帮助医生更准确、更快速地临床诊断。

随着人均寿命大大延长,年龄相关的疾病逐渐凸显,大家发现,神经系统的问题逐步成为很多人的困扰。李焰生在2000年到美国贝勒医学院神经科进修,拓展了学术眼界,并开始关注临床研究。他认为,中国医生有责任将临床积累的经验、数据进行梳理和研究,为患者寻求更好的治疗方法。

在海外学到的临床研究思维,很快被李焰生用到了自己的工作中。这个阶段,神经内科疾病在疾病谱中排位也逐渐上升,在致死率和致残率的排名上,神经系统疾病都开始排在前几位。

2003年,李焰生加入上海交大医学院附属仁济医院,之后担任神经科主任,并大力发展临床研究。"我们把研究的目标锁定在常见病和多发病,设立了脑血管病、头痛和头晕、记忆障碍和失眠、癫痫、帕金森病等7个专病门诊,专病门诊建立的初衷是希望神经内科的医生在会看所有神经内科领域疾病的前提下,能够有专业的分工并拥有自己的学术专长。"在李焰生的带领下,上海大医院中首次开设头痛头晕专病门诊。

设立专病门诊,不仅方便患者找到专业对口的医生,李焰生说,这样的形式还可以帮助团队建立疾病的大数据库,在此基础上可以做大量的临床研究,为未来优化治疗提供帮助。

过去,人们对健康的期待是避免残疾和死亡,像头痛这样的疾病,很多人只能默默忍受,无论是经济条件还是技术条件,都无法帮助这些病人摆脱痛苦。而随着社会经济的发展,我们对健康有了更高的期待。李焰生介绍,头痛经常伴随着抑郁焦虑、失眠、头晕等问题,常常成为人们去就医的原因。在神经科门诊,70%到80%的患者会描述有头痛、头晕、失眠、不开心等等感受。

当然,头痛可以好好治疗,还要归功于医学的发展。在治疗上,过去遇到病人头痛发热、昏迷抽筋，怀疑脑炎，医生能用的药主要是激素。而现在，当遇到头痛发热昏迷的病人，医生可能要考虑从几十种病因中确认是哪一种，药物也更加丰富。

## 致残率高、就诊率低

让人意外的一个数据是，在所有致残的神经系统疾病中，脑卒中位列第一，偏头痛占据第二位。

李焰生介绍，头痛可以分为两个大类，一种是继发性头痛，比如外伤、高血压、病毒或细菌感染、青光眼、脑出血、脑部肿瘤等疾病引起的头痛。另一类是原发性头痛，其中最普遍的就是偏头痛，其次是紧张型头痛和三叉自主神经性头痛。

偏头痛发作时，通常表现为头部一侧或双侧出现搏动性的疼痛，头痛部位可能出现在太阳穴附近、前额及眼眶后，有时痛感甚至蔓延在整个头部，一般持续时间为 4 小时至 72 小时，常伴随不愿活动、畏光、畏声、恶心、呕吐、对气味敏感等症状。

偏头痛是一种中枢神经系统的功能障碍疾病，大脑对感觉的调节产生了变化、功能的紊乱，所以才产生疼痛的感受。"目前在临床上偏头痛的诊断讲究'病史为王'，没有特异性的诊断方法，医生首先要排除其他的继发性头痛可能，再根据患者的病史、头痛特征来进行判断。"李焰生介绍，偏头痛有明显遗传性特征，约 60% 的偏头痛有家族史，尤其是母亲有偏头痛的，孩子容易患有偏头痛。

现在，偏头痛的诊断已经非常成熟，医生通过问诊和检查排除其他疾病，基本都可以准确诊断偏头痛。但是，由于患者对疾病不了解，认为无药可用，或者"熬一熬就过去了"，大量的偏头痛患者就没有得到及时的规范的诊断以及有效的治疗。

中国有 9.3% 的 18 岁以上成年人患有偏头痛。女性的发病率是男性的 2 倍到 3 倍，女性人群中 5 到 6 人中就有一人患病，男性人群中 12 到 15 人中就有一人患病。全球范围普遍认为偏头痛是一种疾病负担非常重的疾病。

偏头痛危害有这么大吗？李焰生解释，按照美国的数据，大约有四分之一的偏头痛患者一个月要发作 2 次，每次持续 1 天到 2 天。也就是说，一位病人一个月中 4 天有头痛，相当于 1 年中有 48 天是生活在极其痛苦的状态下。疼痛、恶心、呕吐、不能工作、不能上学、只能一个人躺着……很多女性要到 50 多岁绝经期后才能缓解。

"这样粗略折算，一位女性患者一生就有 6 到 8 年是在"地狱般的状态下"生活。

针对大量患者存在"治不好就不治"的想法，李焰生解释说，很多患者希望偏头痛可以根治，但这其实是过高的期望。偏头痛和糖尿病、哮喘、过敏性鼻炎一样，目前无法实现根治。不过，借助有效的药物和对疾病的科学管理，完全可以减少发作或者减轻症状，患者可以重新获得很好的生活质量。

如果没有接受规范治疗，偏头痛患者发作频率可能会越来越高，症状越来越重，不是自己吃点止痛片就能解决。

2024 年偏头痛领域最大的好消息是全新一代偏头痛特异性治疗口服靶向药 CGRP 拮抗剂在国内上市。这种创新药能够阻断偏头痛发作的关键通路，缓解偏头痛及相关伴随症状，用于成年人有或无先兆偏头痛的急性治疗。

李焰生说，随着越来越多创新药物的出现，偏头痛的治疗会更加有效，患者大可不必"熬"。

## 让更多患者得到规范治疗

偏头痛患者中大约有 1/4 属于"难治的"偏头痛，这些患者的头痛频繁发作，可能还伴随着焦虑、抑郁等问题。"焦虑、抑郁的发病率在普通人群中不到 10%，但在偏头痛人群中可以达到 40%。偏头痛患者中晕车、晕船、癫痫等风险都要远远高于普通人。偏头痛还会增加脑卒中的发病率。"因此，偏头痛的诊治考验着临床医生的专业能力。

李焰生表示，近几年召开的神经病学学术会议上，头痛主题的分会场基本都是座无虚席。这说明随着疾病谱的改变，医生们发现经常会遇到偏头痛患者，需要为他们提供更好的诊疗服务。

现实中大量的偏头痛患者可能生活在中小城市以及农村，如今大城市大医院已经完善设置，专注于偏头痛的专科医生有所增加。但对于更广泛的区域而言，患者要想得到规范化诊治，并不容易。

头痛专科医生的匮乏，至今还是偏头痛领域的一大难题。在医疗资源相对匮乏的地区，一个县市可能也没有一位专攻头痛的专科医生。由于缺少专业诊治的团队，患者获得规范化治疗的机会就相对少，很多病人得到的可能只是一个"应付"的治疗方案。

因此，李焰生近来投入大量时间和精力，推动基层医疗机构提高偏头痛的诊疗水平。他透露，一个依托互联网专门看头痛的平台正在筹备中，它可以整合多家医院的头痛医生，患者可以在线上求医问药。如果遇到疑难病例，还可以组织专家会诊，免去了患者奔波到大城市就医的辛苦。此外，平台还面向基层医生和患者提供公益性的专业培训和科普教育。

"5 年前我就跟同行们说，要张开双臂迎接偏头痛诊治革命时代的到来。"李焰生说，中国的偏头痛专业正在迎来春天，随着越来越多的专科医生关注偏头疼，随着创新药物来到患者身边，相信会有更多偏头痛患者浮出水面，通过规范治疗获得更好的生活。

（撰稿｜黄祺）

## 人物简介

李焰生　上海交通大学医学院附属仁济医院脑血管病中心主任医师、教授。
中国医师协会神经内科分会疼痛与感觉障碍专科委员会副主任委员
中华医学会疼痛学分会头面痛学组副组长
中国研究型医院学会头痛与感觉障碍专业委员会副主任委员
中国医疗保健国际交流促进会眩晕医学分会第二届副主任委员
上海市医学会脑卒中专科分会第四届委员会主任委员

# 传染病威胁一直在，
# 做好全生命过程疾病预防

**冯子健**

中国疾病预防控制中心原副主任、中华预防医学会专职副会长兼秘书长

> 未来各级医疗机构应继续扩大预防服务项目，包含对疾病筛查、风险评估、预防性医学干预、行为生活方式咨询指导等。

2024 年的夏末，"新冠感染者人数上升"的新闻再次引起了大家的关注。这意味着新冠病毒，并未离我们远去。

6 月夏日，在北京市东城区一幢大厦内，中国疾病预防控制中心原副主任、国家卫生健康委医疗应急工作专家组流行病学组长冯子健刚刚结束会议来到笔者面前。一改电视上严肃的形象，冯子健一边落座一边热情招呼我们。他的办公桌上非常整洁，座椅背后是一整面墙的书柜，透露出一位学者的严谨。

谈及传染病趋势时冯子健向笔者表示，新冠大流行刚刚过去，但传染病的威胁永在，下一次大流行随时有可能突然发生。国家、地区和社区等层面都需要为下次大流行做好充足的准备。

冯子健长期从事传染病防控、卫生应急和国家免疫规划等方

面的专业技术和管理工作，2022 年 4 月，荣登"全球顶尖前 10 万科学家"榜单。在他来看，目前不管从全球治理层面，还是从全球大流行医学应对工具研发、筹资、协调行动等方面，都存在问题和不足，这需要国际社会、全球各国增进团结、增进协调，以共同推动传染病的预防和应对能力的建设。

## 从免疫事业受助国到帮助其他

冯子健表示，几十年来，中国卫生事业取得了长足进步和发展，特别在免疫接种方面效果显著。每年 4 月的最后一周是世界免疫周。在河北雄安新区召开的 2024 全国疫苗与健康大会上的信息显示，我国疫苗可预防传染病防控持续进步，成就巨大。

自 1979 年起实施国家计划免疫和免疫规划以来，中国生产的疫苗种类几乎涵盖世界上所有主要品种，并自主研发出国际上没有的、全新的疫苗。预防接种体系、服务体系也在不断改进和加强，特别在儿童免疫规划方面，提供门诊化接种服务，接种率持续保持高水平，相应传染病的发病率降到了历史最低水平。

几十年来，中国医疗事业取得了长足进步和发展，特别在免疫接种方面效果显著。

以我国麻疹发病率为例，过去最高时一年有数百万名感染者，现在一年只有几百例。发病率低于百万分之一，已基本实现了消除麻疹目标。甲肝、流脑、乙脑等各种免疫规划覆盖的传染病发病率显著下降，发病率降至历史最低水平。儿童和青少年乙肝表面抗原携带率持续下降。"只要我们持续保持高质量的新生儿乙肝疫苗接种，做好乙肝病毒的母婴传播阻断，我国将在未来不太长的时间，摘掉'乙肝大国'的帽子。"

在国家免疫规划道路上，有一些具有里程碑事件。冯子健回忆，乙肝曾是昔日的"中国第一病"。上世纪六七十年代乙肝病毒曾给中国造成了沉重的疾病负担，根据1992年乙肝血清流行病学调查的结果，当时中国约有60%的人感染过乙肝病毒，1.3亿人是乙肝病毒的长期感染者，每年有近30万人死于乙肝相关疾病。

由于乙肝疫苗在当时并不要求强制接种，在经济滞后地区接种覆盖率只有40%，基于这一背景，盖茨基金会、联合国儿童基金会、世界银行和其他伙伴一起，提出创新型解决方案，全球疫苗免疫联盟（以下简称"GAVI"）也应运而生。当时，GAVI准备了高达4000万美元的特别赠款，用于支持中国降乙肝疫苗纳入国家免疫项目，并支持我国完成疫苗接种全部采用一次性注射器替代可重复使用的玻璃注射器。

从2002年到2009年，GAVI项目共计为中国22个省份的2500万儿童接种了乙肝疫苗。合作地区儿童出生后第一针乙肝疫苗的接种率也从64%提高至90%以上，有效避免380万中国人遭受乙肝病毒感染。2010年，中国从GAVI乙肝项目"毕业"，2015年正式成为GAVI的捐助国。迄今为止中国已捐赠2500万美元用于支持GAVI为世界各地的儿童提供挽救生命的疫苗。

通过疫苗普及和抗病毒治疗等手段，我国有效降低了乙肝病毒感染率，预防了约5000万例慢性乙肝病毒感染，为全球实施疾病控制和疫苗评价提供了科学决策的范例；目前，已有6家中国企业的10款疫苗产品通过世界卫生组织预认证，中国疫苗成为全球公共卫生治理的重要力量。

近十年，一些创新的疫苗产品来到公众的身边，由于生活水平提高以及持续的科普教育，公众对疫苗价值的认知不断提升，对疫苗接种也有了更多元化的需求，因此创新疫苗也受到了普遍的欢迎。

过去免疫服务主要集中在儿童，下一步要改善儿童之外的其他人群免疫服务的可及性和便利性。

2016 年 13 价肺炎球菌多糖结合疫苗首次进入中国市场后，一度出现"一苗难求"的情况，新一代家长对于给孩子接种创新疫苗表示了充分的认可。肺炎球菌疾病是导致 5 岁以下儿童重症肺炎发病和死亡的主要原因之一，肺炎球菌多糖结合疫苗的接种为儿童建立起抵御侵袭性肺炎球菌性疾病的防护网。包括肺炎球菌多糖结合疫苗、轮状病毒疫苗、人乳头状瘤病毒疫苗在内的创新疫苗的引入在推动我国公共卫生发展方面发挥了重要作用。

目前，中国已经进入老龄化阶段，老年人群的照料、社会服务，包括医疗服务、康复和疾病预防等都面临巨大挑战。过去免疫服务主要集中在儿童，下一步要改善儿童之外的其他人群免疫服务的可及性和便利性。

## 医防融合，基层预防服务是关键

2022 年党的二十大报告提出的"医防协同、医防融合"。医防融合是我国在新时代健康中国战略下提出的重要举措，强调医疗机构和医疗服务人员在提供诊疗服务的同时，还应为公众提供预防服务，即"治病"和"防病"相结合，通过疾病诊治和临床预防服务的有效衔接，最大限度地减少健康问题的发生，实现"以健康为中心"的目标。

如何实施医防融合，基层医疗机构如何创新医防融合模式？冯子健说，这就要求各级医疗机构的医务工作者参与其中，除了对疾病的诊疗外，还应提供越来越多的临床预防服务。目前，医防融合工作有了进步，妇幼保健医生在处理儿童和妇女的疾病时，同时也兼顾保健工作；儿童免疫服务一直由基层和社区医疗机构提供，是典型的医防融合的最佳实践。

中国政府相关部门正在完善免疫规划顶层设计、加强预防接种服务体系建设、推进接种信息互联互通和数据共享、提升疫苗接种率、强化免疫效果评估等方面下大力气，全面推动免疫规划工作高质量发展。

他介绍，未来各级医疗机构应继续扩大预防服务项目，包含对疾病筛查、个体风险评估、预防性医学干预、行为生活方式咨询指导等。免疫接种服务也是临床预防服务一个重要内容，"随着疫苗种类的增多，我们还要给成人、孕妇、老年人甚至慢性病患者提供不同种类的疫苗来预防特定疾病，从而实现全生命过程的预防接种服务。"

全生命过程的预防接种服务需要由基层社区及各级医疗机构来提供，将来需要将成年人、老年人和特殊人群的预防接种逐步纳入国家或地方免疫项目，并不断改进不同层级医疗服务机构为居民提供预防服务的可及性和便利性。冯子健认为，医疗机构特别是基层、社区医疗机构有效提供临床预防服务，是医防融合的基本涵义所在。

谈及基层医院在医防融合中发挥的作用，冯子健表示，目前基层医院向居民提供基本医疗预防的服务需加强。首先，医疗卫生人员的数量要能够满足覆盖的服务需求，其次要将更多的临床预防服务项目纳入医保支付或政府基本公共卫生服务项目覆盖范围，要建立更加明晰有力的居民个人／家庭、基层社区医疗卫生机构、医保／健康保险机构、政府部门各方在临床预防服务的责任和关系。

## 时刻警惕新发传染病

对于新发传染病，冯子健介绍，一个新理念得到了全世界的认可——同一健康

（One Health），即加强动物健康、人类健康和生态环境健康之间的合作，来降低跨种传播事件发生的风险，尽量预防新发传染病的大流行。

从预防的角度，还应加强生物安全的监管。"生物技术可以增进人类对微生物的认识，创造出很多诊疗和预防新产品，同时随着生物技术的高度发达，也带来可能的负面风险，比如实验室里经过改造的微生物，一旦泄露到环境中或被恶意释放，将成为新发传染病的另一个严重威胁。"

有观点指出，气候变化对于人类健康有着重大影响风险。对此冯子健认为，气候变化的直接后果是显而易见的。比如，气候变化使得疾病的动物宿主和媒介昆虫的分布和密度发生变化，这些变化可能也有利于疾病的传播。另外，气候变化会影响人们的生产生活方式，使得人类与野生动物的接触方式、频率等发生变化，这将会增加原本动物所携带的微生物溢出到人类，发生跨种传播，演变成为人类疾病，并引发大流行。

冯子健表示，当公共卫生危机发生时，官方权威机构必须认真倾听民众的关切，再充分理解网络时代信息传播的特点，努力提高应对信息流行病的能力，有效地做好公众交流，同时要让社区参与到大流行的应对和应对策略措施制定过程之中，促进人们积极参与和支持政府和公共卫生部门采取的应对措施。

不可否认，疫苗是有效应对新发传染病大流行的关键措施。冯子健认为，除了保证疫苗安全、有效，更要确保其公平、可及。

（撰稿｜吴雪）

## 人物简介

冯子健　研究员，现任中华预防医学会专职副会长兼秘书长。
国务院防控新冠肺炎联防联控机制专家组成员；中国医师协会公共卫生医师分会第一届委员会副会长；中华预防医学会第六届理事会常务理事；中华预防医学会流行病分会副会长；中华流行病学杂志副主编；中国疾控中心国家免疫规划咨询委员会技术工作组总组长；世界卫生组织西太区紧急医学救援战略咨询委员会轮值主席；国家卫生健康委疾病预防控制专家咨询委员会委员。

# "探案"神秘大脑，
# 难治性头痛可以变得"好治"吗？

**刘恺鸣**

浙江大学医学院附属
第二医院神经内科主
任医师、浙江大学博
士生导师

> 在中国，偏头痛的治疗并不乐观，诊治头痛
> 的专科医生也非常缺乏。既往神经内科鲜有专
> 攻头痛的医生，很多患者求医无门，临床正确
> 诊断率曾长期徘徊在 15% 以下。

2024 年 5 月 27 日，周一，刘恺鸣走进浙江大学医学院附属
第二医院（以下简称"浙大二院"）神经内科诊室，候诊病人中
很多是被偏头痛折磨了多年的患者。这一天是中国首个"偏头痛
关爱日"，主题为"别拿偏头痛不当病"——这也是刘恺鸣想要
呼吁的。

头痛的分类非常复杂，有 300 多种。其中，对人类健康影响
最大的是偏头痛。偏头痛是 50 岁之前人类失能的第一大病因，
同时，在所有的神经系统疾病里，偏头痛是仅次于脑卒中的第二
大疾病负担。

流调数据显示，我国偏头痛患者超过 1 亿人。然而，很多人

对于这种广泛危害人类健康的头痛疾病缺乏重视。不少慢性头痛的患者处于长期的漏诊、误诊和严重失能状态。

刘恺鸣坦言，当年学医时选择神经内科，是因为觉得诊治神经病学疾病充满挑战，就像福尔摩斯探案。如今，他希望自己真的能像福尔摩斯那样，帮助偏头痛患者摘掉头上的"紧箍咒"，让他们能像正常人一样去学习、工作和生活。

## 深耕难治性头痛

把看病比作"探案"的 80 后医生刘恺鸣，读研时选择了神经病学作为主攻方向。

作为一名神经病学博士，刘恺鸣曾赴哈佛大学医学院、伦敦大学学院皇家自由医院，研修难治性头痛的诊疗。之所以选择头痛这个特别细分的领域，是因为国人对此的重视度还不够。偏头痛是全球第二大常见神经系统失能性疾病，也是全球第二大致残性疾病，但它目前的正确诊断率却很低，低于 25%。

刘恺鸣所在的浙大二院神经内科，创立于1955年，是国内较早独立的神经专科，为浙江省培养了大量的神经科人才，被誉为"浙江省神经科摇篮"。如今，浙大二院神经内科开设癫痫、帕金森病、肌张力障碍—肉毒素、神经免疫病、认知障碍、运动神经元病、神经遗传病、头痛和卒中筛查等专科特色门诊。刘恺鸣在这里主要开展难治性头痛的诊疗。

在中国，偏头痛的治疗并不乐观，诊治头痛的专科医生也非常缺乏。既往神经内科鲜有专攻头痛的医生，很多患者求医无门，临床正确诊断率长期徘徊在15%以下。

近年来，中国医学界对头痛的重视程度显著提升。刘恺鸣作为主要执笔专家起草和撰写了《中国偏头痛诊断与治疗指南》《中国紧张型头痛诊断与治疗指南》和《中国丛集性头痛诊断与治疗指南》等权威国家头痛指南，促进了原发性头痛的规范化诊断与治疗。同时，一系列的全国头痛规范化诊疗培训逐步开展，在数十个省市已陆续开展和完成了头痛的继续教育培训项目，已为超过5000名神经内科医生提供了系统的头痛诊疗教育。

## 偏头痛为什么那么难治？

在刘恺鸣看来，偏头痛被看作"难治"的原因之一，可能是患者没有及时被确诊。

刘恺鸣曾经遇到这样一个病人。一名高二女生，家长带到刘恺鸣这里看门诊时，已经休学三个月。"我对她的病史进行详细的询问后发现，她是一个典型的偏头痛患者，之前反复做了很多的检查。事实上她已经经历了长达五六年的头痛折磨，还存在一些继发的精神和心理问题。当她头痛发作的时候，没法上学，心情低落。此前这位女生曾被误诊为情绪问题引发头疼，实际上因果关系搞反了，是头痛导致她的情绪问题。"

这个高中生的故事是一个缩影，偏头痛的就诊率很低，误诊率高，规范化诊断不足此前长期存在。有的患者被误诊为紧张型头痛，有的被误诊为其他脑血管疾病，还有的被误诊为精神问题。儿童偏头痛可能表现为多种症状，如反复眩晕、呕吐、腹痛等，导致误诊情况更加普遍。

我国偏头痛诊疗领域需要面对的另一问题是患者的疾病认知有待提升。

明确病因后，刘恺鸣给女生开出的第一个"药方"是多睡、多运动。在刘恺鸣看来，偏头疼与精神压力直接相关。

在刘恺鸣及其团队的努力下，女生的病情在两三个月后有了明显改善，每个月的头痛天数从 10 天以上降低到一两天，疼痛程度也从严重减轻到轻微状态。最终，这位女生正常回归学校生活。

在刘恺鸣多年临床诊疗的经历中，印象很深的还有一位年过半百的农村妇女。这位女患者之前一直在老家务农，头痛了 30 多年，靠吃止痛粉度日。"因为之前没有去正规就医，她每个月超过 20 天头疼，发作起来一天要吃四五包止痛粉。我诊断她是慢性偏头痛加上药物过度使用性头痛两种疾病。"

刘恺鸣先让病人停用止痛粉并进行药物成瘾的戒断治疗，再按照偏头痛诊治指南规范对其进行慢性偏头痛治疗，第一个月患者就有了明显效果——每个月顶多头痛两三次，基本上不太影响正常生活。至此，这位农村妇女宛如新生一般，摆脱了困扰自己 30 多年的头痛梦魇。

在偏头痛患病人群中，女性患者数量约为男性患者的 3 倍。女性偏头痛的高发与女性激素水平的波动密切相关，特别是雌激素水平的变化，如月经周期。

除了前文提到的过度疲劳或月经周期等内部因素，引发偏头痛的还有外部环境因素，比如天气变化，很多人在阴雨天容易头痛，这与人体感知环境变化的机制相连。温度的极端变化也是一个重要因素，冷热风刺激都可能通过激活三叉神经血管系统的离子通道开放，释放致痛物质，引发头痛。每个人的敏感阈值不同，有的对低温敏感，有的则对高温反应强烈。还有特殊饮食习惯，比如饮用红酒、食用腌制食品、奶酪等含酪氨酸的食物，也可能触发偏头痛。

刘恺鸣建议，偏头痛患者的大脑相对更加敏感，轻微的外界变化都可能触发不适。尽管完全避免所有诱因实属困难，但这说明了为什么要强调维持良好的生活习惯，比如合理饮食、规律作息、适度运动，对于偏头痛管理至关重要。健康规律的生活习惯有助于强化大脑的适应力，减少偏头痛发作，能够更好地生活和工作，不受偏头痛的过多困扰。

## 为病人寻找更好方法

在刘恺鸣看来，我国偏头痛诊疗领域需要面对的另一问题是患者的疾病认知有待提升。"很多患者认为头痛仅是一种症状，但实际上偏头痛是一种独立且实际存在的疾病。"

数据显示，43.1% 的偏头痛患者在过去 3 个月内未服用任何药物进行急性治疗，只有 2.7% 的患者使用过预防性治疗药物。同时，一部分患者倾向选择自我诊断和治疗，频繁使用镇痛药物（布洛芬、对乙酰氨基酚、散利痛等），虽然可以缓解疼痛症状，但是服用过多镇痛药物容易陷入另外一种类型的头痛也就是"药物过度使用性头痛"的恶性循环，进而加速急性偏头痛转为慢性状态。

偏头痛治疗药物分为急性期治疗和预防性治疗两类。尽管现有药物种类繁多，但疗效却不尽如人意，还有很多药物因为副作用导致患者难以坚持使用。部分患者使用药物但仍旧头痛欲裂，有些患者甚至走向硬扛或药物滥用两个极端。如何满足偏头痛患者的治疗需求，仍是一大难题。

刘恺鸣介绍，近年来随着治疗偏头痛创新药物问世，给偏头痛的治疗带来了很大的突破，其中 CGRP 受体拮抗剂就是一种针对性的创新药物。"在偏头痛发作期间，三叉神经血管反射激活，导致降钙素基因相关肽（calcitonin gene related peptide，CGRP）释放增加，因此，阻断 CGRP 或拮抗其受体可控制急性偏头痛或预防偏头痛发作，CGRP 受体拮抗剂药物的规律使用，可降低偏头痛的发作，减少发作的频率。"刘恺鸣说。

近年来国内偏头痛诊疗相关的学术活动越来越活跃，更多的医生加入到偏头痛诊疗专业领域，刘恺鸣相信，随着诊疗规范化的进步和创新药的使用，诊疗效果改善后会给更多的患者带来信心。

（撰稿｜金姬）

## 人物简介

刘恺鸣　浙江大学医学院附属第二医院神经内科主任医师，浙江大学博士生导师、博士后合作导师。
中华医学会神经病学分会头痛协作组副组长，中国医师协会神经内科医师分会疼痛与感觉障碍专委会委员，
中国卒中学会头痛分会副主任委员，中国研究型医院学会头痛与感觉障碍专业委员会副主任委员。
长期致力于难治性头痛、偏头痛、丛集性头痛、前庭性偏头痛、慢性每日头痛等疾病诊疗。研究方向：1. 偏头痛 / 慢性疼痛的代谢异常及神经环路；2. 线粒体疾病；3. 原发性头痛的临床队列与 RCT 研究。

### 偏头痛

偏头痛是一种神经血管性头痛，表现为中重度、反复发作的头痛，并伴有恶心、呕吐、畏光和畏声等症状。

根据《柳叶刀》发布的《2019 年全球疾病负担研究》报告，偏头痛导致的健康生命损失年（years lived with disability）在人类全部疾病中实际排名位居第二。

我国偏头痛高发年龄是 30 至 50 岁的青壮年人群，女性患病率是男性的 3 倍。偏头痛长期反复发作会导致严重的健康损失，患者出现失眠、抑郁、焦虑和胃溃疡及消化道出血的概率是无偏头痛人群的 3 倍。不仅如此，偏头痛还会增加罹患认知功能障碍、心脑血管疾病的风险，严重影响患者的生活质量和心理状态，如果长期服用止痛药还可能会导致头痛慢性化和药物过度使用性头痛。因此，偏头痛不是简单的"头痛"，需要系统管理和科学的治疗。

# 保护好最柔弱的群体

**曾玫**

复旦大学附属儿科医院
感染传染科副主任、主
任医师、博士生导师

> 禽流感、SARS 疫情、手足口病流行，麻疹和结核病……近十多年来，一次次公共卫生事件使得感染病学受到了更多的关注和重视，冷门学科如今已经成为热门学科。

2020 年 2 月，一张照片登上《新民晚报》头版：穿白色外套的小宝宝像只可爱的小熊，一位医生把她抱在手中，旁边还有一位护士，两位白衣天使温柔地注视着孩子。阳光洒在三人脸上，温馨的气氛溢出画面。

抱着宝宝的是复旦大学附属儿科医院（以下简称复旦儿科医院）感染传染科副主任、主任医师、博士生导师曾玫，而这个孩子仅 7 个月大，是当时上海市确诊新冠肺炎年龄最小的患者。

在医护人员的照顾下，孩子在复旦儿科医院度过 17 天后，痊愈回到了父母亲的身边。复旦儿科医院是上海收治儿童新冠病毒感染者主要的医院之一。疫情初期紧张的空气中，这张照片给

大家带来了信心和安慰，病愈的新冠宝宝治愈一城人心。

新冠疫情，是曾玫经历的又一场硬仗。这位从医三十年的儿科医生，一直在与儿童感染病、传染病打交道。无论是日常的救治还是疫情下，曾玫始终坚持传染病的科学防治原则：找到疾病感染源、明确病原、制定有效的治疗方案，预防感染和传染病传播，保护健康孩子及其家人。

改革开放后由于卫生条件改善、营养水平提高以及疫苗接种的普及，传染性疾病发病率和传染病造成的儿童死亡大幅度下降。根据《国务院关于儿童健康促进工作情况的报告》数据，我国儿童常见传染病得到有效控制，2021 年 0 至 18 岁儿童法定传染病报告发病率为 928.16/10 万，较 2012 年下降 16.2%。2023 年，我国婴儿死亡率降至 4.5‰，5 岁以下儿童死亡率降至 6.2‰。

不过，季节性的传染病和难治的感染性疾病，仍会给一些孩子带来严重的健康威胁。近些年不时出现的肺炎流行、百日咳流

无论是日常的救治还是疫情下，曾玫始终坚持传染病的科学防治原则：找到疾病感染源、明确病原、制定有效的治疗方案，预防感染和传染病传播，保护健康孩子及其家人。

行、腺病毒流行等，让家长心力交瘁。复旦儿科医院是上海市唯一一家儿童传染病收治定点医院，在历次重大公共卫生事件中发挥着重要作用。

复旦儿科医院感染传染科从来没有可以"放松"的时刻，保护好最柔弱的群体，是这群儿科医生每一天的责任。

## 曾经的"冷学科"

说话轻轻柔柔、做事风风火火——这是儿科医生典型的风格，也是曾玫医生的风格。

曾玫的家里并没有医生，但出生在知识分子家庭，父母都认为医生是非常好的职业，于是在高考后，曾玫选择了医学。上世纪90年代初，曾玫毕业后进入复旦儿科医院，当时感染病科并不是"热门专业"，但曾玫选择专业方向坚持下来。

曾玫至今记得，最初工作的阶段，孩子常见的传染病主要是病毒性肝炎、细菌性痢疾、伤寒等消化道传染病，还有腮腺炎、流行性脑脊髓膜炎、水痘等呼吸道传染病。上世纪90年代末，上海郊区很多居民家里没有独立的卫生间，大家使用公共厕所，排污系统也不好，因此痢疾等传染病比较常见，而孩子又往往是感染后病情较重的人群。

在疫苗接种普及之前，中国乙肝病毒感染率非常高，很多婴幼儿通过母婴传播感染，一出生就感染了乙肝病毒。直到2000年后这些传染病才明显减少。

工作中曾玫逐渐领悟到感染科的价值所在：相较于很多难以预防和治疗的疾病，感染性疾病和传染病是可防可治的，因此医生更有责任尽快、准确地找出感染原因，给患儿及时有效的治疗。

在每一次救治的过程中，曾玫获得了成就感，越来越喜欢自己的专业。"每当孩子家长表示感谢的时候，我都会觉得当一名儿科感染病医生是很幸福的，我们的工作不仅挽救生命，还能给整个家庭带来希望。"

1998年曾玫攻读研究生，并且开始更多地关注科研，通过大量的学习和研究，曾玫对儿科感染病学和疫苗有了更深的认识。这些知识储备和能力准备，为她后来成为儿童感染病专家打好了基础。

禽流感、SARS疫情、手足口病流行、麻疹和结核病……近十多年来，一次次公共卫生事件使得感染病学受到了更多的关注和重视，冷门学科如今已经成为热门学科。

2023年，修缮一新的复旦儿科医院传染病楼启用，配备了手术室、ICU、临床微生物分子诊断等多学科整合平台。据介绍，为有效推动国家儿童医学中心传染感染与免疫临床中心建设，打造感染传染免疫学科群，持续提升医院在儿童感染传染免疫领域的辐射引领作用，医院依托上海市第五轮公共卫生三年行动计划项目——"儿童传染病应急网络体系建设"项目，按照"平急结合"的理念对传染病房楼进行修缮。

复旦儿科医院在"十三五""十四五"期间规划布局，发展传染感染与免疫重要学科群。曾玫表示，疫情后传染感染病学科又迎来新的发展机遇，专业医生可以做更多的探索，为儿科感染病和传染病的防治寻找更多新方法，提出更好的建议。

## 医防融合，儿科医生靠前一步

众所周知，疫苗接种对于预防传染病是最有效的方法。除了国家提供的免疫接种外，改革开放后不少创新的疫苗进入国内，让家长们有了更多选择，也让孩子得到了更多的保护。

2005年，上海曾出现乙脑暴发，感染者集中出现在外来人员聚居社区。这种情况提示，随着人口流动的增加，传染病防控依旧面临很大的压力。因此专业界认为除了疾控系统，医疗界也应该参与到传染病的防控工作中，医防结合建立传染病防控的安全网，才能应对社会的变化。

近些年，曾玫在不同场合呼吁重视儿童传染病的医防融合。她介绍，医生在临床中遇到问题要及时与疾控部门沟通，在制定疫苗策略时，医生也应该提供专业的意见。

以麻疹疫苗的接种为例，过去很长一段时间对鸡蛋蛋白过敏的儿童被列为麻疹疫苗接种禁忌人群，2000年以后我国麻疹再现流行，这部分过敏体质儿童就成为易

感人群。现实中鸡蛋蛋白过敏的人群人数不少，这部分特殊儿童是麻疹疫苗接种的空白群体。

　　经过医学专家和疫苗专家的研究论证，《中华人民共和国药典（2010 年版）》剔除了鸡蛋过敏作为麻疹疫苗的接种禁忌。原因是麻疹疫苗虽然使用鸡胚成纤维细胞培养的，但是疫苗之中并不含有令鸡蛋过敏者过敏的鸡蛋卵清蛋白成分，所以对鸡蛋、鸡肉、鸡毛或对青霉素等药物过敏的宝宝都可以接种麻疹疫苗。

　　除了麻疹疫苗这个经典的故事外，特殊健康状态儿童接种疫苗面临的疫苗犹豫在我国也是突出的问题。特殊健康状态儿童包括免疫力低下的儿童、患有先天疾病的儿童、患有慢性疾病的儿童、或者正在接受医学治疗的儿童。这些特殊儿童一旦被感染，通常疾病更加严重，造成严重后果，其实他们更需要及时接种疫苗获得保护。

　　为了解决这个两难的问题，2017 年，复旦儿科医院在全国率

　　2023 年，修缮一新的复旦儿科医院传染病楼启用，配备了手术室、ICU、临床微生物分子诊断等多学科整合平台。

先开设特殊儿童疫苗评估门诊，打破特殊儿童疫苗接种的误区和瓶颈，为特殊儿童进行个体化评估，保障每一个儿童都平等获得疫苗接种和保护。

"传染病医生既是临床前线的哨兵，也是免疫策略制定的参与者，还是疫苗不良反应的处置责任人。"曾玫表示，有了医学专家的参与，疫苗策略的制定会更有信心，有利于扫除疫苗接种障碍，提高接种安全性，扩大疫苗的保护面。

## 非法定传染病也应该重视

经历疫情后，公众对肺炎等传染病非常关注。肺炎根据致病原因不同分为很多种类，比如细菌性肺炎，病毒性肺炎、过敏性肺炎、支原体肺炎、吸入性肺炎、放射性肺炎等。

在我国，肺炎是5岁以下儿童的第二大死因。引起肺炎常见的病原主要是病毒和细菌。病毒主要是流感病毒、呼吸道合胞病毒最常见，细菌主要是肺炎链球菌最常见，无症状感染者和患者在咳嗽打喷嚏的时候通过飞沫传播，流感病毒还可以通过空气传播。肺炎链球菌感染人体后引起发病主要在人体抵抗力下降后发生，细菌大量繁殖不仅可以直接侵袭呼吸道，引起肺炎、中耳炎、鼻窦炎，严重者细菌经血流播散入侵各个器官，引起一系列的侵袭性的肺炎链球菌疾病，其中脑膜炎最严重。

儿童既是流感以及重症流感的高危罹患人群，也同时是肺炎链球菌疾病的高发人群。学龄前儿童在肺炎链球菌疾病的社区传播当中，是一个非常重要的传播者和传播源。

肺炎链球菌性肺炎每年造成很多孩子生病。曾玫介绍，复旦儿科医院至今每年都会收治数例由肺炎链球菌造成的重症肺炎患儿，病情进展快，引起严重并发症，治疗难度加大，当肺炎链球菌进入大脑造成脑膜炎，长期后遗症发生率约有25%。

曾玫介绍，自2016年以来，中国便上市了针对肺炎链球菌的疫苗——13价肺炎球菌多糖结合疫苗。这款疫苗给肺炎链球菌性肺炎的预防带来了有效的方法，不少家长已经主动给孩子接种该疫苗。但是，如果有更加完备的监测机制，那么疾控部门就能够更好地掌握这些传染病的情况，为探索预防策略做好准备。

"从相关的研究可以看到，肺炎链球菌疫苗既可以保护儿童，也可以保护老人。"曾玫表示，随着城市化进程，大多数人都生活在人口密度很大的城镇，呼吸道传染病的流行会持续很长一段时间。呼吸道传染病中流感和肺炎会是主要的两种疾病。曾玫认为，从前瞻的角度，不能只关注法定传染病的报告，从降低我国传染疾病负担出发，我国可以探索将流感和肺炎链球菌疫苗考虑纳入国家免疫的可行性。

曾玫说，虽然近几十年公众对接种疫苗已经非常认可，但公众的接种意识仍然有待提高，特别是老年人的接种意愿需要提高。对于老年人的健康教育，曾玫认为老年科医生、社区家庭医生等等都应该担负起责任，让老年人认识到接种疫苗的益处。

很多传染病疫苗并非婴幼儿时期接种后就可以实现终身的保护效果，近些年局部出现的白百咳流行、流脑流行，就说明了疫苗并非一劳永逸。针对情况的变化，有的疫苗是需要成年人或者老年人接种的。"全生命周期的疫苗接种是未来的疾病预防措施的主流。目前国内这个理念的认可度还不高，大家认为给孩子接种疫苗是必须的，但还没有考虑到通过疫苗接种保护好老年人，以及医务人员等特殊职业人群。"曾玫说。

另外，中国地区间差异大，尤其是在一些相对偏远的地区，疫苗接种的经济压力比较大。曾玫认为应该借鉴发达国家的做法，通过公益性的基金等形式，来帮助经济欠发达地区人群接种到疫苗。

一切为了孩子健康——每当谈起自己的专业，曾玫总是滔滔不绝。正是像曾玫这样热爱儿科事业的千千万万儿科医生，为中国孩子提供了周全的健康保障。

（撰稿｜黄祺）

## 人物简介

曾玫　复旦大学附属儿科医院感染传染科副主任、主任医师、博士生导师
第 21 届 –23 届 WHO 基本药物选择和使用专家委员会委员
WHO 抗生素和药物评价工作组专家成员
国家卫生健康委能力建设和继续教育儿科专委会感染学组组长

国家卫健委第二届儿童用药专家委员会委员

国家免疫规划技术工作组成员

中华医学会感染病学分会第 11 届 –12 届委员暨儿童感染与肝病学组组长

中华医学会儿科学分会预防接种委员会副主任委员

中华医学会细菌感染与耐药防治分会第一届委员会委员

中国医师协会儿科医师分会感染组副主任委员

中华医学会预防接种异常反应鉴定专家指导委员会委员

上海市预防医学会免疫规划专业委员会主任委员

上海市医学会儿科专科分会感染组组长

临床擅长和研究领域：儿童感染 / 传染病的病原学及诊治，抗生素使用策略及细菌耐药，疫苗的临床问题。

## "疫苗犹豫" 的危害

"疫苗犹豫" 是指尽管疫苗可及，一些人却因缺乏对疫苗安全性、有效性以及对所防疾病的认知，而导致延迟接种或拒绝接种疫苗，从而使自身暴露于本可以预防的疾病风险之下。这种现象不仅使个人面临不必要的健康风险，还可能对公共卫生构成威胁。

"疫苗犹豫" 被世界卫生组织列为全球面临的十大健康威胁之一，与环境污染、抗生素滥用、慢性非传染性疾病等并列，显示出其全球性的影响和重要性。

减少疫苗犹豫的关键在于提高公众对疫苗的科学认识，增强信心，以及通过教育和宣传提高疫苗接种的普及率。

在 20 世纪 10 项最伟大的公共卫生成就中，通过预防接种控制传染病位列其中。疫苗对个人的价值在于可以使其免遭疾病的威胁，对社会的价值在于可以促进社会的健康发展，对社会经济的价值在于可以减少昂贵的医疗费用，增加社会财富。

# "好好活着"，
# 血友病患者曾经的奢望变成现实

孙竞

南方医科大学南方医院血液科主任医师、教授

> 每次见到参加病友活动的新一代患儿不用坐轮椅、能跑能跳，"玻璃人"终于不再易碎，这让他感到特别欣慰。

　　孙竞教授的手上至今还保留着 2003 年和 2023 年医院举办血友病病友活动时的照片：2003 年的照片上，血友病小患儿由于腿有残疾，拍照时只能坐在前排椅子上；2023 年的照片，小患儿们站在舞台上合唱《听我说谢谢你》，送给改变他们命运的医护人员、志愿者……

　　南方医科大学南方医院血液科孙竞教授是血液疾病专家，做医生已经四十年，亲历血友病治疗效果的巨大进步，他感慨万千。

　　在罕见病当中，血友病是一种相对常见的罕见血液病，已被纳入我国第一批罕见病目录。一个小伤口就会流血不止，换颗牙就有可能致命……任何轻微的损伤，都可能对血友病患者的身体

造成很大的伤害，所以他们也被称为"玻璃人"。

历经20多年的不断发展，我国血友病防治水平逐步提高，血友病的治疗从无药可治、输血浆制品，到凝血因子替代疗法、非因子治疗、基因治疗，血友病的治疗目标也从"减轻严重出血保命""减少出血减缓残疾"，逐渐向"零出血、无残疾"转变。

而促成医学进步的背后，离不开科学诊疗、药物创新、医疗保障体系的建立，以及围绕在血友病患者身边的医护人员们与患者共同建立的全程综合管理体系。

## 曾经"一无所知"

刘民（化名）上世纪70年代出生在广东湛江雷州的一个小山村，三岁时，家人发现他和别的孩子有些不同：一旦受伤，伤口就会血流不止。为了给孩子治这个"怪病"，家人借遍了亲朋的钱，带孩子去县城医院做检查，但没得到任何结果。童年的刘民，不得不早早辍学在家，忍受着病痛的折磨。

随着年纪增长，刘民的病越来越重。他的关节经常出血，还伴随疼痛，严重的时候会伴有肾出血、小便带血。直到20岁，他被病友介绍去广州南方医院检查，才终于知道自己得的是乙型血友病。

由于关节常年反复出血，刘民确诊时关节已经严重变形，膝关节及大腿炎性假瘤穿孔腐烂已坏死，只能接受高位截肢。而昂贵的手术费和后续的治疗费几乎压垮了这个本就贫困且绝望的家庭。

上世纪90年代，国内第一次开展血友病全国性调查。孙竞教授1999年开始关注血友病这个领域。当时有一个很现实的问题：没有资源支持，能联系到的病人也很少。医生们把过往所有到医院诊疗过的、可能是血友病人的病历翻出来，最后也只找到十多位曾经在科室就诊的血友病病人。"我们当时的状态是'一无所有，一无所知'——没有钱，也没药；也不知道血友病如何全程管理。"

孙竞教授表示，在罕见病里，当时血友病的诊断比较容易，也有特异性的药物可以治疗，但药很少，很难找。医生能够提供的治疗方法是"冷沉淀"：血浆冷沉淀含有Ⅷ因子及纤维蛋白原，可治疗缺乏Ⅷ因子及纤维蛋白原而出血不止的患者或

血友病患者。这种物质融化后要在 6 小时内输入病人体内。"很多医生也不会用，不敢处理血友病。"

更让孙竞教授痛心的是，当时的病人几乎没有活过 50 岁的。

孙竞教授参加了天津血液病研究所组织开办的第二期血友病学习班，并在班上认识了几位加拿大血液病专家。学习班结束后，孙竞教授不仅邀请对方到广州交流指导，还前往加拿大实地考察了小半年。回国后，南方医院便开始系统性地开展血友病诊断、检验、康复等综合管理工作。

## 有药用、用得起、打得上

据了解，早年血友病治疗以"按需治疗"为主，即在出血发生后，根据患者的实际情况输注凝血因子制品来控制出血。这种治疗模式属于事后补救、亡羊补牢，无法阻止关节残疾的进展。

如果能系统性管理好血友病，做好预防治疗（通过规律性替代治疗，达到正常人 1% 以上因子水平，防止反复出血），就有望避免残疾。但药物供给难、费用高昂、专业医生少等多种原因，

2009 年 11 月，我国建立血友病病例信息管理制度，旨在全面了解我国血友病患者基本信息和凝血因子类制品临床应用情况，进一步规范我国血友病诊疗工作，保障医疗质量和医疗安全，为制订相关政策提供科学依据。

导致了这样的目标"难以企及"。以凝血因子Ⅷ为例，我国曾多次出现供不应求的情况，导致"按需治疗"也常常不能满足。多年前的新闻报道显示，有患者在发生出血、生命危急时，全国各地的血友病患者东凑一支、西凑一支，用"众筹"的方式凑到药物将病友从死亡线上拉回来。

情况从 2007 年开始得到改观。当年 11 月起，为了缓解凝血因子Ⅷ供应紧张的局面，满足血友病患者的需求，进口重组人凝血因子Ⅷ进入国内。

很快，在政府和各方共同努力下，医保政策日益完善，越来越多的血友病患者看到了希望——血友病于 2013 年纳入全国大病医疗保险，2017 年版国家医保目录正式将儿童血友病预防治疗纳入医保报销范围。

孙竞教授表示，近年来，医保普通门诊的报销额度无法满足血友病患者的报销需求，广东为此开辟了门诊特殊病种的报销渠道。目前，广州市每年能够为血友病患者报销药品费用 50 万到 70 万元左右。不仅如此，广州还有"穗岁康"作为普惠型商业补充健康保险，以及慈善救助，能够为患者进一步报销用药费用。

药和钱都有了，还要让血友病患者打得上。如果患者选择进行预防治疗，血友病患者需要隔天通过静脉注射的方式补充凝血因子Ⅷ。每天到医院用药不方便，医院护理人员和志愿者开始培训病人如何自己在家中注射。

## 像正常人一样生活

罕见病多半都是遗传病，需要终身治疗，在孙竞教授看来，应该把终身性疾病的管理分成三个层次。

第一个层次是可诊、可治、可及。经过政府、医护人员、药企、社会工作者、患者和家人等持续不断地努力，孙竞教授说，目前罕见病之血友病的三座大山——可诊、可治、可及，有了基本的医疗保障。

孙竞教授认为，第二层次是要建立一个长期的综合管理模式，"血友病需要 MDT 多学科来综合管理"。在世界血友病联盟的支持下，我国 6 家血友病中心于 2004 年发起成立了中国血友病协作组，同时成立了登记、实验诊断、护理和康复理疗 4 个工作组，

随后在 2008 年成立了儿科工作组。

2009 年 11 月，我国建立血友病病例信息管理制度，旨在全面了解我国血友病患者基本信息和凝血因子类制品临床应用情况，进一步规范我国血友病诊疗工作，保障医疗质量和医疗安全，为制订相关政策提供科学依据。

血友病分级诊疗必须依靠各级血友病中心来具体实施。中国血友病中心建设标准制定于 2019 年，根据血友病中心多学科管理职能将中国的血友病中心分为治疗中心、诊疗中心和综合管理中心三级，提供诊断、治疗、康复、疗效评估和支付与关怀方案五大方面的多学科综合关怀。

在此基础上，中国血友病协作组联合中国罕见病联盟，于 2020 年正式启动了我国血友病中心能力建设评估项目。孙竞教授表示，我国血友病中心为属地化管理，旨在促进同质化诊疗，指定中国医学科学院血液病医院作为国家血友病病例信息管理中心，负责全国血友病患者信息和凝血因子类制品供需信息的管理工作；启用全国血友病登记系统，至今已登记包括血友病在内的遗传性出血性疾病病例共计 4 万余例。

血友病于 2013 年纳入全国大病医疗保险，2017 年版国家医保目录正式将儿童血友病预防治疗纳入医保报销范围。

25年来，孙竞教授陪伴着血友病患者一起成长，也见证了广东血友病诊治的变迁。每次见到参加病友活动的新一代患儿不用坐轮椅、能跑能跳，"玻璃人"终于不再易碎，这让他感到特别欣慰。

随着科技的发展，血友病患者完全可以像正常人一样，在充分的保护下，他们可以参加各种体育运动，在国外甚至有些血友病患者已经成为了职业运动员。

"第三层就是希望血友病患者能过上真正正常人的生活，即是通过创新药物、基因治疗使得血友病患者达到接近正常或治愈状态。"孙竞教授说，中国血友病患者活过50岁的人越来越多，而在一些发达国家，血友病患者的平均寿命甚至超过普通人群。

中国血友病诊治的进步背后，也离不开制药企业的推动作用。"制药企业不断推动血友病的规范诊治，像辉瑞这样的企业，为血友病诊疗学术发展不断提供支持，包括 Haemophilia 杂志中文特刊在中国的出版，也得到了他们的支持。"孙竞教授说。

孙竞教授呼吁，期待医保支付体系的进一步完善，在报销额度上对罕见病有所倾斜，此外，他希望可以建立罕见病的专项基金，"补充医保"能在越来越多的城市推动，"在医保准入方面，也希望能有更多罕见病的药被纳入"。

如果把所有的愿望总结成一句话，孙竞教授说，他希望未来每一次病友聚会，他能够看到更多健康生活的"老熟人"。

（撰稿 | 应琛）

## 人物简介

孙竞　南方医科大学南方医院血液科主任医师、教授
中华医学会血液学分会止血血栓学组委员
中华造血干细胞移植库专家委员会委员
广东省药学会罕见病专委会主委
广东省医学会罕见病学分会副主委
广东省医师协会血液科分会副主委 / 出凝血学组组长
广东省医学会血液病学分会常委 / 出凝血学组组长
广东省血友病诊疗管理中心主任
亚太血友病工作组委员

# 药学服务迎来广阔空间

**刘世坤**

中南大学湘雅三医院
药学部主任药师、药
学教授

> 药学专业一定会迎来更加广阔的天地，为患
> 者带去更多价值。

　　药物作为治疗疾病的重要载体，承载着治病救人的重大使命。
药师应该是懂医精药的专业技术人员，他们以药品为纽带连接医
生、护士、患者或家属，在患者治疗过程中起很重要的作用。

　　药师通过处方审核、用药指导、用药教育和用药监督等方式，
规避不合理用药、药物相互作用、药物使用过程中的不正确方式
等造成的用药风险。随着医改步伐的加快和药学服务转型的深入，
医院药学学科的作用越来越凸显，临床药师的作用也越来越重要。

　　刘世坤教授，作为中南大学湘雅三医院药学部的知名药学专
家，见证了中国医院药学近几十年的发展历程和临床药师在临床
上发挥关键作用。他如今依旧深耕临床药学服务、医疗机构药事
管理工作，同时坚持培养学生、参与科研。虽然如此忙碌，他仍
乐在其中。他相信，药学专业一定会迎来更加广阔的天地，为患

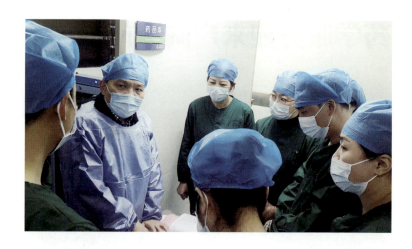

者带去更多价值。

## 药师之路的偶然

踏入药学专业，对于刘世坤而言有一点偶然。

出生于湖南长沙的刘世坤 1981 年考入原湖南医学院（如今的中南大学湘雅医学院）医疗系。本科毕业后以优异成绩留校任病理生理教研室助教，后经硕士、博士转入药理学的学习，师承著名的药理学家陈修教授。

当时陈教授正在美国，时常与刘世坤谈及美国医院药学及临床药学的发展，临床药师的重要性。让刘世坤记忆犹新的一次，是陈教授谈到国外很多药物治疗学的专著都是由临床药师主编或作为主要参与者编写。陈教授的教导和指点，让刘世坤对医院药学，特别是临床药学有了初步的认知，也正是在这一阶段，中国的医药卫生体制改革拉开了大幕。

国内老一辈医院药学专家们努力推动医院药学、特别是临床药学的发展。博士毕业后的刘世坤到建院只有 7 年的中南大学湘雅三医院药学部工作。"当时医院药学部正好需要引进懂医精药，有志于临床药学工作的高学历人才，我的专业比较对口，就从事了这份职业。"刘世坤没有想到，自己在药学部一干就是 25 年。

作为资深的药学专家，刘世坤认为药师在当下的医疗体制下还存在不小的人数缺口。

目前我国对药师管理实行"双轨制"，即卫生部门主导的"医院药师"体系，药监部门主导的"执业药师"体系双轨并行。两类药师队伍在管理主体、资格准入、职责权限、人员配备、继续教育等诸多方面存在区别。执业药师可在药品生产、流通、批发、零售等环节执业，医院药师仅在医院适用。

根据国家卫健委公布的《2023 年我国卫生健康事业发展统计公报》，全国医疗卫生机构总数 107.08 万个，药师 56.9 万人。这意味着近一半的医疗机构可能没有配备执业药师。

## 担负起"合理用药"重任

在刘世坤看来，药师应该是临床医生专家级的助手，为临床医生提供适宜用药的信息，参与规范医院内的用药行为。

事实上，医院药师以及临床药学的重要性在我国曾经长期被忽视，这也让医院药师一度被认为是医院里可有可无的角色，以往就存在护士、后勤人员从事医院药师工作的情况。

过去，医院里很多药师只是单纯在药库、门急诊药房和病区药房进行药品的采购、保管、调配和发放，很少关注处方的合理性，如药品的禁忌、相互作用、特殊人群的用药等药学专业问题，基本上只是照处方发药给患者，对患者用药教育和指导很少，或者药师只能"蜷缩"在办公室里做一些整理资料、研究性的工作，承担着事后管理的工作。

2023 年 5 月，国家卫健委、国家中医药管理局联合印发了《全面提升医疗质量行动计划（2023–2025 年）》，其中专门提到要强化药品器械管理，加强重点监控药品、抗微生物药物、抗肿瘤药物的管理，做好药品不良反应的监测报告。该行动计划对医院药师，特别是临床药学服务提出了更高要求。

中南大学湘雅三医院药学部作为国家临床药学重点专科，多年来一直坚持为病人提供全病程个性化药学服务，每周一到周五开设药学门诊，病人主要是特殊人群——孕产妇、儿童和老人。"比如孕妇如果生病可以吃什么药，对腹中的宝宝可能会有哪些影响；因为目前很多药品说明书中没用儿童用药的用法用量规定，儿童生病了该怎么用药；老年人慢病比较多，高血压、糖尿病、肾脏病等可能每个人有好几种病，这些病人如何合并用药也会来找我们咨询。"刘世坤解释道。

刘世坤表示，今时今日药学的地位和影响力比他当年入行时大大提升，而药师在医院的重要性也不断凸显。

在合理用药的管理方面，抗菌药物的合理使用管理是非常有代表性的领域。

刘世坤特意提到了迄今为止中国规模最大、系统性最强、专业基础最好的抗菌药物合理应用人才培训项目"培立方"。刘世坤表示，培英计划每次培训，组织者都花了很大的工夫和精力进行准备，培训对于抗感染专业，特别是基层抗感染专业的规范发展起到了很重要的作用。"全国感染学的专家，微生物的专家，还有我们临床药学的专家，在这里给大家授课，成效十分明显。"

在刘世坤看来，药学服务的转型是医改和医院提高医疗服务质量的新要求，临床药师需要丰富自己的知识，提升自身的能力，做好应对挑战的准备，培英计划这样的培训项目对药师很有吸引力。

他认为，抗菌药物的临床应用必须基于实际需要，明确每种药物的使用指征，并提倡制定科学的公立医院绩效考核指标，以促进医务人员合理用药意识和能力的全面提升。

2024年由全国感染领域专家编写《抗菌药物临床应用指南》，开启了全国范围的抗菌药物专业化管理新篇章。原卫生部连续三年深入开展了"抗菌药物临床应用专项整治活动"。一系列措施极大地提高了各级医疗机构在管理上的重视程度和落实程度，大幅提高了抗菌药物临床应用的合理水平和管理的科学化程度。

2016年，原国家卫生计生委等14部门联合制定了《遏制细菌耐药国家行动计划（2016–2020年）》，第一次把细菌耐药作为国家层面的战略进行部署和安排。此后，几乎每年都会有抗菌药物临床应用管理的文件出台。

2023年11月，国家卫健委医政司副司长李大川表示，我国多项抗菌药物临床应用管理指标持续改善，医院门诊患者抗菌药物使用率降至5.7%。我国抗菌药物临床应用监测网数据显示，住院患者抗菌药物使用率明显下降，从2011年的59.4%下降到2022年的31.9%，门诊患者抗菌药物使用率从2011年的16.2%下降到2022年的5.7%。部分省份已达到或接近国家要求控制指标。

由于我国幅员辽阔、人口众多，不同地区间、不同医疗机构间的服务能力、管理水平差较大等问题仍然较为突出，微生物耐药形势依然严峻复杂。我国还需要进一步强化抗微生物药物合理应用管理，提高医疗卫生和动物卫生专业人员微生物耐药防控能力，提升全社会对微生物耐药的认识水平。

> 中南大学湘雅三医院药学部作为国家临床药学重点专科，多年来一直坚持为病人提供全病程个性化药学服务。

刘世坤提醒说，如果抗菌药物耐药率增高，对后续的抗菌药物选择就会带来很大的压力。因此一方面需要加强抗菌药物的规范化使用，另一方面需要药物研发机构、企业继续研发新药，为医生用药提供更多选择。

## 政策保障，药学得到更多重视

好消息是，千呼万唤的《药师法》有了新动向。

2024年5月9日，国务院办公厅印发《国务院2024年度立法计划》，将《药师法》列入"预备审议"项目。据了解，《药师法》分别于2021年、2023年和2024年入选"预备审议"项目。

过去，药学和药师职业没有得到足够的重视。由于缺乏国家层面的药师法，药师在临床药学服务中的权利与义务、服务范围、处方权限等方面没有统一的法律规定，这不仅限制了药师服务的广度和深度，也使得药师在处理临床事务时缺少必要的法律支撑，容易引发责任归属不清的纠纷。目前药师人才培养缺乏良好的职业指引及法律规范，导致后继人才不够。此外，不少在职药师对未来的职业规划比较迷茫。

从人才培养的角度看，《药师法》的出台将为药学人才提供明确的职业路径，促进队伍专业化建设，形成良性循环，提升合理用药水平。据国家卫健委消息，《药师法（草案征求意见稿）》拟采取"统一资格考试，分类注册管理"的原则，建立全国统一的药师资格考试制度，充分体现构建一元化药师制度。

《药师法》将为药学和药师人才带来更大的发展空间，而这也是像刘世坤这样的资深药师，最希望看到的。

（撰稿｜金姬）

## 人物简介

刘世坤 主任药师 原湘雅三医院药学部主任
国家卫生健康委药事管理与药物治疗学委员会委员
国家药事管理专业医疗质量控制中心专家委员会委员
国家卫生健康委抗菌药物临床应用与耐药评价专家委员会专家
中国医院管理协会抗菌药物应用管理专业委员会常委
中国药理学会药源性疾病学专业委员会委员
CSDR 药物警戒专业委员会委员
湖南省卫生健康委医疗质量控制专家委员会委员
湖南省卫生健康委临床用药质量控制中心主任
湖南省药理学会药源性疾病学专业委员会主任委员
湖南省药学会副理事长
湖南省药师协会专家指导委员会副主任
湖南省药学会医院药学专业委员会副主任委员
湖南省药事管理专业委员会副主任委员
主要从事医院药事管理、慢性疾病药物的合理使用研究。

# 合作

壮大健康产业，一起维护人民健康。

# 40年，为癌症患者打开一扇窗

**赵全年**

中国癌症基金会理事、副秘书长

> 中国癌症基金会联合医学界、企业界和社会爱心人士等方方面面的社会力量，为人民健康事业同向奔赴，让慈善之光照耀到社会的每一个角落。

很多故事的开端看似偶然，但背后却是一个时代的必然。

1984年，时任中国医学科学院肿瘤医院党委书记的李冰接待社会活动家、著名爱国企业家霍英东先生到访医院，在畅谈卫生健康话题时，李冰向霍英东介绍了中国肿瘤疾病的情况，并提出了想要设立公益性基金支持癌症研究的想法。霍英东听闻，立即表示愿意资助300万元人民币，支持这一利国利民的工作。

1984年10月26日，中国癌症研究基金会成立。2005年，中国癌症研究基金会更名为中国癌症基金会，是全国公益性公募基金会，独立社团法人。

基金会成立的1984年，癌症在中国还并没有像今天这样引起关

注，但已经显现出死亡率增加的趋势，到如今，随着感染性疾病得到控制、人均寿命的延长以及人们生活方式、生活环境的改变，癌症已经成为疾病负担最重的健康问题。

当年医学专家和慈善家对癌症问题的认识是有前瞻性的。迄今仍有许多癌症难题有待攻克，国内癌症患者生存率与发达国家仍存在差距，同时还有一些患者因为罹患癌症而陷入困顿，一些有癌症患者的家庭承受着沉重的经济压力，他们需要得到社会的帮助。中国癌症基金会在普及癌症早筛、提高癌症诊疗水平和帮助困难患者等多个方面，做出了积极的贡献。

今年是中国癌症基金会成立 40 周年。癌基会走过了 40 年历程，为中国癌症防治相关公益慈善事业积累了宝贵的经验。

新的起点上，中国癌症基金会 2024 年公益慈善座谈会于 7 月 20 日举行。理事长张勇教授在会上表示，癌症防治事业是一项长期而艰巨的任务，中国癌症基金会将聚合爱心力量，把一切有志于服务癌症防治的社会资源最大限度地吸纳到公益慈善事业中来，以更大的努力和作为，为人民健康事业增砖添瓦、不懈奋斗。

中国癌症基金会副秘书长赵全年介绍，40 年来，基金会通过各种公益项目在癌症防治、患者援助、早诊早治、技术培训、能力提升、科普宣传等方面取得丰硕成果。中国癌症基金会联合医学界、企业界和社会爱心人士等方方面面的社会力量，为人民健康事业同向奔赴，让慈善之光照耀到社会的每一个角落。

## 绝境处的一束阳光

中国癌症基金会是国内成立时间最早的公益慈善基金会之一。赵全年介绍，基金会初创时做了很多探索性的工作，得到了政府和社会各界的帮助和支持。

我国癌症防治事业的奠基人、著名肿瘤放射治疗专家吴桓兴教授、原卫生部部长陈敏章教授及肿瘤防治事业开拓者李冰教授曾先后任中国癌症基金会的主席。基金会成立后确立了宗旨：募集资金，开展公益活动，促进中国癌症防治事业的发展。

一开始基金会工作涉及的范围比较小，主要是癌症的筛查、预防和科研项目。这些年来，中国癌症基金会扩大了工作范围，在癌症的早诊早治、慈善援助、学术活动、专业培训、科普宣传、公益活动等方面，通过与许多爱心企业开展合作，助力减轻患者疾病负担和癌症诊疗水平的提高。

赵全年介绍，患者援助项目（PAP 项目）是中国癌症基金会的明星项目，为众多困苦中的癌症病人带去生的希望。"第一个患者援助项目，是基金会与辉瑞公司合作的肿瘤药物援助。"

2008 年 2 月，辉瑞公司的靶向药物索坦获批上市，用于甲磺酸伊马替尼治疗失败或不能耐受的胃肠间质瘤(GIST)。胃肠间质瘤是一种罕见的消化道系统肿瘤，治疗难度很大。对于癌症患者和家属来说，创新靶向药物为他们带来了新的希望，但由于经济等诸方面的原因，患者的治疗费用给很多家庭造成了巨大的压力。2008 年 5 月，中国癌症基金会接受辉瑞公司捐赠启动了患者援助项目，旨在帮助符合新靶向药适应症的因病致贫、因病返贫肿瘤患者得到所需治疗，减轻患者经济负担，延长患者生命并提高生活质量。

这个慈善援助项目的受益人之一的 Ying 女士（化名），今年 55 岁，2005 年，Ying 女士被确诊为胃肠间质瘤，为了治疗花费了高昂的费用，Ying 女士也几乎放弃了生的希望。几经辗转 Ying 女士获知中国癌症基金会索坦患者援助项目，并向项目提出了申请。从 2008 年 8 月开始接受慈善援助，到 2024 年，她已接受 16 年的援助，接受援助药品价值 400 多万元。16 年过去，曾经对生活和生命都感到绝望的 Ying 女士，在社会各界的关心和帮助下，走到了今天。这个例子不仅仅是一名癌症患者的抗争，更是关于生命、希望和坚持的赞歌。

中国癌症基金会与辉瑞合作的患者援助项目，迄今共惠及患者 24000 多人，随着 2018 年药品进入国家医保目录，药品援助项目进入收尾阶段，截止到目前仍有近 1500 名患者享受无偿的药品援助。"辉瑞这样的企业愿意拿出药物来帮助经济困顿的患者，充分体现了辉瑞公司的社会责任感。"

赵全年介绍，以基金会与辉瑞合作的这个项目为起点，目前中国癌症基金会先后开展 16 个患者援助项目，涉及到 10 多个癌种，与国内外众多的企业开展合作，援助患者超过 22 万人次。

为了让企业的公益爱心真正惠及到需要得到帮助的患者，中国癌症基金会招募有热情、有公益精神的志愿者，组成分癌种的患者援助项目办公室，制定患者申请流程，依靠全国各家指定医院、指定药房，向患者进行援助。"我们感到很骄傲，中国癌症基金会通过患者援助项目，使得更多患者，特别是低收入贫困家庭的患者的病情得到了改善，减轻了经济负担，生活质量得到了提高。"

## 多种方式助力中国癌症防控

除了患者援助项目，中国癌症基金会还通过多种方式助力癌症的预防和治疗水平的提高。近些年，不少项目已经得到政府和公益界的高度肯定。

生活在有癌症患者的家庭的孩子往往面临经济的困境，因贫误学是癌症家庭子女难以承受之重。赵全年介绍，2017 年 7 月，中国癌症基金会设立了"囊萤计划助学专项基金"，为贫困癌症患者家庭的在读大学生子女提供每月 500–800 元的助学资助，帮助他们完成学业。

通过社会募集资金，"囊萤计划"帮助贫困癌症家庭在读大学生完成学业，聚集社会爱心的点点"萤光"，照亮他们的求学成才之路。至 2024 年共有 304 位来自贫困癌症家庭的大学生获得资助，268 名学生顺利完成了学业，走上各自的工作岗位，他们正通过自己的努力改变着自己的命运，扭转了家庭的窘境。

每年的三八妇女节，中国癌症基金会举办公益性的宫颈癌、乳腺癌两癌筛查义诊，迄今已经举办 17 届，为低收入妇女免费筛查 29 万余人次。

自 2005 年以来，中国癌症基金抗癌京剧票友演唱会已成功举办了 15 届。参加演出的有癌症康复者、肿瘤医疗工作者、京剧名票和专业演员，演唱会不仅为康复者提供了一个展示饱满精神风貌的平台，也进一步唤起社会对癌症患者更多的关注，宣传了癌症可防可治的科学理念。

"万名医生肿瘤学公益培训项目"对全国 800 多个县的万余名临床医生进行了肿瘤学专业培训，有效提升了广大基层医疗机构的肿瘤规范化诊治能力，促进了肿瘤医联体和分级诊疗体系的构建。共举办 34 期培训班，覆盖 16 个省、2 个直辖市、131 个地级市（州盟）、805 个县（县级市区旗）、3300 多家医院，共培训学员 10200 多名，其中少数民族学员 611 人。还有来自印度、布隆迪、尼泊尔、印度尼西亚、缅甸、也门等国家的 17 名国际友人也参加了万名医生肿瘤学培训。

赵全年表示，基金会依靠全国各地的三级肿瘤医院，上万名肿瘤防控专家，此外还有药房、药师以及许多志愿者参与到培训一线医生等工作中。中国癌症基金会支持专家下沉到县域为县域医疗机构肿瘤医生提供专业培训。"中国有将近 3000 个县，建立肿瘤中心的县并不多。目前，我们正在继续帮助县域医院进行肿瘤中心建设，培养肿瘤专科医生。"

2004 年，卫生部疾病控制司批复《关于卫生部疾病控制司与中国癌症基金会共同建立癌症防治示范基地的报告》，癌基会负责具体业务工作，并制定示范基地入选标准、实施方案、评价标准及管理条例等。2006 年起，中国癌症基金会负责国家公共卫生服务专项（原中央补助地方公共事业专项资金，简称中央转移支付）农村癌症早诊早治项目的具体业务工作。截至 2023 年底，农村癌症早诊早治项目涉及癌种包括上消化道癌（包括食管癌和胃癌）、结直肠癌、肝癌、鼻咽癌、肺癌和宫颈癌（2010 年已退出），覆盖全国 32 个省市自治区 871 个项目单位，共完成筛查 1608.98 万人，检出率 2.38%，早诊率 37.1%（其中人群筛查 84.66%，机会性筛查 22.25%），项目地区群众普遍受益。

通过全社会多年的努力，癌症预防观念影响到越来越多的人，癌症早筛、早诊、早治，不仅给患者个人赢得了治疗机会、提高生存几率和生活质量，也为社会降低了医疗成本。

赵全年表示，未来中国癌症基金会将继续拓展工作范畴，创新工作方式，与更广泛的爱心企业和机构、志愿者合作，寻求更多帮助癌症预防、提高癌症治疗可及性的方法。

公益慈善事业就像一束阳光，不仅给弱势群体带去温暖，也凝聚志同道合的人和机构。赵全年原本是一位肝胆外科医学专家，从 2016 年至今担任中国癌症基金会理事、副秘书长。"每次组织医生学习，或是与医院一起开展患者援助项目，或是与爱心企业沟通做公益慈善活动，我都充满了激情，内心感觉到无比温暖。"

赠人玫瑰，手留余香。善意通过一个个慈善公益项目传递到癌症患者的心间，体现了全社会对癌症患者的关爱，也让世界多了一分温暖。

（撰稿｜黄祺）

# 大连金海岸，
# 播下中国生物医药产业第一把种子

> 高楼林立、交通便捷、世界著名企业的标志随处可见……但如果时间倒回 40 年，人们一定无法想象偏远渔村能变成今天的样子。

在中国地图上，辽宁省大连市从东北地区的最南端向南舒展地延伸，背靠东北平原，东濒黄海，西临渤海，南与山东半岛隔海相望。自古，大连就是文化繁盛、商贸繁荣之地。

1984 年，国务院批准成立大连经济技术开发区，这是中国政府批准设立的第一批国家级开发区中第一个奠基的开发区，奏响了大连及东北地区改革开放的强劲序曲。

大连开发区选址在大连金县大孤山乡马桥子、凤岩、黑山、红岩 4 个自然村。40 年前，这里还是偏远渔村，而如今，这里的各类企业已超过 10 万家，其中外资企业 2600 家，包括来自全球近 70 个国家和地区的世界 500 强企业投资建设的近 100 个项目，形成了石油化工、装备制造、电子信息、汽车整车及零部件、生物医药等产业集群，初步构建起以工业为主导，以数字经济、新能源、新材料等新兴产业和金融、旅游、物流等现代服务业为补充的现代化产业体系。

2014 年 6 月，国务院批准设立东北首个、全国第 10 个国家级新区——大连金普新区。金普新区主要经济指标约占大连市的三分之一、辽宁省的十分之一；工业约占大连市的 40%；外贸进出口约

占大连市的 50%、辽宁省的 30%，是名副其实的"东北第一强区"。

上世纪 80 年代中期，辉瑞等外资企业预见到大连的发展势头，将落地中国的第一步放在了大连海滨，外资企业的到来带动了大连的经贸发展，而改革开放的春风也助推外资企业在中国迎来大发展。

据了解，如今金普新区生物医药行业规模以上企业 28 家，已经形成了以辉瑞制药、科兴疫苗、垠艺生物、医诺生物、欧姆龙等一批大企业为龙头的生物医药产业集群，2023 年实现产值超过 300 亿元。

外企落地大连金海岸，在中国改革开放历史画卷上留下开拓

创新的精彩故事。

## "神州第一开发区"

高楼林立、交通便捷、世界著名企业的标志随处可见……在大连金普新区，这样的场景大家已经习以为常，仿佛它从来就是这样。但如果时间倒回40年，人们一定无法想象偏远渔村能变成今天的样子。

1984年10月15日，大连开发区举行开工典礼，沉寂千年的4个偏远村落，很快变成热火朝天的"大工地"。

依靠1000万元财政启动资金和银行的2.3亿元低息贷款，大连经济技术开发区开始了自己的拓荒之路，"龙江路""哈尔滨路""沈阳路"……三条主干道陆续建成通车，接下来，第一座具备外事接待能力的宾馆——银帆宾馆建成。在今天看来十分简朴的环境中，大连开发区迎来第一批投资者。

1984年底，大连开发区第一家中外合资企业——东兴纺织有限公司签约落户。随后几年，大连开发区首家工业企业——北方五三制罐有限公司动工兴建；首家中

日合资企业——辽宁恩巴有限公司破土动工；中国第一家日本独资企业——万宝至马达大连有限公司签约落户。

此后，中美合资辉瑞制药有限公司、日本独资佳能大连有限公司、中国石化行业首家外资公司大连西太平洋石油化工有限公司也先后签约。

作为中国最早的国家级开发区，没有经验可以照搬，没有模式可以借用，在经济基础还比较薄弱的时代背景下，大连开发区需要从创新中寻找前行之路。

建设初期，全国第一个"马上办"办公室在大连开发区出现，并设立了当时各地政府绝无仅有的一个机构，叫作"项目推进中心"。创新的举措给后来全国各地的开发区提供了宝贵的经验。

当时在大连开发区，只要涉及项目的事情，管委会实行一个窗口对外、一揽子解决问题。从那时开始，转变政府职能的改革理念就在这块土地上深入人心。

到 1994 年年底，大连开发区的开发面积、固定资产投资、外商投资企业协议投资总额、实际利用外资额、社会总产值、出口创汇金额等主要经济发展指标，多项位居全国开发区之首。"神州第一开发区"的称号叫响全国。

到 2014 年 6 月大连金普新区设立，这块土地上先后诞生了国家级开发区、国家级新区、国家级旅游度假区、保税区、出口加工区、保税物流园区、保税港区，2017 年 3 月中国（辽宁）自由贸易试验区大连片区也在这里挂牌成立。

如今的大连金普新区，是全国拥有国家级功能区最多、最全、最具发展活力的区域之一，也成为东北地区走向世界的海空门户和与东北亚国家经贸往来、开放合作的重要枢纽。

## 辉瑞落地背后的故事

作为中国改革开放最早的试验田，突破创新是大连的底色，而当时的大连开发区为了协助外资企业落地，积极探索各种方法。

大连金普新区党工委副书记、管委会主任吕东升，亲历了大连开发区的成长和发展。吕东升介绍，在大连开发区成立之初，辉瑞公司就准备把项目落在这里，这

对大连开发区来讲是一个非常重大的外资项目。但是，当时大连开发区起步建设不久，对于项目的落地确实面临不少困难。

建成不久的辉瑞大连工厂。

"主要有两个方面的困难。"吕东升回顾说。

一个困难是，当时中国在制药行业尚不允许外方独资，大连市政府和大连开发区管委会经过多轮努力，最终推动合资事宜得到有效解决。双方确定当时的大连制药厂作为辉瑞公司的中方合作伙伴，入股 30%，成立中美合资辉瑞制药有限公司。

另一个困难是，在二十世纪 80 年代末期，中国制药行业人才紧缺，为数不多的人才大多数集中在制药厂等国企体制内相关单位，在人员调转及市场化招聘等方面均面临困难。

针对人才问题，大连市政府及大连开发区管委会为了支持辉瑞大连工厂的发展，高效灵活地协调解决人才从国企药厂调转至辉瑞大连工厂相关事宜，以保障辉瑞的人才需求。

在合作双方的共同努力下，1989 年 5 月，经过近两年的谈判磋商和筹划，辉瑞公司与大连制药厂签订了中美合资兴建辉瑞制药有限公司的合同书。1990 年 5 月，中美合资辉瑞制药有限公司在大连开发区正式开工建设。1992 年 9 月，辉瑞制药有限公司举行揭幕仪式并试生产。

发展生物医药产业对产业集群环境、政策环境、人才环境等都提出了更高的要求，而金普新区的生物医药产业环境，早在30多年前就播下了种子。

吕东升介绍，30多年前辉瑞落地大连，将当时药物生产的现代化管理方式、规范和标准，都带到了大连。

比如，开创中国GMP认证（GMP是一套适用于制药行业的生产质量管理规范）先河的就是辉瑞大连工厂。

辉瑞进入中国时，中国还没有GMP认证相关法规，但辉瑞在大连建厂要按照GMP认证进行。为此，辉瑞派大连相关员工出国培训，经过多年努力，辉瑞制药有限公司大连工厂率先于1997年4月获得国家颁发的中国第0001号GMP认证证书。

此外，辉瑞扎根金普新区35年，为金普新区医药产业的规模壮大、技术进步、供应配套等领域做出了巨大贡献。

政府与企业之间的相互信任和相互支持，使得辉瑞在大连扎根发展35年。吕东升表示，辉瑞在大连获得的成功，已经成为大连对外开放的一张靓丽名片，在后续吸引外商投资方面具有示范效应，为大连成功引进一批世界500强重点项目打下了基础、起到了引领带动作用。

吕东升认为，在中国改革开放初期，外资企业选择大连作为事业发展的落脚点，就是看中了大连开发区的开放环境和综合优势。大连开发区地理位置、政策优势、资源禀赋都比较突出，可以为入驻的各类企业提供优良的发展环境和广阔的发展前景。

"大连开发区成立之后，基础配套不断完善，政策优势日益凸显，产业规模不断壮大，一大批优质外资企业纷至沓来，这些都是促成辉瑞选择大连、选择大连开发区的重要因素。"吕东升说。

## 金海岸新的春天

2021年10月，国务院批复印发的《辽宁沿海经济带高质量发展规划》明确"支持大连自贸片区建设医药与生命健康产业先行示范区"，为东北振兴和开放合作打造了新的引擎和平台。

此后，大连金普新区不断在生物医药产业上进行布局。2022 年 3 月，大连金普新区工业互联网通用平台——生物医疗创新中心启动。吕东升介绍，金普新区将紧跟战略性新兴产业发展前沿，为生物医药产业发展搭建一流的平台，提供一流的服务，营造一流的环境，推动生物医疗产业跨越式发展。

"先行先试、改革创新、政策叠加、主动作为已成为大连和金普新区面向世界开放开发的核心理念。"吕东升介绍，当前，新时代推动东北全面振兴是中国政府的国家战略，大连作为改革开放的前沿，被赋予建设"产业结构优化的先导区和经济社会发展的先行区"的重要使命。金普新区承担着插入国家赋予的"一地一极三区"战略使命，是新时代推动东北全面振兴的主力军和主战场。

金普新区正在迎来新一轮的大发展机遇。

基于内畅外联的独特区位，大连拥有世界级集装箱、原油、矿石、粮食、汽车滚装码头。位于金普新区的大窑湾港，建有开放泊位 54 个，其中万吨深水泊位 34 个，集装箱泊位 14 个，承担了东北地区 90% 以上外贸集装箱、70% 进出口货物运输。2023 年 4 月，国家实施以大窑湾港为离境港、11 个环渤海港口为启运港的启运港退税政策。

同时，大连是"一带一路"的重要枢纽，是 RCEP 国家进入中国的新窗口，中欧班列直达金普新区码头，与金普新区毗邻的世界最大的海上机场大连新机场目前也正在紧锣密鼓建设之中。

大连还拥有优质充沛的人才资源。大连市有高校、科研院所近 40 所，包括大连理工大学、大连海事大学、中科院化物所等，在校人数约 40 万人。金普新区驻区高校 12 所，在校生超过 10 万人，公办中职学校 3 所、技工学校 11 所，民办职业培训机构 39 所，博士后科研工作站 15 家。全区高新技术企业 1650 家，瞪羚、雏鹰企业 445 家，市级以上研发机构 314 家，其中国家级 10 家、省级 117 家、市级 187 家，可以为落户新区的投资项目提供充沛的智力支持和人才人力保障。

经过 40 年的发展，金普新区已经是一片现代开放元素与历史文化底蕴相互融合的区域。作为中国北方具有历史底蕴的国际化新城区，有上万名外籍人士常年在金普新区工作、生活，建有成熟的国际社区、外国语学校、国际医院，融媒体开设日语、韩语等节目。

新时代下大连金普新区的这些优势，给生物医药产业的腾飞奠定了坚实的基础。

同时，大连金普新区明确提出打造营商环境新标杆的工作目标。吕东升介绍，近年来，大连市委、市政府和金普新区党工委、管委会始终把优化营商环境、提升服务质量摆在突出位置，全力打造市场化法治化国际化一流营商环境，助推各类企业健康经营发展。

在大连金色的海岸，新的故事正在展开。

（撰稿│黄祺）

# 上海静安，与跨国企业共成长

> 一批全球医药龙头企业在静安落地、集聚。目前，全球医药行业前 50 强中，在静安的药业企业占 25 家；全球前 20 强药业巨头中，包括辉瑞有 8 家企业植根静安。

如果说静安是上海最具"国际范"的城区，不会有人反对。

早在 100 多年前，南京西路就是繁华之地。如今，上海市静安区更是上海对外开放度和国际化程度最高的地区之一。目前，静安区跨国公司地区总部超过 130 家，其中不乏全球医药龙头企业的身影。

辉瑞是静安区最早被认定为跨国公司地区总部的企业之一。这家跨国药企巨头一直是静安区重要的合作伙伴。

"十四五"期间，静安区将深化发展医药大健康产业，着力打造生物医药产业集群和创新发展高地，让生命健康产业和商贸服务业、金融服务业、专业服务业、文化创意产业、数据智能产业一起，稳稳地站在区域经济发展的"C 位"。

一批全球医药龙头企业在静安落地、集聚。目前，全球医药行业前 50 强中，在静安的药业企业占 25 家；全球前 20 强药业巨头中，包括辉瑞有 8 家企业植根静安。

国内生物医药企业也纷至沓来，选择落户静安。因为这里有产业链上下游的合作伙伴，也意味着更多机会。

用好优质载体基础上，静安区持续推动"全球服务商计划""总部经济增能计划"，一批批具有总部特征的企业升级为总部、单一

功能总部升级为多功能总部、中国区总部升级为亚太区总部，跨国公司"聚静安、在上海、为全国、链世界"的速率不断提速。

静安区文化底蕴深厚，海派文化、石库门文化、红色文化等交相辉映，拥有百年张园、福新面粉厂等 159 处优秀历史建筑、4 个历史文化风貌保护区。

## 政府与外企的双向奔赴

2024 年 4 月，一场圆桌会议如期召开，上海市外国投资促进中心、静安区人民政府相关领导、职能部门负责人、区内的外资企业负责人等出席。

这是静安区为了进一步推动区开放经济发展，强化常态化政企沟通，持续优化区域营商环境而定期举办的外资服务圆桌会议，此前已召开过多次。

连续多年，静安外资经济的规模和占比位居中心城区第一。2023 年，静安区是上海唯一外资经济贡献超过 50% 的中心城区，这是静安的特色和优势。

静安区区长在圆桌会议上感谢了现场各家企业对静安经济社会发展作出的贡献，并表示静安将持续为企业投资、根植静安创造更好条件，全力推动经济高质量发展；进一步优化营商环境，推动政府办事效能提升和投资贸易便利化，做优做细企业服务，助力企业实现更好更快发展。"真诚欢迎更多的'新老朋友'来静安投资兴业，热忱期待与各国商协会、投促机构加强合作。"

而接下去的圆桌会上，与会企业家代表围绕在静安的发展现状以及未来规划纷纷畅所欲言，同时也对企业发展过程中遇到的困难直言不讳。对企业提出的诉求，静安区各相关部门现场问诊，出谋划策，积极回应。

静安区商务委主任沈虹表示，静安始终坚持打造市场化、法治化、国际化营商环境，为企业打造最低制度成本、最佳服务体验，最广成长空间；加强国际化人才服务，优化外商投资权益保障，加强知识产权保护，持续激发市场主体活力，让外资企业在静安敢于投资、安心经营、做大做强。

静安区创新推出"外资促进合作伙伴计划"，通过进一步加强与各国商会、各大经济投促组织之间的合作互动，促进更多全球人流、资金流、信息流等资源要素在静安汇集和链接。静安区还强化外资项目落地服务保障，落实重大和重点外资项目工作专班机制，提升项目专员服务能力，建立和动态更新项目库，加强全方位要素保障。

## 产业集聚背后的信心与魅力

2004 年，辉瑞设立中国区总部时便在静安区注册经营。辉瑞中国将总部办公室设在南京西路上的中信泰富广场写字楼内，这里成了辉瑞人在上海的"家"。

2021 年是辉瑞的转型元年，辉瑞转型成为一家以科学为基础、创新的、以患者为先的生物制药公司。这一年的秋天，Jean-Christophe Pointeau 担任辉瑞中国区总裁一职，成为辉瑞中国新一任"掌门人"！在第四届进博会开幕前夕，刚刚履新的 Jean-Christophe Pointeau 来到上海，首次与中国媒体见面的地方，就在辉瑞位于静安的办公室里。

站在上海市静安区中信泰富广场的辉瑞办公室，Jean-Christophe Pointeau 对上海的新环境并不陌生，反而甚是想念：紧凑的工作节奏、国际化团队、全球同步的信息交换、高效的政府服务、高度竞争的市场、尊崇契约精神、便捷的公共交通、多元的文化、丰富精彩的城市生活。他多年前曾在中国工作，现在又回到了熟悉的地方。

2024 年是辉瑞进入中国市场的 35 周年，更是辉瑞与静安结缘的第 20 年。

作为最早一批进入中国市场的跨国药企，辉瑞是中国市场经济快速发展的见证者之一。辉瑞在华发展战略更体现了辉瑞与中国的缘分，以及服务中国患者的决心。在这期间，静安始终支持辉瑞的发展，为辉瑞提供了全方位、高效率的服务，帮助企业解决发展中的问题，推动企业进一步做大做强，实现双方互利共赢。

在服务企业的过程中，静安区政府不断摸索、形成并完善企业服务的工作体系。静安区还建立了良好的政企沟通机制。2022 年，在静安区政府的推动下，Jean-Christophe Pointeau 一行拜会了时任上海市委常委、副市长。

"会面一方面是企业向市区领导分享企业发展和下一步计划，另一方面让企业全球高管对上海、对静安的发展有更深入的了解，更加坚定了企业在华发展的信心。"沈虹表示。

由此可见，"国际化"的背后，静安更在乎的是"集聚"二字所彰显的信心与独特风范魅力。信心来自于对发展前景的信心，更是对营商环境的信心；而风范魅力则被诠释为持续的市场活力，良好的营商环境，得天独厚的开放优势。

## 与跨国企业更多"软性"互动

当前，上海正加快建设世界一流设计之都，以一流设计赋能高质量发展。2023 年 9 月 26 日，第二届世界设计之都大会（WDCC）在黄浦滨江的主会场如期而至。

这一年的"上海设计 100+"的评选中，辉瑞脱颖而出，首次参加便凭借"肿瘤患者一站式服务解决方案"获得殊荣。该解决方案融合前沿产品设计与服务设计，整合先进技术，旨在帮助肿瘤患者获得触手可及的诊疗后全流程管理支持和全方位关爱，助力实现"健康中国 2030"规划纲要总体癌症五年生存率提升 15% 的目标。

辉瑞之所以参加"上海设计 100+"评选活动，离不开静安区商务委的指导与建议。参与 2023 年 WDCC 和"上海设计 100+"评选，是辉瑞的一次跨界尝试，打破行业壁垒，将更多的创新治疗选择和解决方案以更便捷、高效的方式送到需要的患者的身边、指尖。

"外资企业到中国来，除了看中区位优势、产业聚集等，其实也需要更专业、更高效的综合配套的服务和营商环境，静安在这个方面有得天独厚的优势。"沈虹进一步表示，

静安区每年都会为外资企业提供履行社会责任的平台，"企业除了关注生产经营发展外，也非常关注低碳减排、绿色可持续、ESG 等等，我们都会第一时间为企业这方面的需求提供服务、搭建平台"。

此外，静安区文化底蕴深厚，海派文化、石库门文化、红色文化等交相辉映，拥有百年张园、福新面粉厂等 159 处优秀历史建筑、4 个历史文化风貌保护区，也是原上海总商会所在地。

静安区还有很多剧场、艺术展览空间，2023 年 7 月，静安区更是打响"艺术苏河"品牌，通过挖掘历史建筑价值、增加公共文化配置、举办文化节展赛事、吸引高端艺术产业，开始全面建设苏河湾艺术生态高地，大艺术、大苏河，使苏河湾地区成为上海艺术地图中的重要组成部分。

"这些文化艺术的氛围也是外资企业比较喜欢的，他们愿意在这种环境中经营，员工也喜欢在这样的环境办公。"沈虹表示。此外，静安区在医疗卫生、教育、体育、科技等方面的配套也非常好，

"国际化"的背后，静安更在乎的是"集聚"二字所彰显的信心与独特的风范魅力。

为外资企业在中国的生根发展提供了重要保障。

据了解，下一步，静安区将落实好 7.0 版《持续打造国际一流营商环境行动方案》，牢牢把握"大走访、大调研"、重点企业"服务包"、外资服务圆桌会议、安商稳商等工作的纽带作用，拓展外企服务工作外延，全面提升"国际静安"的核心竞争力、投资吸引力、辐射影响力和功能承载力。静安区也将进一步建设高水平人才高地，实行更加开放有效的人才政策，优化教育、医疗等服务供给，让更多人才来得了、待得住、干得好。

（撰稿｜应琛）

# 张江药谷，中国医药创新梦开始的地方

> 张江药谷经过 30 多年的发展，世界级生物医药产业集群初具形态，创新"核爆点"蓄势待发。在这片热土上，企业数量已超过 2300 家，从业人员超过 9 万人，实现了创新在张江、成长在张江，从张江走向世界。

陆家嘴高高耸立的建筑群，被傍晚的阳光镶上金边，每天，外滩观光平台上总是有无数的镜头记录下这代表现代城市的经典画面。如果对照老照片，上世纪 90 年代之前的上海浦东，还是工厂与农田。

1990 年，浦东开发开放拉开序幕。

1999 年，"聚焦张江"战略吸引了刚工作不久的刘刚。他从上市公司转入张江，先后在聚焦张江的产业促进机构，以及浦东的科技主管部门工作。2005 年，刘刚入职上海张江生物医药基地开发有限公司，开启他与张江药谷故事。

"我当时住在杨浦区，每天从浦西到张江上班乘坐大桥五号线，公交线是张江为了吸引人才特意开通的。大桥五号线开到复旦大学方向，大桥六号线开到上海交大方向。"如今作为上海张江生物医药基地开发有限公司副总经理，刘刚回顾张江的成长，深感变化之快、变化之巨。

张江药谷经过 30 多年的发展，世界级生物医药产业集群初具形态，创新"核爆点"蓄势待发。在这片热土上，企业数量已超过 2300 家，从业人员超过 9 万人，实现了创新在张江、成长在张江，从张江走向世界。

截至目前，张江自主研发 1 类新药累计获批上市已达 23 个，占全国的 1/5，其中很多药物属于国际或国内首创。

怀着创新梦想诞生的张江药谷，吸引了跨国企业的入驻。1994年，罗氏制药进入中国，成为入驻浦东张江的首家跨国制药公司。

此后不久，辉瑞、礼来、勃林格殷格翰、阿斯利康等跨国巨头纷至沓来，把张江药谷带入了全球产业链。截至目前，全球药、械 20 强有 2/3 布局张江。这些跨国药企落地参与了上海创新生态的建设，给张江乃至全国的生物医药创新带来了深远的影响。

> "张江药谷"已经是上海一张闪亮的名片。张江故事也书写了中国生物医药的创新传奇。

## 跨国企业与本土公司活跃互动

张江药谷的故事，起始于上世纪 90 年代中期，张江生物医药开放创新生态历经 7 次迭代，不断成长和强大。

1996年，国家科技部、原国家卫生部、原国家食品药品监督管理局、中国科学院与上海市人民政府在人民大会堂签署协议，共建"国家上海生物医药科技产业基地"，拉开了张江生物医药创新发展的帷幕。1999年，上海市委市政府提出"聚焦张江"战略，举全市之力，形成机制聚焦、项目聚焦、政策聚焦，张江进入创新快车道。

2003年，我国历史最悠久的综合性创新药物研究机构——中国科学院上海药物研究所（以下简称"上海药物所"）启用新址、东迁张江，开始"第四次创业"，成为第一家整建制搬迁至张江的国家级生物医药核心研究机构。

包括上海药物所、国家新药筛选中心、国家上海新药安全评价研究中心、国家蛋白质科学研究（上海）设施、上海同步辐射光源等一批科研机构纷纷落地张江，在张江快速形成了"一所两校七中心"创新药物研究开发体系，奠定了张江在我国生物医药创新中战略锚点的地位。

此后，从部市共建，到"聚焦张江"战略，张江药谷核心地带启动建设，一批CRO公司在张江涌现，成为新药研发重要的服务力量。

刘刚介绍，随着张江药谷影响力的扩大，一批跨国药企研发中心先后落户张江，成为全球生物医药研发网络重要节点。罗氏、辉瑞、诺华、葛兰素史克、礼来等跨国药企研发中心先后来到张江。

跨国药企在张江，不仅实现了自身的发展，还参与浦东大企业开放创新中心计划（GOI）的建设。

2005 年 10 月 31 日，辉瑞中国研发中心在张江高科技园区成立。辉瑞中国研发中心除了与药物研发有关的业务外，还与亚洲各地的学术研究机构、临床试验机构以及政府研究机构合作，共同增强地区的药物研发能力。

辉瑞中国研发中心不断吸引众多中高端专业人才在张江就职。同时，该中心还与北京大学、清华大学、复旦大学、中科院生物物理研究所以及中科院生物化学与细胞生物学研究所等国内一流的学术机构合作，开展临床试验研究、药物经济学和人员培训等多方面的合作，不断推进中国创新药物的研究及国际化人才的培养。

自 2005 年在张江落成后，辉瑞上海研发中心的员工人数逐年稳步递增。自 2019 年至今，共计 302 名留学生和各类引进人才通过辉瑞落户浦东，累计吸引 1370 名中高端人才在张江就职。2022 年 3 月，辉瑞成功申请"张江高科技园区企业博士后科研工作站"，与复旦大学进行联合培养博士后，旨在为浦东持续输送更多医药研发领域的高端科学技术人才。

跨国药企在张江，不仅实现了自身的发展，还参与浦东大企业开放创新中心计划（GOI）的建设。

张江药谷每天都有不同主题的学术研讨沙龙举行；产业领域共享交流平台已经连续三年举办 5000+ 人次规模的张江生命科学国际创新峰会；张江生命科学沙龙系列品牌活动，仅 2023 年，围绕园区产业导向从产业新兴领域、策略发展、政策法规等方面就举办了十余场沙龙，为产业持续健康发展提供解决方案，提升品牌活动的价值和影响力。

以创新技术为核心的本土生物科技公司与跨国药企合作也正在成为趋势，全球创新合作交易加速深化。

2015 年至 2023 年，张江跨境医药许可交易（License-in/out，以下简称"License 交易"）总量超过 220 项，总额超过 3000 亿元，占全国的 1/3。由此可见，张江生物医药创新与全球已形成高密度和高强度的交易网络，为全球生物医药产业发展提供重要的源动力。

## 张江优势：一切为了产业发展

张江药谷因活力和创新能力，成为了全国各地医药产业发展的标杆。提起张江药谷有哪些优势，刘刚进行了解读。

首先，最大的优势是张江药谷围绕创新的先行先试突破。张江率先研究推动药品上市许可持有人（MAH）制度，并从张江"试点"推向全国，最终 MAH 制度被纳入《药品管理法》。张江率先试点生物医药进境特殊物品联合监管机制，建立"白名单"制度，2023 年年底在此基础上转变为条件管理。

首部地方产业立法《上海市浦东新区促进张江生物医药产业创新高地建设规定》出台后，为打响张江生物医药产业创新高地品牌和全力打造世界级生物医药产业集群提供了强有力的法制保障。同时，张江药谷先后设立跨境科创监管服务中心、国家药品/器械审评长三角分中心、浦东人类遗传资源管理服务站等，便利了企业的创新探索。

此外，张江正在推动细胞基因外资准入、跨境分段生产等先行先试，通过"变通"

与"填白"，重构优化产业生态。

2023 年，浦东新区"明珠计划"启动，800 余人成为浦东新区首批"明珠计划"入选者，为浦东三大先导产业、五大重点产业发展以及新赛道培育提供了人才支撑，推动一大批高层次人才和重大项目加速落地浦东、落地张江。

张江药谷还是国内最早启动孵化体系的园区。2004 年，张江药谷公共服务平台成立，这是国内首家专业的国家级生物医药孵化器。到 2023 年底，该平台累计引进培育了超过 520 家孵化企业，其中毕业迁出企业 460 余家；累计上市企业 16 家，其中赴港上市 8 家，科创板上市 8 家。

刘刚就是张江药谷公共服务平台（一期孵化楼）建设最早的参与者。张江药谷公共服务平台作为全国首个生物医药专业孵化器，其孵化空间的落成，实现了上海张江生物医药基地开发公司对生物医药孵化器建设和运营的一次成功探索。

入职上海张江生物医药基地开发有限公司后，刘刚得以更近、更真切地经历张江药谷公共服务平台的华丽升级。"在国家发改委、上海市和浦东新区政府及张江管委会的大力支持下，我与团队开始了更为深入的调研，探寻孵化器的发展需求，完成了二期孵化楼选址和功能等方案的论证。"

从夜以继日加班撰写项目建设书，到站在文印店门口等材料赶飞机去申报，再到各环节突破得以最终立项，参与孵化器建设的日日夜夜，仿佛就在昨天。让刘刚和同事们骄傲的是，张江药谷公共服务平台一举成为全国规模最大的生物医药专业孵化器。

2009 年，张江药谷公共服务平台（二期孵化器）投入运营。"张江·中国药谷""国家上海生物医药科技产业基地"等标识挂上了平台大楼，上海药品审评核查中心等重要审评和服务机构先后在这里成立，中国药谷创新交流中心（生物医药展厅）等场馆也在此开启了对外服务……自此，大批海内外人才在此走出了中国生物医药创新创业之路。

2021 年，先后孵化了数百家优秀生物医药企业的平台大楼，又一次迎来蜕变，大楼"内核"持续升级：以孵化空间、共享平台和创新服务为基础，带动了由多个大企业开放创新中心组成的孵化空间体系。这些"内核"将张江药谷与更多优秀的生物医药企业凝聚在一起。

今天的张江药谷公共服务平台拥有 3800+ 平方米检测场所，100+ 台（套）共享检测设备，50+ 项药物（化合物）临床前检测；结构确证、质量研究等 10+ 项技术服务研究；已与中科院上海药物所、复旦大学药学院、药明康德等 20+ 专业机构建立合作体系；累计服务客户 1500+ 家，检测样品数量 100 万 +。

## 明天的张江药谷，更加广阔

刘刚总结说："过去三十多年中，张江生物医药产业经历了从国家队战略布局、CRO 服务起步、海归创业集聚、跨国研发集聚、本土研发集聚、资本赋能和开放创新的迭代发展，实现了从无到有，从 0 到 1 的创新突破。"

本土传统药企把张江视为开启创新药转型征程的第一站。2014 年，恒瑞医药在张江中区设立全球临床医学中心，承担恒瑞所有创新药的临床研究功能。随后，豪森医药、扬子江药业、罗欣药业、济民可信、蓝帆医疗………先后在张江设立研发中心。

同一时期，大批生物医药海归也将张江作为创业首选地，"顶尖科学家 + 专业资本"高起点创业浪潮使得越来越多的公司在张江实现了"孵化器 – 加速器 – 中试产业化 – 商业化产业化 – 总部基地"的成长。

一度，空间限制给一些企业带来了发展上的困难。刘刚介绍，2023 年起，张江药谷加快布局了产业新空间，已形成一批包括张江创新药产业基地、张江医疗器械产业基地、张江细胞和与基因产业园、张江总部园等特色产业园区；同时推出一批生物医药"智造空间"，到 2025 年底，预计将提供 220 万平方米标准厂房，保障企业空间发展需要。

张江各类公共服务平台解决了药企的高研发成本、研究瓶颈等共性问题，为新药的研究开发提供专业服务。目前，张江药谷已集聚涵盖产业链全生命周期的公共服务平台近 200 个。其中，张江药谷为了持续扩能生物医药产业的专业服务资源，不仅在早期出资入股新药安全评价服务平台，而且近年来还建立了医疗器械创新服务平台——上海国研医疗器械检测中心。

此外，"AI+CRO+ 创新药企"模式也助力新药更高效地走向临床，成为了新质生产力的重要引擎。越来越多的张江药企利用AI技术激发出澎湃动能，力促产业从"制药"迈向"智药"。

近年来，张江药谷加快推进产医融合举措，不断促进医疗机构和产业的科研和转化对接。2023 年，张江药谷与浦东公立医院管理事务中心共建合作平台，举行浦东新区医企交流对接会（体外诊断专场），并与上海东方医院"心脏病全国重点实验室"签约落地。

2024 年 3 月底，产医联动综合服务试点区正式在张江启动；2024 年 5 月，上海临床创新转化研究院签约落地张江，这是聚焦以临床价值为导向的原始创新研究和医企供需对接的新机制。

为了进一步推进产业高质量发展，打造浦东新区生物医药产业专业服务平台，由上海张江（集团）有限公司牵头组建的上海浦东生命科学产业发展有限公司于2024 年 5 月正式成立，推动更多创新药物在浦东、在张江诞生。

时代浪潮滚滚向前，但创新，是张江药谷永远不变的关键词。

（撰稿｜黄祺）

# 零售药店行业 30 年，
# 从"卖药"进阶"健康管理"

> 专业社会药房将在医院以外为各类门诊
> 慢病和特病患者的用药供应提供保障，并且
> 未来有望进一步承接更多需求。

近年来，随着医药政策发生重大变化，一些城市出现了药店一条街，不同品牌药店一家接一家开在一起，甚至比便利店更为密集。

海王星辰，一个随着 20 世纪 90 年代中国医药零售业兴起而诞生的名字。从 1996 年的第一家社区零售药店开始，如今海王星辰在全国 70 多个一二线城市拥有 5000 多家健康连锁药房，线上线下拥有超过 8000 万的会员。过去十年，海王星辰实施了一系列重要的战略举措和转型。成立慢病中心、强化与上游供应商的合作、进军 O2O，企业实现了销售突破百亿元、线上占比行业第一、单店产出行业第一等成就。

此外，以"院边" + "社区"、"线上" + "线下"的立体化药店为模板，海王星辰在更广阔的区域内实现更高的商品可及性，并延长患者 DoT（药物治疗持续时间）的做法，不仅提升了公司的市场地位和服务水平，也对整个药品零售行业产生了深远的影响。

## 连锁药店，开创行业先河

如今担任海王星辰医药连锁集团有限公司总裁兼 CEO 的张英

男，大学毕业时被分配到沈阳军区第二〇二医院工作。当南方改革开放的春风吹到沈阳，她义无反顾地南下深圳："机缘巧合之下接触到了药店行业。"

上世纪 90 年代，医疗资源高度集中，药价高、用药难制约着诸多病患。而药店业态多以单体为主，店内往往还配备"赤脚医生"，属于半诊所半药店。当时药店行业的门槛并不高，也没有什么商品规划的概念，闭架式的药店占据主流。而海王星辰已经决定开风气之先，引入非处方药开架式陈列的销售模式，第一家店就开创了中国医药零售药店的先河。

深圳药品零售行业的发展，催生出国内第一批连锁药房。海王星辰正是国内率先采用连锁药店模式、引进美国连锁药店经营技术和加入美国药业连锁协会（NACDS）的中国企业。

1996 年，海王星辰加入美国连锁药店协会，成为该协会第一个中国会员。当年 6 月 28 日，"海王星辰健康药房"第一家药店深圳桂园路分店开业，标志着海王星辰连锁事业的启动。

适逢中国城镇医保改革大门开启，在政策扶持及全国各地药店同行的努力下，药品零售行业进入高速发展通道。发端于深圳的海王星辰仍然是业内同行中的佼佼者，甚至被行业人士誉为中国药品零售业态的典范。

早在 2007 年，海王星辰就曾赴美上市，也是第一家成功在美股上市的中国连锁药店。这一尝试可以说为行业打开了一扇新的大门。2015 年 7 月，海王星辰宣布从美股退市，并在第二年完成私有化退市工作。如今再谈起当年的"退市"决策，张英男认为那是海王星辰回归初心的开始。

第一个开药房、第一个做 OTC 和处方药分类陈列、率先实现自有品牌……海王星辰在发展过程中开创了很多行业的先河，但企业发展会有起伏，"我们需要转型，因为十年前我们已经看到，如果再以毛利为出发点去追求短期价值的话，零售药房已经走不动也走不长了。"张英男深知这是一个底层逻辑转变的过程，最需要承压时依然能够保持坚定："退市给了海王星辰一个清净的环境，让我们专心致志研究消费者究竟需要什么，我们又能够给消费者提供什么。而不是把大量精力都去研究报表，为财务数据去工作。当我们把所有的盈利逻辑理清楚了，也不影响我们再上市。"

## 专业服务才是硬道理

国家药监局《药品监督管理统计年度数据(2022 年)》显示，截至 2022 年 12 月底，全国共有《药品经营许可证》持证企业约 64.4 万家，比奶茶店还要多出十几万家。

数量惊人的同时，药房的扩张速度也令人印象深刻。有数据显示，高峰时期，每天平均有 93.7 家新药店开业。而一些投资机构估计，未来五年内，中国零售药店将会有 1750 亿元的市场增量，扩容幅度将达到 40.42%。

药店疯狂开张的背后，离不开医药政策的变化。随着集采药品的基本销售额正在以每年 50% 的速度萎缩，药品零售业实际承接了 55% 以上的处方药分销市场。

更重要的是，国家医保谈判，创新药的"双通道"（允许有资质的药店销售医保目录中的创新药），还有"门诊统筹"将药店纳入医保报销等一系列改革措施相继落地。这些政策变化都为药店行业带来了巨大的想象空间。

1996 年 6 月 28 日，"海王星辰健康药房"第一家药店深圳桂园路分店开业，标志着海王星辰连锁事业的启动。

然而热闹的同时，2024 年上半年，药店行业整体业绩是下跌状态。

当下的医药零售市场产品同质化严重、市场竞争激烈、消费者需求升级、支付价格改革从院内向院外传导，药店经营利润也面临着下滑压力。张英男介绍，早在十年前海王星辰就看到了这样的趋势并做好了准备。"大环境对所有人或者企业都是一样的，外部环境不能改变的时候，唯一重要的是你能为顾客、合作伙伴和员工创造什么价值。"

在所有的价值排名中，消费者的需求始终是海王星辰最为关注的部分。

"美国人口是我们的 1/3，药店大约在 6 万家，单店日均销售额在 3.5 万美元左右；中国现在有 64 万家药店，大型连锁药店单日大约在 5000 元左右，单体小药店可能就 2000 多元，差距明显。什么原因？自然是僧多粥少。所以药店一定要重视对消费者的服务质量。"海王星辰将重点从单纯的销售额转向关注顾客的终身健康需求，推动公司从传统零售模式向综合性健康服务转型，致力于成为消费者最喜爱的药房。"其核心就是要把企业短期的利益放一放，追求为顾客创造价值，而当你得到消费者信任，他愿意把终身的健康服务和管理工作交给你时，企业挣钱就是顺其自然的事了。"

那么如何做到差异化的服务？张英男表示："专业、专业，还是专业。我们的药店从业人员百分百都是有医学药学专业背景的，我们希望他们可以把精力放在患者教育身上，体现自己的专业性。"她进一步解释："得到医生诊断后，消费者需要有一个长期的用药过程，药店可以在用药依从度、安全用药的提示上面下功夫，某种程度上承担起医生助手的职能，为消费者提供专业指导。"

海王星辰已经实现了慢病自建系统的布局，包括慢病管理系统、员工的学习与考试系统。此外，经过近30年的发展，海王星辰拥有10000多名专业药师、15000多名健康顾问组成的专业团队，在推行全方位慢病管理的同时，也着力推广"预防胜于治疗"的健康生活理念。

"药店做的是人的生意，做好服务才是真正的盈利逻辑。作为药店，我们希望服务社会，造福社会，而不是仅仅追求一个数字。事实也证明我们的策略是对的——我们的每平方米销售产出在行业中是最高的。"她自豪地分享。

## 药店变身"健康驿站"

近年来，药品零售行业的集中度快速提高，监管政策趋严，药店已经步入了转型升级的发展新时期。与此同时，信息化技术的发展让连锁药店的服务方式发生了改变。从过去线下门店触达消费者开展健康咨询服务，转变为线上线下相结合，更高效触达消费者。

海王星辰很早就开启了数字化转型。当前，海王星辰已经实现了门店服务的升级，可以为患者提供更智能、便捷的购药服务，通过医保电子凭证实现一码购药。在企业自营商城、美团外卖、京东到家、饿了么、平安好医生、阿里健康等主流O2O平台，实现核心区域25分钟到家服务；而企业微信+O2O送药模式则形成线上线下联动，打造3公里便民圈，减少居民反复跑腿的负担。

在"互联网+医疗"领域，海王星辰也在积极布局。"这几年，海王星辰热烈拥抱互联网，很难说它是一个实体药房，还是一个互联网公司，因为有近一半销售是在线上，且占比还在不断走高，20 岁 –50 岁的顾客群体占到整个消费群体的 70% 多。"访谈过程中，张英男谈及自己最在意三件事：第一是能否为顾客创造价值；第二是能不能为上游合作伙伴创造价值；第三是员工在企业里是否体现了个人价值。

互联网时代，张英男仍然觉得人情味是药店经营中很重要的部分。不久前她要求取消 AI 智能化售后服务，因为顾客在生病焦虑的情况下问询药物信息时，一定不希望收到冷冰冰的机器回复。

"在一二线城市，我相信消费者对医保的依赖没那么大，当产品足够好时，消费者也是愿意自费支付的。但条件是，我们能够选出好的产品，包括它的生产工艺、质控体系、生产企业的价值观等都很重要。"

海王星辰还非常重视与上游合作企业的合作和互动。2024 年 4 月 19 日，海王星辰携手辉瑞偏头痛创新药物共同举办上市启动会，同时邀请专家为现场近 80 名门店药师进行授课。此前，这款创新药物已率先落地海王星辰健康药房，覆盖深圳、上海、广州、宁波四城，并陆续拓展至全国范围。"我们第一时间关注创新药物上市，偏头痛是需要长期管理的疾病，创新药给患者带来更多获益。"

这些年，类似这样的合作已经常态化。海王星辰强化了与品牌厂商的战略合作，优化了供应链端的价值服务，同时不断探索新的传播模式。"现在短视频的覆盖率越来越高，我们也会制作短视频做科普和传播。每位员工的企微号里，有几百人的顾客微信，可以有针对性地推荐科普知识。"

（撰稿 ｜ 周洁）

# 在"现场"，
# 见证记录波澜壮阔的中国医改

**刘琳**

新民周刊杂志社社长、主编

> 刘琳说，与医改同行的 30 年新闻工作，关于医改政策的宏观全景、办好医疗的样本细节、面临困惑的探索创新，她和同事们都捕捉、描述、记录在一篇篇深度报道中。

"辉瑞借助进博会这一平台，把握共享中国大市场机遇、共享制度型开放机遇、共享深化国际合作机遇，共创健康中国美好未来！"

2023 年 11 月 6 日，当辉瑞中国区总裁、RDPAC（中国外商投资企业协会药品研制和开发工作委员会）执行委员会主席、中国外商投资企业协会副会长 Jean-Christophe Pointeau，在第六届中国进口博览会辉瑞展台开馆仪式上致辞至此，应邀到现场的刘琳和其他观众一起为 Jean-Christophe Pointeau 的三个"共享机遇"热烈鼓掌。"这大概是我在现场亲身感受中国医疗医药卫生健康事业大发展的又一个新例证。"刘琳接受访谈时笑着说。

2024 年，是新民周刊杂志社社长、主编刘琳从事新闻工作的第 30 年，从第一个岗位——"卫生记者"开始，她和《新民周刊》以各种"在现场"的报道成为中国医疗发展重要阶段的见证者、记录者甚至是参与者。

健康是人民幸福生活的基础，改革开放 40 多年来，中国建成了世界上最大的医疗卫生服务体系和医疗保障体系，中国特色基本医疗卫生制度不断健全完善，实现了从"有没有"到"好不好""优不优"的转变。

"波澜壮阔的中国医疗改革和健康事业发展史，与我的职业生涯紧密相连，回顾起来，很多片段都有着特别深远的意义。"刘琳说，"我们从怎样的现实中走来，曾经带着怎样的期待，走过怎样的弯路，取得了怎样的成就，我们还有怎样的梦想和未来，都刻录在我和同事们的报道中。"

## 卫生记者最好的时代

"虽然历经多种职位、行业巨变，采编策划覆盖各种领域的方方面面，但这 30 年我仿佛始终沉浸在医疗医药健康一行中，很多曾经的采访对象、工作对象早就成为我数十年来最尊敬的师长和最挂念的朋友。"刘琳说。

对于卫生记者而言，这无疑是最好的时代。刘琳亲身见证了大健康理念是如何一步一个脚印地上升为国家战略的。"这一点从国家卫生部、国家卫计委、国家卫健委这三个部委名称变化就可以感受到。"她不无感慨道，"当年，作为记者我第一次跨入政府机构'跑条线'，进的就是国家卫生部对应的上海市卫生局的门。"

全面医改在中国正式启动是在 1985 年。"在我成为卫生记者的前 15 年里，第一轮医改已经成效显现，同时也渐渐瓶颈凸显。因为最初的医改是伴随着城市经济体制改革展开的，当时的政策鼓励卫生机构'以工助医、以副补主'，兴办卫生企业等，明确提出扩大医院自主权，实行责、权、利相结合的经济管理责任制。那时，我采访过的很多公立医院院长一边把医院建设干得热火朝天，一边也面临着不少困惑和难题。他们告诉我，改革前医院的所有投资和开销都来自财政，现在财政拨款只占医院开支的 10%，维持医院运转的费用通过提供医药、医疗服务获得的收入自

行解决，但医院又必须保留公共服务的性质。"

　　这一轮改革迸发了医疗卫生行业的活力，基本建立了一个遍及城乡的卫生医疗服务网络，药品的生产能力也能够基本满足民众的医疗卫生需求。但一些消极问题也受到越来越多的诟病。2009 年"新医改"拉开大幕，基本医疗保障制度得以加快推进，国家基本药物制度等一系列制度不断完善，结束了"以药补医"的沉疴。

　　2016 年，习近平总书记在全国卫生与健康大会上发出了建设"健康中国"的号召，2018 年，2013 年时由卫生部和人口计生委组建的国家卫生和计划生育委员会（简称国家卫计委）完成历史使命，由国务院大部制改革更新为国家卫生健康委员会（简称国家卫健委）。在刘琳看来，"国家卫健委"从名称到职责的变化，体现了从"以治病为中心"到"以人民健康为中心"的转变。

　　如今，中国医改已实现了阶段性发展目标。全国基本医疗保险参保人数超 13.3 亿。刘琳还看到了卫生总费用结构不断优化的数据：自 2001 年以来，个人卫生支出占卫生总费用的比重持续下降，从最高时期的 60% 下降到 2022 年的 27.7%。据著名医学

无论媒体形态如何变幻，我们不会忘记自己的使命：讴歌，追问，永不放弃。

杂志《柳叶刀》对全球 195 个国家和地区医疗质量和可及性排名，1990 年至 2015 年 25 年间，中国从第 110 位提高到第 60 位，2018 年提高到第 48 位。

刘琳说，与医改同行的 30 年新闻工作，关于医改政策的宏观全景、办好医疗的样本细节、面临困惑的探索创新，她和同事们都捕捉、描述、记录在一篇篇深度报道中。

## 记录上海医疗界的巨变

上海向来是医疗重镇，作为上海主流媒体的新闻工作者，刘琳一直是上海医疗健康事业不断实现跨越式发展的观察者和记录者。"如今已经很难想象，上海的各个大医院的就医空间曾经是难以描述的逼仄，门诊、住院、手术、办公，几乎所有公立医院怎一个'拥挤不堪'了得。当时几乎所有上海三甲医院都开在浦西，聚集在市中心这一小块地方，大家都'螺蛳壳做道场'。"刘琳回忆。

在快速发展的前 20 年里，刘琳报道过的医院信息最多的是新大楼、新院区的落成，上海的就医环境可以说发生了改天换地的变化，这其中，中国第一家综合西医院、到 2024 年已有 180 年历史的仁济医院是个绝佳的样本。

2009 年在刘琳为仁济医院 165 周年庆撰写的长篇深度报道中，她这样形容当时的仁济医院：一条小街，一块巴掌大的地方，一幢古老到无法改造的多层楼，这就是蜚声中外、奇迹无数的仁济医院在前 155 年间的全部"房地产家当"及其周边环境，"医院医疗空间之狭小、办公条件之艰苦，甚至阻碍了医院招募人才留住人才。"

适逢国家开发开放浦东的号角吹响，经过多年的研究、交流、请示、汇报，塘桥附近的一片农田被圈为仁济东院新址。

1999 年，一支装备先进、兵种齐全、人才精锐的雄壮的医疗装甲部队，迈着坚定而有序的步伐开进浦东——带着先进的医疗设备，齐全的医疗科室，精锐的医疗人才，实力雄厚的仁济医院以主体阵容，从山东路 145 号开拔，跨过黄浦江，挥师东进。

从此，浦东有了第一家三级甲等医院。

走出"螺蛳壳"的仁济不仅造福了浦东百姓，也实现了自身的跨越式发展。"东进的决策是仁济历史上第二次创业，他们也为上海医疗改革史写下了浓墨重彩的一笔。"刘琳说。

刘琳曾在《新民周刊》上开设专栏"手术目击",她进入手术室现场观看高新手术展开,现场听主刀医生讲解重点难点。如今,她印象最深的是2003年在华山医院围观中外合作的心脏外科手术。这是哈佛医学院麻省总院心胸外科专家领衔的手术小组,受复旦大学附属华山医院之邀,到华山医院手术间为国内8位病人开展从诊断、分析、手术直至术后康复的全套医疗服务,中方医护人员全程跟踪观摩。

《新民周刊》报道集结出版的图书《战疫口述实录》。

这个手术小组成员除主刀医生斯坦利教授外,还包括1名麻醉师、1名体外循环师、1名护士和1名术后监护ICU人员。如此"整建制"地引进国际顶尖手术团队到国内进行手术示范交流,在当时的上海乃至全国医院中尚无先例。

"最直观的震动是哈佛专家对手术规范近乎刻板的严格执行,和细微处见真情的医学人道主义。"刘琳记得,当时华山医院的领导告诉她,这次学习最大的意义在于以"零距离"的方式,最感性、最真切地学习国际医学界先进的管理理念、规范的手术操作流程,和顶级医学专家一丝不苟的敬业精神、职业素养。今天,上海名医无数,高质量的国际交流非常频繁,带来全新的学术氛围。

事实上,过去30年,上海医疗界在管理上进行了深入的探索和创新。刘琳曾经报道过《100张医院管理文凭的中国意义》,文中谈到,很长一段时间里,中国医院中都存在院长"业务是专家,管理是外行"的局面。为了改变这一现象,当时由中欧国际工商

学院、卫生部卫生经济研究所专为医院高层管理者开设的文凭类课程受到欢迎，100位来自全国各地三级甲等医院的院长和副院长，获得了中国第一个真正意义上的医院管理文凭，弥补了当时医院管理者管理知识的缺陷。"当时不少院长对我说起患者就诊流程再造计划，包括时任瑞金医院副院长俞卓伟，他说要把原来以医院方便为主的流程改变为以病人为本的全新流程，高效优质低耗，将病人利益最大化。"

在上海，或许每一家医院都有一部蝶变史，它们的蝶变带来的是上海卫生健康的巨变——人均期望寿命从改革开放初期的72.77岁提高到2023年的83.66岁，市民三大健康指标连续十多年保持世界领先水平……

"今年，《新民周刊》围绕'号源下沉'策划的一组封面报道，则是上海对于分级诊疗的又一次全新探索，也让我们看到了社区医院过去十几年来令人惊叹的发展，改革一直在路上。"刘琳说，上海为全国卫生健康事业创下了一系列可复制、可推广的经验，为上海迈向卓越的全球城市打下扎实的健康之基。

## 多方合力共创"健康中国"

举世瞩目的中共二十届三中全会擘画的新蓝图，向世界释放新时代中国坚定不移高举改革开放旗帜的强烈信号，既为推动中国式现代化规划前进路径，也为促进中国与世界共同发展注入澎湃动力。

刘琳注意到，新蓝图中提出"实施健康优先发展战略"，健康在进一步全面深化改革中的重要性更加突出。这也从某种程度说明，中国医改到了审视成果的阶段，也要开始思考如何锚定 2035 年实现健康中国的目标。

这从来不是单打独斗就能完成的任务。作为全球重要的医药制造大国之一，中国医药产业规模的稳定增长展现出中国医药经济发展巨大的韧性和活力。

在刘琳看来，外资企业始终是与中国经济共同成长的重要力量。据统计，目前医药领域已经成为国民经济各产业中发展最快的产业之一。从仿制到制造，"国际化"与"创新"已然成为了中国医药行业的大势所趋。

国务院办公厅在 2024 年 3 月印发的《扎实推进高水平对外开放更大力度吸引和利用外资行动方案》中，提出要更进一步"持续推进医疗领域扩大开放"。

《新民周刊》多次采访辉瑞中国区总裁 Jean-Christophe Pointeau，这位性格鲜明的法国籍总裁，让刘琳印象深刻。每次谈到他在中国工作的感受，Jean-Christophe Pointeau 总是兴致勃勃。他评价中国的医疗进步是"中国实现了举世瞩目的奇迹！"作为辉瑞中国区总裁，他一直强调辉瑞将继续将创新产品以"加速度"带到中国，为中国患者和"健康中国"做出贡献。

以辉瑞为代表的外资企业早已与健康中国战略中"大病不出县"目标同步，将目光放到县域，截至 2023 年底，抗感染、肿瘤、皮科等多治疗领域的辉瑞创新药物已覆盖全国 1800 多个县域的 11000 多家医院，造福当地患者。

"每当国家经历重大卫生事件的考验时，以辉瑞为代表的外资企业也从未缺席。比如新冠肺炎疫情在武汉暴发时，辉瑞与新民周刊联合开设'火线'栏目，采访了多位全国疾控专家研判疫情形势、分析病例病情等，报道真实的同时也向公众传递了权威消息。其中不少内容被选入《新民周刊》抗疫期间刊发的十期杂志，后来在武汉解封一周年时被武汉博物馆珍重收藏。"刘琳感慨地说，有人说新闻已死，其实新闻将走向更细分、更专业。25 年前《新民周刊》创刊词中有三句极短的名人名言赠予读者——我有一个梦（马丁·路德·金），热爱生命（杰克·伦敦），永不

放弃（温斯顿·丘吉尔）。无论媒体形态如何变幻，我们不会忘记自己的使命：讴歌，追问，永不放弃。🌿

（撰稿丨周洁）

## 人物简介

刘琳　新民周刊 社长、主编
2021 年荣获上海出版人奖
2020 年荣获抗击新冠肺炎疫情全国三八红旗手
2019 年荣获上海市三八红旗手
《自媒体黑幕》《再揭自媒体黑幕》等文章多次荣获上海新闻奖一等奖

承诺

多方合力，为实现"健康中国2030"的宏伟目标贡献力量。

# 每年 40 亿人次用药，"有药可用"后更要管好用药

**胡欣**

北京医院药学部首席
专家、博士生导师

> 药学服务事关医疗的最终效果，也关系到人民的幸福感、获得感。中国的药学专业，以及中国的原创新药研发，正在继续努力满足人们对健康的期待。

北京医院药学部首席专家胡欣的办公室里，书柜占满整整两面墙，细看收藏的书籍，一半是药学、医学专业书籍，还有一半是人文社科类"杂学"。

医学和药学最终服务的是一个个具体的人，医学和药学的发展水平与社会经济发展紧密相关，身为药学专家，难怪胡欣对人文社科如此关注。

在药学专业领域工作四十年，胡欣亲历了中国从"缺医少药"到如今药品丰富、医药事业取得明显进步的巨变过程。

曾经，有限的药物让临床医生们在面对疾病时深感有心无力；后来进口药品进入国内，但高昂的价格让不少患者望而却步；现

在，随着新药进口审批流程的加速以及国家医保药物目录单持续动态更新，药品集采等措施的实施，患者可用的药品越来越丰富，经济负担也比过去减轻。

胡欣表示，中国的药学专业，以及中国的原创新药研发，正在继续努力满足人们对健康的期待。

胡欣一直呼吁重视用药安全，重视药师队伍的建设。近年来国内大型医院纷纷强化临床药师工作，凸显药师在医疗中的作用。

## 告别"无药可用"

上世纪 80 年代初，胡欣从山东农村老家考入大学，走上了自己的药学道路。

胡欣至今记得，工作几年后他听到家人传来的消息，一位原本热情能干的邻居阿姨，仅仅 65 岁就死于糖尿病。"那是上世纪 90 年代初，虽然已经有糖尿病药物，但种类有限，有的还比较贵。"

而近十多年，胡欣很少听到老家再出现这种让人感到遗憾的情况，即便是患癌症等重病，老乡们也有能力积极寻求治疗。"现在有药可治，也敢治了，长寿的人越来越多。"

胡欣身边的故事，正好折射出中国改革开放后医药事业的发展，而胡欣作为专业人士，更懂得变化背后的大背景。1984 年毕业后到医院工作时，医院的药品目录种类很有限，很多病实际上无药可治，医生只能给患者用一些对症药物，实际上"治标不治本"；有的药物虽然对症，但药物副作用也相当严重。

到了上世纪 90 年代，跨国药企陆续进入中国，进口药开始来到中国患者身边。不过最初，进口药价格昂贵，很多患者无力承担；而且，创新药物在中国获得审批的时间，要比海外上市晚十多年。

胡欣在 15 年前曾做过当时国内常用药物与发达国家常用药物品类的比较，从用药结构上可以看出，当时国内最常用的前 100 种药品，还停留在发达国家十多年前的水平。换言之，当时中国的用药水平比发达国家落后十多年。

现在，这种差距已经大大缩小。进口创新药审批流程提速后，国内上市与海外上市时差变成了三四年甚至更短。"现在很多跨国企业研发新药在做临床试验的阶段，就已经布局中国上市前的临床研究，这大大缩短了审批前准备所需要的时间。"

新药审批政策做了大量改革，比如针对临床效果好的创新药，会给予绿色通道，加速审批。胡欣举例说，辉瑞公司用于治疗新冠的小分子抗病毒药物，在疫情中就通过绿色通道迅速来到中国，用到了新冠病人的救治中。

新药来到中国，还要能让患者用得起。为此，国家医保目录逐年扩展，通过国家医保托底，患者在药费上的支出减少。除此之外，药品国家集采政策也提高了创新药的可及性。

药品纳入医保和国家集采，两个措施提升了药物可及性，减少了因病致贫等不幸的发生。当然，这些变化都基于中国经济的发展和人民收入的提高，社会经济发展之后，健康保障才能水涨船高。

胡欣说，现在中国患者不仅有药可用，而且可以用到优质、创新的药物。"比如辉瑞公司 2024 年在中国上市的偏头痛创新药瑞美吉泮口崩片，作用机制是创新的，解决了过去没能解决的问题。"

## 管好用药，医疗关键一环

药品多了，合理用药成为重要的工作。胡欣一直呼吁重视用药安全，重视药师队伍的建设。近年来国内大型医院纷纷强化临床药师工作，凸显药师在医疗中的作用。

尤其在药品零加成的背景下，我国卫生健康主管部门相继出台《关于加强药事管理转变药学服务模式的通知》《关于加快医疗机构药学服务高质量发展的实施意见》等多份指导性文件，为药学服务模式转型和提升医院药师服务能力提供了可行路径。

在国家相关政策的支持下，医院药师的职能也已发生明显变化，从过去的以药品调配为主逐渐转变，更多面向临床、面向患者，开展用药分析、处方点评，积极参与临床，在帮助医生合理用药、减轻患者经济负担、保证患者用药安全等方面扮演着日益重要的角色。

尽管患者对药师的角色定位和独特价值还不太熟悉，但医疗机构中，药师的作用已经不可取代。胡欣介绍，药师的作用首先是帮助临床医生和患者保障用药安全。据估算，前些年中国所有的用药中 80% 的药物都是通过医疗机构开具的，近些年这一比例虽然有所下降，但也占到了近 70%。未来，社会药店售药的比例可能会继续增加。

无论是医疗机构开具还是社会药店出售，都需要药师对安全性进行把关。特别是随着老龄化程度的加深，老年病人往往身患

中国生物制药、健康产业在国民经济中的占比还不大，还有很大的发展空间。无论是药学服务还是新药研发，最终都是为了满足患者的健康需求，经济总量跻身世界第二的中国，需要更强的药学和更强的生物制药产业。

多种疾病，服用好几种药物，更加需要药师对药物的相互作用、毒副作用进行判断，避免不良事件的发生。

药师，可能是唯一能看懂药品包装里那一页密密麻麻说明书的人，他们还要了解药代动力学，知道药物进入体内后是如何被吸收的，在体内如何代谢，为何有的药餐前吃有的药餐后吃……

近些年，"药物警戒"概念在药学领域被频繁提起，"药物警戒"是从用药者安全出发，发现、评估、预防药品不良反应。这项工作的内容包括早期发现未知药品的不良反应及其相互作用；发现已知药品的不良反应的增长趋势；分析药品不良反应的风险因素和可能的机制；对风险/效益评价进行定量分析，发布相关信息，促进药品监督管理和指导临床用药。

胡欣介绍，药品不良事件的监测、上报等等工作，都离不开药师。目前，中国药师队伍正在逐年扩大，药师的水平也在逐步提升，但相比于应有的人员比例和参照发达国家，药师人才还很不够。"大致估算，我们每年有 70 多亿人次住院患者，其中 60% 需要用药，那么就有 40 亿人次用药。如果这样计算，药师队伍还远远不够。"

胡欣认为，目前社会还是低估了药师带来的价值。美国的一项研究发现，如果有药师协助，患者的用药依从性会明显提高，而这部分提高的依从性可以节省多达300 亿美元的医疗费用。

## 做强生物医药产业

2022 年举行的国家第十二届药典委员会成立暨第一次全体委员大会上，胡欣教授当选为第十二届药典委员会委员。药典委员会是我国药学领域最具权威性的技术机构，承担着制定国家药品标准的使命，由药品检验、临床医学、临床药学、药学研究、药品生产、药品监管等领域的重要专家学者组成。

这次会议标志着 2025 年版《中国药典》编制工作的全面启动。《中国药典》是我国药品的最高法典，是药品产业发展水平的标志，是药品生产经营者的基本遵循。

中国生物制药产业，曾经长期被评价为"大而不强"，这种情况在近十年已经有所变化，本土企业的新药研发能力越来越强，中国正式站上原研药世界赛道。

胡欣认为，本土生物制药产业的发展，是国家经济实力、科技实力等综合能力上升的结果，同时也离不开跨国企业进入中国后对行业的促进。曾经，高血压患者熟悉的降压药就来自辉瑞公司；抗菌药物阿奇霉素，也来自辉瑞。跨国企业将现代企业运营的机制带到国内，也培养了一大批医药人才。

中国开放的经济政策，吸引着跨国企业继续在中国市场上不断发展，同时一系列新政策也鼓励了本土企业的创新，比如 2016 年 6 月 6 日正式出台的《药品上市许可持有人制度试点方案》。药品上市许可持有人制度，通常指拥有药品技术的药品研发机构、科研人员、药品生产企业等主体，通过提出药品上市许可申请并获得药品上市许可批件，并对药品质量在其整个生命周期内承担主要责任的制度。在该制度下，上市许可持有人和生产许可持有人可以是同一主体，也可以是两个相互独立的主体。政策大大降低了药物研发的门槛，给更多研发团队发展空间。

胡欣表示，中国生物制药、健康产业在国民经济中的占比还不大，还有很大的发展空间。无论是药学服务还是新药研发，最终都是为了满足患者的健康需求，经济总量跻身世界第二的中国，需要更强的药学和更强的生物制药产业。

（撰稿｜黄祺）

## 人物简介

胡欣 北京医院药学部首席专家，主任药师，博士生导师
药物临床风险与个体化用药评价北京市重点实验室主任，国家药典委员会委员，卫健委合理用药专家委员会委员，国家药品一致性评价专家委员会委员，中国药师协会副会长，中国药学会药物警戒专委会副主委，中国药学会药物信息与评价专委会副主委，中国药品质量监督研究会药品使用监管研究专委会主委，中国医药创新促进会医药政策专委会主委，北京药学会副理事长，北京医学会临床药学分会副主委
中国药房杂志总编辑，中国新药杂志副主编，药物临床治疗杂志主编，中国药物警戒杂志副主编，中国临床药学探索杂志副主编

# 大西南偏头痛患者，就医有门

**周冀英**

重庆医科大学附属第一医院神经内科主任医师、二级教授、博士生导师

> 中国有 52.9%—68.6% 的偏头痛患者曾咨询医师，但仅约 14% 的患者确诊，33% 被误诊，53% 未被确诊，偏头痛规范化诊断与治疗亟待大幅度提高。

2024 年 5 月全国首个"偏头痛关爱月"，社交媒体上已经颇具人气的网红博主阿蔓古丽在公益宣传片中，说出了自己的故事。

阿蔓古丽今年 27 岁，10 岁那年第一次发病，花了 7 年才终于找到病因——偏头痛。兜兜转转的这 7 年里，头痛如影随形。她去医院做过很多检查，也吃过很多药，"17 岁之前，我一直被误诊为额窦炎"。

根据《柳叶刀》2019 年发布的《2019 年全球疾病负担研究》显示，偏头痛导致的残疾损失寿命年（years lived with disability）在人类全部疾病中排名第二，也是 15 到 49 岁女性人群伤残调整生命年（disability adjusted life years）排名居首位的疾病。

在我国，约有 1 亿人患有不同严重程度的偏头痛，其中女性患者占多数。与此同时，我国偏头痛患者就诊率和医师正确诊断率分别只有 52.9% 和 13.8%。

"这一病症的高发年龄集中在 30 到 50 岁，他们中的大多数人，甚至没有意识到自己的头痛是一种病。"重庆医科大学附属第一医院神经内科主任医师周冀英教授说。

## 他们不是"装病"

在西南地区，患者遇到难治的疾病，常常会选择到重庆医科大学附属第一医院去看病，这家三甲综合性医院因为高质量的医疗服务而赢得患者的信任。重庆医科大学附属第一医院是 1957 年由原上海第一医学院（现复旦大学上海医学院）部分专家西迁到重庆创建，当年上海大批专家西迁，建立医学院和医院，大大提升了西南地区医学教育和医疗服务的水平。

在重庆医科大学附属第一医院神经内科，头痛门诊已经成立 15 年，是西南地区最早开诊的头痛门诊。到这里求医的患者，大多数

周冀英积极推动在重庆医科大学附属第一医院神经内科设立头痛门诊，让头痛患者可以得到精准有效的诊疗。

是已经被头痛折磨多年的"老病号"。

患者们说得较多的感受就是，在自己承受头痛以及呕吐、头晕等伴随症状困扰的时候，身边的人却认为头痛是个"小病"，甚至认为他们是"装病"。

头痛是很常见的症状和疾病，周冀英医生粗略统计，走进头痛门诊的患者中，超过一半最终被诊断为偏头痛，偏头痛是最具代表性的一种头痛疾病。我国偏头痛的人群患病率接近 10%，女性患病率更高。周冀英医生还发现来就诊的病人多有个特征，不少患者由于看病很难，确诊率低，病程一般都在 10 年以上，且患者多合并止痛药物滥用，以及由此导致的并发症。

等患者实在无法忍受而到医院求助并得到正确诊断时，多数患者已经发展为慢性偏头痛，并且往往合并"药物过度使用性头痛"。"慢性偏头痛和药物过度使用性头痛的共患率更高，治疗的有效性更低，给患者带来的负担也就更重。"周冀英医生说。

其实，偏头痛病远远不止于头痛，头痛仅仅是偏头痛一大类疾病的经典表现，偏头痛可以出现发作性视力障碍、眩晕、语言障碍等，少见的可以合并瘫痪。长期反复的偏头痛发作可导致大脑的结构性损害，如脑白质病变等；先兆性偏头痛的患者罹患卒中风险率明显增高，是青年人卒中的独立危险因素。所以，偏头痛不是小病，不是小题大做，偏头痛是需要我们正视的疾病。

"目前人们普遍对偏头痛不够了解。因此，对偏头痛这一大类疾病进行科普教育尤为重要。"周冀英医生说。

## 让头痛患者就医有门

上世纪 80 年代，国内很少有医生关注头痛这种"小毛病"，没有专业的学术队伍，更没有专门的学会组织。

据了解，1988 年，国际头痛学会（IHS）颁布第一版"头痛疾病的国际诊断分类"，包括头痛、神经痛及面痛的分类和诊断标准，为世界卫生组织所采用；此后的 2004 年和 2018 年，又相继推出了第二版和第三版。

在国内，解放军总医院第一医学中心神经内科医学部主任于元生教授等是最早开展头痛研究的专家之一，随着对该疾病日渐深入的研究，临床诊治范围不断拓展，从原发性头痛到继发性头痛，填补了此前国内多项空白。

周冀英医生从 2009 年开始选择头痛作为自己钻研的方向。"当时全国搞头痛专业的神经内科医生不多，西南地区还没有头痛专病门诊，患者就诊没有门路，医生接诊没有头绪也感觉头痛，专业的学组组织和学术会议更少。"周冀英医生说。

周冀英医生出生在教师家庭，父母非常希望她能成为医生。"尤其是父亲，一直叮嘱我要当一个好医生，常常说患者看一次不容易，有些患者甚至一生就这一次走出大山到大城市，倾其所有就为了看一次病"。1987 年从华西医科大学毕业后，周冀英被分配至重庆医科大学附属第一医院神经内科工作。从成为神经内科医生开始，她就发现，病人中很多人都说自己"头痛"。

投入头痛领域后，周冀英医生有了更加明确的事业目标和更强的动力。她积极推动在重庆医科大学附属第一医院神经内科设立头痛门诊，让头痛患者可以得到精准有效的诊疗。

中国有 52.9%—68.6% 的偏头痛患者曾咨询医师，但仅约 14% 的患者确诊，33% 被误诊，53% 未被确诊，偏头痛规范化诊断与治疗亟待大幅度提高。

据介绍，头痛总体上分为原发性头痛和继发性头痛。原发性头痛分为四大类类型，如偏头痛、紧张型头痛、三叉神经自主神经性头痛，以及其他类型（如原发性活动相关性头痛、睡眠性头痛等），其中临床上最常见的是偏头痛，偏头痛又根据临床症状和机制分为六个亚类，每个亚类再下分第三级诊断。

可见，偏头痛作为中枢神经系统感觉功能障碍性疾病，正确诊断和分型是不小的挑战。"它不像其他疾病可以通过抽血、拍片等检查就有明显诊断性的提示。在排除器质性病变之后，主要就是依靠问诊、从病史中抽丝剥茧。这需要医生在掌握诊疗理论知识的基础上还具备一定的临床经验。"周冀英医生表示，"尤其在面临多样化的个体体征时，临床经验更为关键。要想成为头痛专病医生需要具备扎实的神经内科诊疗功底。"

患者们来到头痛门诊，经验丰富的专科医生可以为患者提供更全面的问诊和检查，医生可以充分地与患者沟通病情，给出治疗方案。医生们还要耐心地讲解药物相关副作用和应对方法等等。"医生希望帮助患者充分了解疾病本身，在充分沟通之后，治疗过程中患者依从性会更高，治疗的效果往往也更符合预期。"

## 治疗方法不断进步让患者得到更好的治疗

中国医师协会神经内科医师分会头面痛学组、中国研究型医院学会头痛与感觉障碍专业委员会于 2011 年首次推出了《中国偏头痛防治指南》。此后在第一版和 2016 年第二版的基础上，通过更新、分析、评估偏头痛高质量文献，综合国内相关领域部分专家的意见，组织制定了《中国偏头痛诊治指南（2022 版）》。

国内头痛专业近十多年快速发展，头痛专委会或学组成立，头痛诊断和质量控制管理标准逐步完善，头痛亚专科医生队伍的人才建设得到了加强，各地头痛诊疗水平也逐渐提高。

截至目前，我国已初步构建"诊、随、研、传、帮、带"六位一体的地图式头痛防控基地，形成了以"头痛专家委员会–头痛中心–头痛门诊"为架构的三级头痛防控网络，已在全国近 30 个省市多家

周冀英医生从 2009 年开始选择头痛作为自己钻研的方向。

医院建立了头痛中心和头痛门诊，以全面提升中国头痛的诊疗效率。

在周冀英医生看来，促进学科快速发展的因素很多，如患者的需求、对疾病认识的加深等。同时，医疗是随着治疗手段的进步而进步的，一些特异性治疗药物的出现促进了学科的发展。

随着研究的深入，偏头痛新型治疗药物出现。

在急性治疗药物方面，1991年第一代曲普坦类药物5-HT1B/1D受体激动剂出现。2012年，更适合心脑血管疾病患者使用的5-HT1F受体激动剂获批问世。

2017年出现了CGRP单克隆抗体等靶向制剂，与传统治疗偏头痛药物相比，该类药物具有高选择性、长效性及不良反应少等独特优势。

研究显示，偏头痛发作时人体血清中的CGRP水平升高，且在此期间刺激三叉神经血管系统导致CGRP释放增加，这意味着阻断CGRP或其受体可控制急性偏头痛或预防偏头痛发作。基于这一发现，科学家开发出多种专门针对CGRP的拮抗剂，通过阻止CGRP与其受体结合或降低其在体内的浓度，达到缓解或预防偏头痛的目的。2019年，以吉泮类药物(gepants)为代表的CGRP受体拮抗剂问世，具有偏头痛急性期治疗和预防性治疗双重适应证。2024年1月，这种CGRP受体拮抗剂技术的口服靶向药物也引入了中国，创新药物的引入不仅可以帮助偏头痛患者止痛，还能够减少每月发作的天数，给中国的偏头痛患者带来了治疗的新希望。

周冀英医生表示，她将继续带领团队在神经内科领域、特别是偏头痛以及偏头痛相关性疾病领域进行更加深入的临床与基础研究，为中国患者寻求更好的治疗手段。

（撰稿｜应琛）

## 人物简介

周冀英 重庆医科大学附属第一医院神经内科主任医师、二级教授、博士生导师、政府特殊津贴专家；中国医师协会神经内科医师分会疼痛与感觉障碍专委会副组长；重庆市头痛防治学会会长。
1987年毕业于华西医科大学，2000年获重庆医科大学神经病学博士学位，2004年首都医科大学宣武医院神经病学博士后。

# 区域医疗高质量发展，
# 基层有了更多好医生

## 刘华锋

广东医科大学附属医院副院长（主持工作）、党委副书记

> 经过近 10 年的推进，目前广东医附院医联体成员单位共有 56 家，辐射粤西三市各级各类医疗机构，通过医院托管、专科联盟、远程协作、双向转诊、资源共享等合作形式，发挥了重要作用。

广东省湛江市，高楼林立，车水马龙。回到 20 世纪 90 年代，湛江市两座最高的楼，是广东医科大学附属医院的门诊和住院楼。自 1970 年正式开院，广东医科大学附属医院一直是粤西地区医疗卫生系统的排头兵，如今更是粤西地区规模最大的综合三甲医院，区域唯一一家集临床医疗、教学和科研于一体的大型医学中心。

粤西地区，包括阳江、茂名、湛江三市，湛江是粤西中心城市，而广东医科大学附属医院是国家布局在粤西区域的医疗中心，是当地百姓的"医靠"。

广东医科大学附属医院副院长（主持工作）、党委副书记刘华锋介绍："粤西属于优质医疗资源长期匮乏的地区，这些年来，

广东省通过强基层，村镇基层医疗资源得到明显补充；通过建高地，特别是将附属医院确定为省级区域医疗中心之后，城市区域危急重难诊疗能力明显上升，又通过鼓励优质医疗资源下沉，通过托管形式，快速提升了县级医疗水平。"

自 2014 年率先在粤西地区建立首个以联盟医院为代表的医疗联合体，经过近 10 年的推进，目前广东医附院医联体成员单位共有 56 家，辐射粤西三市各级各类医疗机构，通过医院托管、专科联盟、远程协作、双向转诊、资源共享等合作形式，发挥了重要作用。

## 提升粤西专科诊治能力

广东医科大学附属医院久负盛名，医院所在的湛江市霞山区人民大道南，在上世纪 90 年代前后是湛江市最繁华的商贸地段。

1993 年，刘华锋以优异成绩毕业于广东医学院（广东医科大学前身）并留校工作，29 岁赴中山大学攻读全日制博士学位，36 岁前往香港大学医学院和玛丽医院进修。如今，他已是粤西地区肾脏病学界的领头人、主持医院行政工作的副院长、党委副书记。

一路走来，刘华锋曾收到过许多橄榄枝，但他始终坚持着自己刚刚入行时的本心——"做好粤西地区尿毒症防控工作"，"湛江和广东医科大学是我成长起来的摇篮，我对之有深厚的感情。另外，我确实认为，粤西因为人口众多，病人数量大、种类多，不管是疾病诊疗能力提升还是开展临床研究，都具有独特的优势。"刘华锋说完，又打趣自己："这也符合我的性格，外面的世界竞争激烈，但我又乐于与世无争，就索性留在这里了。"

古人云，上善若水，这恰好也是一位医者需要的品质。深耕肾脏病学多年，刘华锋亲自参与并见证粤西地区的医疗卫生事业的发展。以他所在的肾脏病学科为例，由于慢性肾脏病前期无明显症状表现，很多患者患病而不自知。据不完全统计，我国慢性肾脏疾病的发病率已经高达 10%，约有 1.4 亿，其中很多严重患者最终会发展成尿毒症，只能依靠透析和肾移植维持生命。

"上世纪90年代初的湛江，因为农村卫生条件仍较差、妇女尿路感染频发，加之粤西地区的水质较硬，很多人患有肾结石，又由于缺医少药，大量肾结石患者发展至尿毒症；更有很多二三十岁的年轻人，因为慢性肾炎没有及时发现和合理治疗，而成为尿毒症患者。当时整个粤西的血液透析技术刚刚起步，整个湛江的透析机只有个位数，加之医保尚未普及，很多尿毒症患者失去生命，令人痛心！"

好在，随着经济的发展和医疗防治水平的提升，"原来很多肾炎我们无法治疗，对应的有效药物也很少。但现在，除了治疗措施的增加，更多疾病能够在早期被发现、被干预。随着透析技术不断发展，透析病人的生存时间和生活质量得到了很大的提高，很多进步在30多年前都是不可想象的。"刘华锋告诉记者，过去三十年里，当地的疾病谱也发生了显著的变化，比如因为肾结石导致的尿毒症，现在几乎没有了；但糖尿病、高血压、高尿酸等引发的肾病却逐年提高。"一方面说明人民的生活水平得到了提高，另一方面也提醒我们需要调整医疗健康管理的重心。"

事实上，刘华锋一直希望能从根本上减轻透析患者巨大的家

广东医附院通过实施人才强院战略，营造"请进来""留得住"的人才发展环境。同时，通过打通人才双向流动渠道，推动了区域人才队伍量质齐升。

广东医附院的肾脏内科已成为粤西地区及粤、琼、桂三省交汇地区规模最大、技术力量最强的肾脏疾病诊疗中心、科学研究中心及高层次专科人才培养中心，在2013年初被评为广东省临床医学重点专科。

庭和社会负担。2009年他担任湛江市医学会肾脏病与血液净化分会主任委员后，针对粤西地区县级医院肾病专科发展缓慢甚至很多县级医院缺少肾病专科的情况，着手建立湛江慢性肾病三级防控体系。其首要任务是显著提升基层医师对肾脏病的认识，实现早期诊断和规范化治疗，减少漏诊、误诊和误治。"减少一个尿毒症病人，就等于挽救一个家庭，也为社会减少极大的负担。"

在提升整个粤西地区肾脏疾病的专科诊治能力上，刘华锋同样不遗余力。如今，广东医附院在肾活检病理诊断技术、血液透析技术和腹膜透析技术等方面有了长足的进步，处于全省先进水平；在他毕业之初无法独立完成的肾活检等技术，如今不仅得到了成熟的应用，还推广到了周边的兄弟医院。如今，广东医附院的肾脏内科已成为粤西地区及粤、琼、桂三省交汇地区规模最大、技术力量最强的肾脏疾病诊疗中心、科学研究中心及高层次专科人才培养中心，在2013年初被评为广东省临床医学重点专科。

# 托管赋能，创新县域医共体建设模式

湛江三面环海，是中国唯一的热带、亚热带半岛的海湾城市。常年气候温暖湿润，到夏天更是阳光充沛，空气质量常居全省之首。尽管地处改革开放前沿，但粤西粤东粤北与珠三角地区之间，城市与乡镇之间的发展差距大，城乡区域发展不平衡不充分的问题，也客观影响着广东的高质量发展。

"广东是个经济大省，也是医疗大省，甚至可以说是医疗强省。但从整个广东来说，医疗资源分布极不平衡，大湾区和粤东西北地区有巨大落差，粤西城乡之间又有一个很大的落差，这中间的差距都够建两个水电站。"刘华锋并不讳言地告诉记者，"很多湛江的县级医院水平甚至落后于内地同等县级医院"，这也是他所在医院一直在做医改探索的原因，包括医疗集团"大部长""大主任"制，总院与托管医院人员的双向流动、医疗信息化的延伸等。

2020年7月，省级区域医疗中心的遴选工作在全国拉开序幕。2022年11月，《广东省医疗卫生服务体系"十四五"规划》发布，提出巩固"顶天立地"医疗卫生大格局，集中优势资源推进国家医学中心、国家区域医疗中心、国家临床医学研究中心，同时依托区域高水平医院，打造省级区域医疗中心。

"顶天"指的是国家医学中心、国家区域医疗中心，"立地"则是县域医疗共同体的牵头医院。省级区域医疗中心则是为了补充国家区域医疗中心大多设置在省会城市、大城市的"短板"。刘华锋介绍，解决区域"危急、重、难疾病救治"正是省级区域医疗中心的关键。危急患者需要医院反应速度足够快，重症患者需要医院有高效的救治体系，疑难患者需要医院既有专业又能开展多学科联合的医疗团队。

广东医附院是广东省高水平医院建设首批重点建设单位，也是首批广东省5家省级区域医疗中心之一。在刘华锋看来，医院的发展需要逐渐缩小与省会城市医院的差距，同时也要致力于提升所在区域的医疗水平。

在入选高水平医院建设"登峰计划"后，广东医附院便开始与区县级的医疗机构签署全面托管协议。自2021年起，广东医附院创建了粤西首个医疗集团，通过在集团内实施临床专科"垂直一体化管理"，提升托管医院多个重点专科医疗服务与总院的同质化水平，推动了医疗服务供给侧结构性改革，为解决城乡区域医疗卫生发展不平衡不充分问题提供了模板。

"10 年前广东医附院就开始对医联体进行探索，建立了紧密型专科联盟、粤西首个省级远程会诊中心等，推动了优质医疗资源下沉。这一探索过程中，有时候我们也会感到和基层医院合作共建时存在力有未逮之处，因此，在过去经验基础上总结的遂溪托管模式诞生了。"刘华锋说。

2021 年 5 月 26 日，遂溪县人民政府与广东医附院正式签约，将县人民医院交由其全面托管，增名广东医附院遂溪医院。两个月后，广东医附院的三名干部接受总院派遣入驻遂溪县人民医院，分别担任党委书记、院长和总会计师。高配置的托管团队正式进驻，广东医附院的人才、管理、技术等医疗资源辐射到县域、到基层，实现"人、财、物"三个一体化，令基层老百姓花最少的钱在家门口享受到高水平医院的优质服务。托管后，该医院平均住院日下降 9.75%，出院患者次均费用下降 15.54%、三四级手术增长 14.77%、疑难危重收治 CD 型率增长 29.05%。

这说明这一模式不仅让疑难重症患者在家门口得到及时有效的救治，也让原本选择跨城市就医的患者开始"回流"。"遂溪模式"成效显著，医改案例入选 2022 年广东医改创新典型案例提名奖，荣获第七届县域医疗榜样力量"县域卫生发展贡献奖"。

这一经验又被复制推广，截至目前，广东医附院先后与遂溪、麻章、雷州三地政府开展合作，建成粤西首个紧密型医疗集团，托管医院达 4 家，床位约 2500 张。以托管医院为支点，创新县域医共体建设模式，形成了"以城带乡、城乡互补，市县镇乡融合发展"的良好局面。

## 愿多方携手，基层医疗越来越强

县乡医院是守护基层群众健康的"第一道防线"。县医院作为农村医疗的龙头和城乡医疗体系的纽带，覆盖约 9 亿人口。近年来，我国努力推进县域医疗卫生一体化改革，以提升医疗服务能力。

但县医院发展的不均衡问题仍然存在，比如县医院一级科室中，精神科、耳鼻咽喉科、眼科等设置率仍不足 80%，感染性疾病科、重症医学科、皮肤科、病理科、康复医学科等设置率不足 90%，人才队伍与医院发展建设还有差距。

医疗质量的提升，离不开人才培养。人才引留困难一直困扰着粤西地区医院的高质量发展。刘华锋曾打过这样一个比方："如果说广深地区医院引进一位高层次人才的成本是一百块钱，那粤西引进同一层级的人才可能要花一百五。"近年来，广东医附院通过实施人才强院战略，营造"请进来""留得住"的人才发展环境。同时，通过打通人才双向流动渠道，推动了区域人才队伍量质齐升。

采访中，刘华锋对当下正在进行的医疗变革有着浓厚的热情，对于所在医院的使命也有着清晰的认识。他坦率地告诉记者，再好的医生，如果没有好的药物、好的设备，也会有"巧妇难为无米之炊"的无奈。比如很多患者选择异地就诊，"一方面，是患者对上级医院的医生更加信任，其水平更高；另一方面，大医院的治疗手段，比如广州，的确比我们更丰富，比如一些肿瘤的靶向药物，很多基层医院是配不齐的。"

但他也高兴地提到，在创新药惠及基层患者这一点上，近年来已经发生了一些显著的改变。"一些大型药企开始重新审视县域市场并调整其市场策略，这对于提高基层医疗服务质量是能够发挥作用的。"

作为最早一批进入中国市场的外资药企，辉瑞是基层医生们熟悉的制药企业，多年来辉瑞积极响应国家"千县工程""健康中国2030"等政策的号召，围绕抗感染、肿瘤防治和皮肤科等县域常见病和危急重症领域开展多重战略合作，不断提升县域综合诊疗水平，持续关注县域卫生发展新需求；从"千县工程"临床服务"五大中心"建设、专科人才培养等多维度出发，开展了县域肿瘤防治中心、县域重症监护中心、县域特应性皮炎达标门诊等项目，携手构建县域卫生高质量发展新生态。

不仅如此，辉瑞也为基层医生提供了很多培训和支持，帮助基层医生了解最新的疾病解决方案，让县域的患者也能"用得上""用得对"创新药物。对此，刘华锋表达了充分的认可，他认为医药企业在研发适合基层需求的药品、提升基层医疗人员的诊疗能力、优化药品供应和配送、开展公益活动和社会责任项目等方面都能够有所作为。

此外，他还指出，虽然创新药在基层医疗中逐渐增多，但基层医疗资源的限制和患者经济条件的差异，这些药品在基层的普及和应用仍面临一定的挑战，需要政府、企业和基层医疗机构共同努力，加强政策引导和市场监管，推动创新药在基层医疗中的合理应用。

（撰稿 | 周洁）

## 人物简介

刘华锋 广东医科大学附属医院副院长（主持工作）、党委副书记
广东医科大学附属医院肾脏病研究所所长
内科学博士、教授、主任医师，博士生导师
广东省高校"千百十"省级培养对象
湛江市优秀拔尖人才和南粤优秀教师
广东省扬帆计划高级培养人才
中国病理生理学会肾脏病专委会常委
中国中西医结合学会肾脏病专委会委员
广东省医学会肾脏病学分会常委
广东省医学会血液净化学分会常委
湛江市医学会肾病与血液净化分会主任委员

# 医者仁心，肺癌医生与病人成为朋友

**赵晖**

吉林省肿瘤医院胸外
二科副主任医师

> "但现在医生手里的'武器'变多了，小怪不怕，大怪也能打得过，你的职业认同感和成就感也会越来越多。"

"你把片子给我看看。"

"你这个问题不用担心，定期复查，做好随访。"

"可以再观察一下，如果这个结节不长大我们可以暂时不用管它。"

……

看门诊、查房、下班后接患者的电话，无论是哪一种场景下，吉林省肿瘤医院胸外二科副主任医师赵晖都会耐心地为患者解答疑惑。工作中，赵晖接触最多的就是肺癌患者，他总说："我们要站在患者的角度，多点理解。因为他们出于信任才来找我，所以我也要尽可能用专业、简洁的话为他们解释清楚，给他们信心。"

傍晚6点，赵晖刚下手术台。到此时，他已经36个小时没回家。

他说，如果病人病情有反复，留在医院不回家是常有的事，"我们临床医生工作的地方就在病人的床边"。

肺癌是中国第一大癌，每年新发肺癌人数和肺癌死亡人数，一直在所有癌种中排名第一。从2008年接触肿瘤专业开始，赵晖见证了医学的不断进步，面对来势汹汹的肺癌高发，如今的患者已经不像早期那样"谈癌色变"。"早筛早诊可以尽早发现疾病，为治疗赢得先机，而各种治疗手段的出现，为肺癌患者带来了更多长期生存的机会。"

## 治疗 + 管理，肺癌治疗不一样了

成为一名胸外科医生，赵晖坦言，有些"阴差阳错"，但好像又是"冥冥中注定"。"我的高考成绩，除了吉林大学的白求恩医学院，还可以选择复旦大学的新闻系。"赵晖回忆道，家里人，尤其是他的母亲，特别想让他报考新闻系，最终谁也说服不了对方，只能抛硬币。

硬币抛了三次，都是学医的一面朝上，于是家里人不再坚持，而这枚改变赵晖人生轨迹的硬币一直被赵晖珍藏着。

2002年大学毕业后，赵晖先在吉林省武警总队医院普外科工作。攻读硕士研究生阶段，机缘巧合下，赵晖加入吉林省肿瘤医院。当时吉林省肿瘤医院胸外科老主任看中他有普外科工作的经历，有意培养他成为胸外科医生。

"老主任是我职业生涯的引路人。之前，我根本没想过自己会接触肿瘤学。"赵晖至今仍清楚地记得，老主任给了他一本肺癌诊疗指南。"我一看全是内科的分期治疗方案，不良反应分级的治疗处理策略等内容。一开始还很纳闷，后来在工作中慢慢摸索发现，当时能通过手术治疗的肺癌病例不到1/3，大部分患者来的时候，其实都做不了手术。而现在回头来看，更能体会到肿瘤是一种整体疾病，外科只能解决一部分问题，从疾病的发生到发展，再到终末期，每个阶段应该怎么处理，还需要内科以及放疗科一起参与。"

如今，多学科联合诊疗模式（MDT）已经是肺癌等疾病常规应用的诊疗方式，赵晖多年来扎实的学习和积累，为他成为优秀的胸外科医生打下了基础。

由于治疗效果改善，更多的肺癌病人可以长期生存，这样的变化让一线临床医生的工作也有了新的内容。过去外科医生手术后可能就不太会再与病人见面，而现在，长期帮助病人管理疾病，是胸外科医生的职责范围。

因此，赵晖每天没有了"下班时间"，很多老病人把他当成了朋友，通过线上线下各种渠道咨询和问诊。

赵晖说，医学进步也是肺癌医生的幸运，过去收治十个病人可能八个救不了，医生的压力可想而知。"但现在医生手里的'武器'变多了，小怪不怕，大怪也能打得过，你的职业认同感和成就感也会越来越多。

无论是穿着白大褂诊治病人的赵晖，还是站在脱口秀舞台上轻松科普的赵晖，都是同一位热爱事业、充满热情的赵医生。

早发现、早诊断、早治疗对提高癌症 5 年生存率非常重要。为了让更多人养成好的生活习惯，远离癌症风险因素，赵晖积极投身于科普事业，利用自己的业余时间面对普通公众，传播健康知识。

"吸烟是国际公认的致肺癌最重要因素之一。吸烟者因患肺癌死亡约为不吸烟者的 10 倍以上。我国男性肺癌的发生，70%——

80% 由吸烟引起，女性肺癌约 30% 归因于吸烟与被动吸烟。吸烟的年龄越早，患肺癌的危险越大。烟龄 60 年者的肺癌死亡率要比烟龄 20 年者高出 100 倍左右。"赵晖信手拈来介绍了一组数据，说明戒烟的重要性。定期体检对于肺癌防控来说也是关键一步，"体检发现的肺癌患者一般处于疾病早期，5 年生存率一般在百分之八九十，甚至活到 10 年、20 年的也大有人在。"

## 肺癌医生遇到了好时代

回顾历史，第一台成功的肺癌手术，被认为发生在 1933 年。当时，美国著名的外科医生 Graham，为自己的同事做了单侧全肺切除。那位同事患了左侧中央型肺癌。手术非常成功，但术后情况并不理想，病人发生了非常严重的支气管胸膜瘘。在那个抗菌药物才刚刚诞生、没有得到广泛使用的年代，所有人都认为病人十有八九是救不回来了。幸运的是，首位接受肺癌外科手术的患者手术后活了 29 年，直到 Graham 去世他还依然健在。

这个成功的案例一经报道，就激发了外科医生的兴趣：原来外科手术在肺癌的治疗中能取得这么好的效果！

随后，世界各地的专家发明了各种手术术式，其中一个重要的里程碑是麻省总医院的 R.H. Overholt 教授所做的一项研究。研究结果发现，对于病变局限的肺癌，不需要全肺切除，只要切一个肺叶就够了。全肺切除不仅手术的风险更高，术后肺功能也差，病人有可能发生呼吸功能不足，严重影响术后的生活质量，活的时间反而不长。

在上世纪五六十年代，肺癌外科治疗标准术式基本确立，即"肺叶切除 + 纵膈淋巴结清扫"，并一直沿用至今。

赵晖记得，刚到吉林省肿瘤医院，做开胸手术需要在病人胸部开大约 40 厘米长的口子，术中输血三四百毫升很常见，患者至少住院两周。但现在做微创的胸腔镜手术，创伤小了，患者恢复很快。赵晖介绍，现在胸外科甚至有了日间病房，患者做完手术观察几个小时就可以回家了。

肺癌内科治疗技术的进步也非常大。赵晖介绍，十多年前他刚刚成为医生时，

癌症内科治疗方法基本上只有化疗。EGFR、ALK、ROS1 等驱动基因的发现标志着肺癌进入精准治疗时代。最初是吉非替尼、厄洛替尼、埃克替尼等一代靶向药，后来出现了阿法替尼、达可替尼等二代靶向药，现在临床中有了奥希替尼、阿美替尼、伏美替尼等三代靶向药。

让赵晖印象深刻的是，洛拉替尼的上市，为 ALK 阳性的非小细胞肺癌患者的治疗结局带来了新的改变。

2017 年左右开始，内科治疗则进入了免疫治疗时代，"我们在临床中发现，化疗 + 靶向或化疗 + 免疫都能起到更好的治疗效果"。

如今肺癌创新药的研发已成为各大药企的布局重点。据不完全统计，2024 年以来，已有 19 款肺癌创新药获批，其中 13 款在国内获批（含新增适应症），6 款在美国获批。肺癌患者看到了超长生存的希望。

当公众充分理解和认识肺癌这种疾病后，当手术技术革新、药物不良反应减小后，病人对肺癌的恐惧感也随之消失。

无论是穿着白大褂诊治病人的赵晖，还是站在脱口秀舞台上轻松科普的赵晖，都是同一位热爱事业、充满热情的赵医生。

> 当公众充分理解和认识肺癌这种疾病后，当手术技术革新、药物不良反应减小后，病人对肺癌的恐惧感也随之消失。

赵晖说，作为一线临床医生，最大的愿望是医学技术和新药研发发展的速度更快一点，跑赢疾病，医生才能帮助患者获得更好的生活。

（撰稿｜应琛）

## 人物简介

赵晖　吉林省肿瘤医院胸外二科副主任医师

吉林省抗癌协会食管癌专业委员会委员

吉林省卫生健康委健康科普专家库成员

吉林省肿瘤医院胸外二科副主任医师

从事临床外科工作 20 年，擅长食管癌、贲门癌、肺癌、纵隔肿瘤的外科治疗及综合治疗。

# 用药安全"守门人"，药师已经不一样

**鲁晓燕**

山东省菏泽市单县中心医院药剂科主任、主任医师

> 随着近年来创新药不断问世，临床医生选择的、患者可用的药物更加丰富，国家医保政策也使得药物可及性大大提高。在这样的背景下，医疗机构对药事专业人才的需求更加凸显。

2024年5月26日，山东省菏泽市单县中心医院成功承办了山东省菏泽市医学会第二届药事管理专业委员会第二次学术会议，来自全国一线的专家学者在院内大礼堂进行学术授课。台下是与药学相关专业的基层医疗工作者，他们也许默默无闻，但却是守护基层患者用药安全的"守门人"。

作为这场学术活动的主要组织者，单县中心医院药剂科主任鲁晓燕深感欣慰。"这样的培训活动不仅给菏泽市各医疗机构药事管理学科发展带来了积极影响，也进一步提高了当地的药事管理水平和药学服务能力。"国家新医改有序推进，以患者为中心的药学服务对药师的专业能力提出了更高的要求。

鲁晓燕表示，医疗机构临床药学工作（药师参与临床药物治疗）越来越受到重视，为了提升基层医疗机构的药学服务水平，单县中心医院的药师们从不放过任何进修培训的机会，比如培元计划、培英计划等，都有效提升了大家的专业水平。

在药品的采购与使用走向集约化、经济化的大趋势下，药师面临着新的机遇与挑战，唯有积极思变、不断开拓才能走出一条新的发展之道。

## 临床药师艰难转型

鲁晓燕回忆自己和医学结缘，颇有些误打误撞的感觉。"我们那个年代，对医生这个职业是非常崇拜的，我出生在县城，更知道基层求医问药的辛苦，救死扶伤的医生实在是太伟大了。"只要能穿上白大褂，对于鲁晓燕来说，就是一件值得骄傲的事。

考大学时，鲁晓燕综合考量，选择了药学专业作为未来发展的方向。开始学习系统的药学知识后，鲁晓燕深感，药学是一门博大精深的学问，"药师可以用自己的专业知识纠正临床用药上一些不规范的情况，保障患者的安全和治疗的效果。"

纸上得来终觉浅，绝知此事要躬行。毕业后，鲁晓燕被分配到单县中心医院工作，在制剂室工作了两年，对药学的理解更加深刻。"当时医院的药学主任理念非常有前瞻性，上世纪 90 年代初期，临床药学刚在国内有了些发展的苗头，他就把我选到临床药学室，转型做一名临床药师。"

当时医院的内科还没有细分，鲁晓燕跟着临床医生一起查房。不过在那个年代，临床药师的重要性尚未得到普遍认可，虽然理念先进，但当时的基层医院里，病人们对于医生更加信任，对于药师却没那么认可，过了一段时间，医院又将临床药师分散为各个职能，鲁晓燕则分到了药库。

2010 年，医院为建立完善临床药师制度和处方点评制度，将鲁晓燕任命为临床药学的主任。"当时我带着任务，临床药学专业还是一个新兴科室，所以我先去上级医院进修，在那里，我感到临床药学发展对一家医院的必要性。我暗下决心，要把临床药学专业做起来。"

2011 年起，单县中心医院成为菏泽市第一家药品零差价试点医院。"和许多医院一样，此前我们对药师的职能还停留在药品供应保障和确保用药安全。"

过去十几年的药学素养还是让她很快意识到了转变的重要性——将精准药学应用于临床，才是未来药学人的出路，也是整个行业的大势所趋。"药是医生的武器，是整个医疗救治过程当中必不可少的重要环节，也是保证医疗质量的一个重要前提，而临床药师，可以提高用药的安全性，用药学的服务来规避一些风险。"鲁晓燕进一步解释，用药更加精准有效，可以缩减患者的疗程，这对医院来说，既有社会效益也有经济效应。

鲁晓燕举了个例子。感染性疾病是医院内最常见的疾病，青霉素类药物在临床治疗中是非常有效且普遍应用的，而且经济性、可及性都是非常好的，但是它有一个最大风险，就是它的过敏反应。"作为药学人员，我们就要制定合理的政策，做好提示工作同时对可能的过敏反应做一些紧急预案，这样可以有效地在第一时间规避风险。"

# 药师作用愈发重要

随着医改的深入推进，药学服务模式发生了"两个转变"，即从"以药品为中心"转变为"以病人为中心"，从"以保障药品供应为中心"转变为"在保障药品供应的基础上，以重点加强药学专业技术服务、参与临床用药为中心"。药剂科的定位发生了巨大的转变，这对药学服务提出了更高的要求。

如何发挥药师的专业药学知识，突显药师在临床指导上的价值，摆脱过去很多人对于药学部只会发药的刻板印象？鲁晓燕直言，要实现药师的真正价值，并不是那么容易。

基层是药学服务的薄弱地带，也是临床用药不合理的重灾区。尤其是乡镇基层医疗机构药学服务水平参差不齐，比如过去，对于感冒发烧的病人，基层医生并不会遵循"能口服不肌注、能肌注不静脉"的这些原则，病人来了输液较多，存在抗生素、激素乱用等行为。对于他们来说，抗生素的效果立竿见影，也避免了患者流失。但鲁晓燕明白，这样并非长久之计，随着医疗水平的提高，老百姓对医疗要求的提高，用药规范变得越来越重要。

"过去，药学专业人员少，药学知识匮乏，药品管理不规范，特别是一些偏远地区，医疗人员学习的渠道不足，学习能力也不足。这些都是我们亟待解决的一些问题。"鲁晓燕深感不断培训的重要性，她对于院内的专业药师经常进行专业指导，一有机会也会让药师们"走出去"吸收更多知识，争取做到打铁还需自身硬。同时，她会收集院内用药的各项数据，根据实际情况进行比对分析，提出问题和改进建议并反馈给临床，让大家取长补短，共同提高。

鲁晓燕十分注重药师与临床医生双方的沟通方式，临床药师查房过程中发现的不足之处，她会先查找资料，再三确认后再形成小册子或者报告反馈给医生，"从最简单的处方医嘱的点评工作做起，包括一些药品的汇总分析、监管等，深入临床，用科学数据说法，用法律法规说话，做了很多扎扎实实的工作。"

如今，单县中心医院药师团队的专业水准得到了临床医生们的广泛认可。尤其

在抗感染用药方面，临床药师的建议有着很高的认可度。医院的多学科会诊等，也会邀请临床药师共同参与。"比如针对重症患者的用药，我们会建议使用原研药品，保证疗效的同时规避一些不良反应。"鲁晓燕认为，临床药师的价值不仅是对其所在的医院，更是对整个规范用药体系都有着长远的意义。

2022 年，单县中心医院药师门诊上线，为当地百姓提供用药评估、用药咨询、用药教育、用药方案调整建议等一系列专业化药学服务。

## 药物丰富时代更需要专业药事服务

药品的管理和使用关系着人民群众的身体健康和生命安全。除了与临床医生之间的配合，鲁晓燕深知专业药师对于患者的用药指导有着非常关键的作用。

2022 年，单县中心医院药师门诊上线，为当地百姓提供用药评估、用药咨询、用药教育、用药方案调整建议等一系列专业化药学服务。在鲁晓燕看来，药师门诊的开设意义重大："尤其对一些慢性病患者，面对不同医生开的处方，到底该吃哪些药、什么剂量，需要药师给予他们科学的用药指导。有时候患者合并有多种疾病，也会出现医生开药重复的问题，而这样的用药叠加可能会导致不良反应，也需要药师去干预。"

开诊两年，患者不算太多，但鲁晓燕始终认为药师门诊的推行势在必行，"在基层，老百姓对药师门诊的认知度还不够。"令她感到欣慰的是，目前药师门诊的"回头客"不少，这说明医院药师团队的服务质量是受到患者认可的。

除此之外，单县中心医院药剂科还经常开展合理用药的宣传活动，提高公众对药物滥用危害的认识。鲁晓燕向患者宣传普及什么是药物滥用、容易引起滥用的药物有哪些、药物滥用危害、如何合理用药等相关知识。"我们有责任来引导公众正确使用药物，提高其合理用药意识。"

随着近年来创新药不断问世，临床医生选择的、患者可用的药物更加丰富，国家医保政策也使得药物可及性大大提高。在这样的背景下，医疗机构对药事专业人才的需求更加凸显。

在中国医疗卫生第一线，还有很多像鲁晓燕这样的药学专业工作者，他们的工作正在不断完善药事服务流程，一批年轻的药事服务专业人才正在成长。临床药师与临床医生一起，共同维护患者的安全和健康。

（撰稿 | 周洁）

## 人物简介

鲁晓燕　山东省单县中心医院药剂科主任、临床药学室主任、静脉用药调配中心主任，主任药师
山东省菏泽市医学会药事管理分会主任委员
山东省菏泽市临床药事质量控制中心主任
山东省药学会基层医院药学第十专业委员会副主委
山东省药学会药事管理专业委员会常务委员
山东省药学会静脉用药安全调配专业委员会常务委员
山东省医学会临床个体化用药检测与指导分会委员
山东省基层卫生协会药事管理分会副主任委员
山东省医药教育协会县域药学专业委员会副主任委员
山东省医院协会药物经济学专业委员会常务委员
山东省医药教育协会县域药学专业委员会常务委员
山东省医院协会临床用药评价专业委员会常务委员
山东省医师协会临床药学专业委员会常务委员
山东省医师协会精准药物治疗专业委员会委员

# 中国罕见病患者，抱团"闯关"

**黄如方**

蔻德罕见病中心
(CORD) 创始人 & 主任，
瑞鸥公益基金会联合创
始人 & 秘书长

> 十几年前，他以公益的方式将罕见病概念引
> 入中国，让罕见病群体从鲜为人知到广为人知，
> 他也因此被称为"中国罕见病领域的开拓者"。

2024 年 9 月 6 日，以"罕路并肩、筑梦前行"为主题的 2024
第十三届中国罕见病高峰论坛于上海召开。全国各地 200 余位罕
见病领域顶尖专家学者、政府部门领导、患者及患者组织代表、
医药企业代表等罕见病相关人士齐聚一堂。

论坛现场，最引人注目的莫过于身高只有 108 厘米的黄如
方——他是一位假性软骨发育不全症的罕见病患者。十几年前，
他以公益的方式将罕见病概念引入中国，让罕见病群体从鲜为人
知到广为人知，他也因此被称为"中国罕见病领域的开拓者"。

作为蔻德罕见病中心 (Chinese Organization for Rare Disorders,
CORD) 和瑞鸥公益基金会（Hope for Rare Foundation）两家罕见病
相关机构的创始人，黄如方不仅希望为身陷困境的罕见病患者群

体重拾有希望的、平等的、有尊严的社会生活，更在近两年努力推动我国罕见病解决路径中的薄弱环节——基础科研和医学转化。

在 2024 全球罕见病科研论坛暨第二届中国罕见病科研及转化医学大会上，黄如方说："希望全球能够紧密团结起来，为了科学，为了罕见疾病。"

## 罕见病群体中的"一米老大"

罕见病是指发病率低、较为少见的疾病，一般为慢性、严重的疾病，常常危及生命。

在中国，《中国罕见病定义研究报告 2021》首次提出了"中国罕见病 2021 年版定义"，将"新生儿发病率小于 1/ 万、患病率小于 1/ 万、患病人数小于 14 万的疾病"列入罕见病。但中国尚未有官方层面的罕见病定义。

1981 年，黄如方在浙江台州出生，他的家族里没有人患有假性软骨发育不全症。黄如方父母在他很小的时候就带他四处求医，然而一开始的确诊却很难，甚至接受了错误的治疗。幸好，父母给了他良好的教育和成长环境，这让他并不自卑，始终独立且自信。

在浙江大学城市学院广告学专业求学期间，黄如方开始参与公益活动，直到有一天他接触到了其他罕见病患者，一个念头突然浮现："为什么我不关注自己所在的罕见病患者群体呢？"

大学毕业后，黄如方创办了一个单一病种的患者组织。随着影响力渐长，越来越多其他病种的罕见病患者上门求助。

要不要帮？应该怎么帮？罕见病问题的解决方案和路径是什么？……

面对这些问题，黄如方当时也很迷茫。为了寻求答案，他花了近半年时间，认真梳理研究全球罕见病相关资料，深入了解国外患者组织的运作模式。经过一番思考，他决定再成立一家覆盖全罕见病的患者组织。

2013 年，32 岁的黄如方创立了专注于罕见病领域的非营利性组织——蔻德罕见病中心，并很快发展成为国内规模最大、影响力最广的罕见病社会组织。"因为有你，爱不罕见"，是蔻德罕见病中心的宣传语。而最令黄如方欣慰的是，"我们一家小小的公益机构，推动了中国实实在在的改变。"

蔻德成立早期面临的最大困难，是社会对罕见病的不重视。黄如方带领团队将"国际罕见病日"引入中国、倡导成立罕见病患者组织、持续举办高峰论坛及公益活动，一步步探索着中国的罕见病公益之路。

"十几年前，国内把罕见病当作医学问题，所以推进缓慢，因为医学发展就是很慢的。"黄如方说，"而当我们把罕见病当作一个社会问题，十年就发生了翻天覆地的改变。"

2018 年 5 月国家发布第一批罕见病名录，纳入 121 种罕见病。同时建立了相应的罕见病诊疗协作网、罕见病患者登记系统、开始开展罕见病相关科学研究。在罕见病诊疗体系里，这些平台能够保障患者在诊断、治疗、康复等方面得到更好的服务。

事实上早在 2016 年 9 月，蔻德罕见病中心就发布了民间版的罕见病目录。黄如方自豪地表示，这份目录直接推动了国家罕见病目录的出台。

2023 年 9 月，第二批罕见病目录公布，新增 86 种疾病。两批罕见病目录总计有207 种罕见病被纳入，目前已有 165 种罕见病药物上市。

即便如此，这对于庞大的罕见病群体和病种而言仍是力有不逮。根据蔻德罕见病中心 2024 年发布的《中国罕见病立法调研报告》，通过目录来界定罕见病存在两个比较大的缺陷，一是公共性问题，在目录中的病种能够获得好的政策和关注，而目录外的病种则不行；二是科学性问题，全球有 7000 多种罕见病，不能因为目录划定了这 200 多种，其他就不是罕见病了。因此，建议尽快以立法确认罕见病和罕见病药物的法律界定，为罕见病患者各项权益的保障和产业发展提供法律依据。

此外，《中国罕见病立法调研报告》建议，设立专门覆盖罕见病的医疗保障基金，整合各界力量(如财政部、民政部、卫健委、医保局等)参与该专项基金的筹资和运营，允许并鼓励在地方层面进行罕见病专项基金或其他创新支付模式的探索。

据中国罕见病联盟的数据显示，中国罕见病患者人数已达 2000 多万。已经上市的罕见病药物和已经出台的政策和法规还远远不能覆盖所有罕见病群体，仍有很多罕见病患者面临无药可医的困境。即便有药可医，高昂的医药费也是许多罕见病患者最大的经济困扰。

有些罕见病的治疗费用十分高昂，能达到普通疾病支出的 10 余倍——比如一些罕

蔻德成立早期面临的最大困难，是社会对罕见病的不重视。

见病药单品的单个患者的年治疗费用超过 50 万元甚至 200 万元，而且需要终身用药。目前，我国尚未在国家层面上对罕见病患者颁布专门的政策法规和制定特定的医疗保障体系。

好消息是，从 2019 年国家医保目录常态化调整以来，每年都会有罕见病药物通过谈判方式进入医保目录。2023 年国家医保谈判后，共有 15 款目录外的罕见病用药谈判 / 竞价成功，覆盖 16 种罕见病病种，填补了 10 个病种的用药保障空白。目前，已有超过 80 种罕见病治疗药品被纳入国家医保药品目录名单。其中，通过医保谈判纳入的 51 种罕见病用药，平均降价超 50%。

公开资料显示，2023 年至少有 27 种罕见病药物在我国获批上市，覆盖了 20 种罕见病。截至 2024 年上半年，近 20 种罕见病新药获批上市，其中多款境外新药或新适应症在我国实现了全球首次获批。

即便如此，仍有很多罕见病患者用不上药，因为在中国上市的罕见病药物还是太少。2022 年 5 月，国家药监局公示相关意见稿显示，对批准上市的罕见病新药给予最长不超过 7 年的市场独占期；2023 年 1 月，国家药监局再次印发相关通知鼓励罕见病新药研制。

黄如方表示："首先，全球只有 10% 不到的罕见病有治疗方案。其次，遗憾的是，全球 600 多个已经获批的罕见病药物，几乎没有一个是由中国自主研发的。"这就意味着在罕见病药物的定价权上，中国比较被动。而要实现药物既能让病人用得起，还能让企业有所回报，中国还有很长一段路要走。

## 撬动"孤儿药"的基础科研

罕见病药物研发成本高昂，市场容量小，投资回报低，企业不愿将其作为研发重点甚至放弃研发，因此罕见病用药又被称为"孤儿药"。

据悉，目前全球仍有 60% 的孤儿药没有进入中国市场。这意味着，一些罕见病患者面临"有钱买不到药"的困境。在黄如方看来，解决问题的方案和路径很明晰，最重要的是打通两个环节。

第一个环节是监管和准入部分。监管机构能够出台更好、更快、更加有支持力度的审批政策。比如，是否可以加快审批，是否可以免临床注册等，以确保国外罕见病药物快速进入我国市场。

第二个环节是让罕见病药物对患者可及、可负担。毕竟孤儿药比较昂贵，罕见病患者有着比较重的疾病负担。这需要国家有相应的医疗保障制度及创新性的支付方法支撑。"通过在这两个环节发力来推动国内更友好的政策出台，有了政策的支持，国外罕见病药企会愿意进入中国市场。"黄如方说。

黄如方介绍，一些跨国企业近年来积极引入罕见病药物，给罕见病患者群体带来了最切实的帮助。此外，这些企业还支持面向公众的科普教育、支持患者组织开展活动，这些工作都促进了社会对罕见病患者的理解和包容。

据悉，美国、欧盟的罕见病临床研究起步较早，相关公益基金会发展成熟。全美约有 1/3 罕见病药物的初始科研驱动来自患者家庭和基金会。

黄如方对一部名叫《良医妙药》（Extraordinary Measures）的美国电影印象深刻。这是根据一个罕见病家庭自救的真实故事改编的电影。片中的孩子患有一种名叫庞贝病（Pompe disease）的罕见病。因为当时没有治疗方法，孩子的父亲就辞职去开了一家医药公司，研发治疗药物。想不到后来真的成功了，他的孩子得到了很好的治疗，父亲把药转卖给了另外一家公司，去造福全世界的庞贝病患者。

有意思的是，电影结束后，这个传奇还在继续。"就在前几年，这个父亲发现这个药物并不是特别好，于是又去成立了另外一家生物制药公司，去研发更好的药物。"黄如方说。

也许是受到发达国家成功经验的启发，在 2022 年国际罕见病日，黄如方联合 11 位科学家和企业家共同成立了瑞鸥公益基金会，以推动罕见病科研和医学转化为己任，而这也是国内首家专注于罕见病科研与转化医学的创新型公益基金会。

黄如方介绍说，瑞鸥要赋能科学家，资助中国和世界的科学家，让他们能够更好投入到罕见病的科学研究里。"所以我们要对人才的培养做资助，我们要去搭建罕见病科研会议平台，搭建科学创新联盟，从而去支持我们的科学家。我们也需要去把我们在社会上募集到的资金用来资助科研项目。"

据悉，瑞鸥公益基金会发起了一项名为"金石计划"的项目，名字源于"精诚所至，金石为开"这句话，专门帮助"信念坚定"、符合一定条件的患者家庭找到合适的研究者开展相应科研，并持续推动研究。黄如方透露："从 2022 年 10 月份开始启动，一直到 2024 年 4 月最新项目立项，目前已经有 5 个项目正在运行中。这些项目都是针对极为罕见、全球没有任何疗法的项目，我们去资助中国研究者对这些疾病的治疗方法进行研究。"

尽管罕见病新药研发是一个漫长的过程，过程中必然遇到种种困难，但黄如方和志同道合的人们走上了这条道路，并相信一定会获得成功。

（撰稿 | 金姬）

## 人物简介

黄如方 罕见病患者
蔻德罕见病中心创始人、主任
瑞鸥公益基金会联合创始人、秘书长

# 自己淋过雨，懂得为他人撑伞

**金萍**

患者互助组织"与癌共舞"创始人

> 在这里，病友们抱团找到信心与力量，他们在得到别人帮助后，又以志愿者的身份去帮助"命运沼泽"中的其他人。

近一万名病友在线，认真地听北京清华长庚医院疼痛科特聘专家王昆教授的讲座，这次讲座的主题是"癌痛"。

"大部分的癌痛病人和家属觉得癌痛是肿瘤治疗过程当中的终末阶段，是必须要经历的，但这是一个非常大的错误。其实，公众要把癌痛作为疾病来对待，通过合理用药达成最好的治疗效果。"王昆教授说。这次讲座的直播平台是"与癌共舞"直播间，讲课结束后，教授还回答了病友们的种种问题。

2010 年，金萍创立"与癌共舞论坛"。14 年来，这个草根抗癌患者互助组织，陆续开设了专家解读、学术前沿、心灵工坊、患者故事等版块，累计帮助和服务病友几百万人。

在这里，病友们抱团找到信心与力量，他们在得到别人帮助后，又以志愿者的身份去帮助"命运沼泽"中的其他人。

## 论坛就像一座桥

作为与癌共舞创始人，金萍被周围人问得最多的问题是："为什么做这件事？"金萍说，创立"与癌共舞"的初衷，是希望在病友之间建起一座桥梁。但更细腻深层次的答案，藏在两个小故事里。

2008年，金萍母亲突然罹患肺癌，因为内心恐惧，母亲一直没有告诉家人，疾病拖成了晚期。金萍带母亲去北京求医问药，拿到病理结果时，医生的话顿时让她五雷轰顶："不用做治疗了，快的话三个月，慢的话六个月。"

金萍很迷茫，此前她对癌症了解太少，癌症用药知识几乎是空白。"当年我们甚至连基因检测是什么都不知道。"当时，创新的肺癌靶向药刚刚进入中国，很贵，而且不是一线用药，但金萍想为母亲争取任何可能的机会。

金萍加入病友QQ群，希望寻求帮助，进入病友群后她才发现，癌症病患群体很庞大，但大家接收的信息都是碎片化的，能够学习到的有效信息并不多。这让金萍萌生了建立一个病友论坛的想法。建立论坛，一方面可以将创新药物、治疗方向等知识的帖子留存下来，为病友们提供帮助；另一方面，由专人对病友们进行居家康养的指导，省去了病人频繁跑医院的辛苦。

论坛取名时，金萍征询了老病友"憨豆叔"的意见，"憨豆叔"有着通透乐观的精神世界，堪称论坛里的"精神领袖"。"憨豆叔"说，在对抗癌症的过程中，有的病友因为过分恐惧畏缩不前，有的病友则是希望立刻治愈过于激进。然而真实的癌症治疗过程需要我们与癌症和谐相处，达到一种平衡共存的状态。"人与癌和谐共存，论坛就叫与癌共舞吧。"

论坛建立初期，技术问题是由金萍的先生解决的，版面运营由病友搞定，几乎没有什么管理成本，更像一个群策群力的草根大本营。2010年，论坛的"前沿信息"版块开启；2013年，论坛面临资金和技术难题，病友们纷纷捐款，在众人托举下，问题迎刃而解。论坛成立第三年，逐渐步入正轨，不仅得到了药企的支持，病友们也更加团结。

2017 年，随着病友人数的增多，金萍意识到自己应该代表病友们发声。她不仅寻找医疗专家为病友做疾病科普，更主动联系社会力量，支持论坛的发展。金萍说，有一位不幸患癌的年轻妈妈，通过"与癌共舞"论坛获得了辉瑞公司的靶向药援助项目信息，接受了靶向药治疗，取得了很好的治疗效果，一路陪伴孩子从小学到大学，现在这位妈妈已人到中年，也期盼能继续看到孩子结婚生子。

## 撑伞的版主渡己也渡人

14 年来，"与癌共舞"这个草根抗癌患者互助组织，陆续开设了专家解读、学术前沿、心灵工坊。

自己淋过雨，懂得为他人撑伞。

"与癌共舞"论坛运营 14 年，除了为病友提供疾病的居家管理指导，也给病友们送去心灵的抚慰。2020 年，"与癌共舞"开辟了全新版块——心灵工坊。2024 年 5 月，心灵工坊版块版主诗言带领病友们阅读了《力量》这本书，她始终记得里面一句话："迷茫时没有真相，有真相时不迷茫。"

2014 年，诗言的母亲生病，她遭遇了严重的心理困境。她认为自己不该快乐，不该大笑，甚至在外吃一顿饭都愧对母亲。诗言曾尝试过多种药物，花大价钱找了心理咨询师，病情一度稳定，但并没有真正解脱。直到诗言自己开始学习心理学知识，她才慢慢释怀，现在可以帮助病友和家属。

急性髓系白血病病友小静，一度陷入迷茫、恐惧的情绪中无法自拔，整日感觉死亡即将降临。婆家人对小静非常好，骨髓库也帮她找到全相合的造血干细胞，造血干细胞移植非常成功。但在接受移植10个月后，小静愕然发现家庭出现了裂缝。在经历了争吵、起诉、离婚之后，小静常常听到身体里有一个暴烈的声音在嘶吼着："我该死！"

诗言建议小静参加线下课程，经历了十个月的时间，小静和过去那个迷茫的自己告别了。后来，小静主动申请做论坛志愿者。2023年厦门马拉松，金萍再次见到小静，她穿着天蓝色的衣服蹦蹦跳跳地向大家跑来，给了金萍一个大大的拥抱。"看到她，我体会到了心灵工坊工作的意义。"

事实上，金萍也曾被病友们拯救过。

2011年由于母亲离世，金萍也一度遭遇巨大的精神困扰，脑袋混沌，夜晚频繁做梦，常常梦到母亲还活着。群里消息日日刷屏，大家的讨论无论多么热烈，金萍都不点不看，刻意回避。金萍怕触景感伤，也就彻底放弃了将平台运营下去的想法。

2015年，乳腺癌患者小米到论坛申请做版主，她曾被"与癌共舞"论坛病友们帮助过，现在开始回过头拉起深渊里的人，也是这次谈话，驱散了金萍的内心阴霾。"我曾经想过放弃，但版主和志愿者的坚毅，让我不再害怕退缩，一步步坚持到了今天。"

一直以来，公众对癌症有着各种认知误区。最常见的误区是："得了癌症，肯定治不好。"特别是晚期癌症患者因为疼痛、消化道梗阻、出血等症状，容易产生厌世情绪。金萍说，关于癌症的很多认知是错误的，即使人类没有办法根治癌症，但也可以通过免疫治疗、联合治疗等手段，减轻痛苦，让患者长时间带瘤生存。

随着论坛管理的系统化和专业化，论坛搜集来自国内外的前沿信息，一些企业也加入进来，为患者公益性地提供专业知识。

金萍说，在"与癌共舞"她感受到了人间美好。当年的她只是种下一颗种子，如今，通过版主和志愿者们的浇灌，"与癌共舞"早已成长得枝繁叶茂。

（撰稿｜吴雪）

# 辉瑞全球发展历程

## 1849

1849 年，查尔斯·辉瑞和查尔斯·厄哈特于在美国纽约布鲁克林区成立了辉瑞公司的前身–"查尔斯·辉瑞公司"。
In 1849, Cousins Charles Pfizer and Charles Erharrt founded Charles Pfizer & Company in a red brick building in Brooklyn, NY.

## 20世纪 50年代

20 世纪 50 年代起，辉瑞开始向全球市场拓展，并在世界各地成立了业务机构。
Since the 50s of the 20th Century, Pfizer has made a major expansion into international markets, establishing operations in Belgium, Brazil, Canada, Cuba, England, Mexico, Panama and Puerto Rico.

## 2003

### 法玛西亚
**PHARMACIA**

2003 年，辉瑞再次与法玛西亚携手，将全球范围增长最快和最具创新意识两家企业联合在一起。
In 2003, Pfizer again joined forces with Pharmacia, bringing two of the most fastest growing and innovative companies worldwide together.

## 2009

### 惠 氏
**Wyeth®**

2009 年，辉瑞以 680 亿美元并购世界十大药厂之一的惠氏制药，成为全球最大的生物制药公司，并获得了全球领先的生物制剂–恩利（治疗类风湿关节炎、强直性脊柱炎等）和全球最大的疫苗产品–沛儿（用于预防小儿肺炎球菌性疾病）等产品。

In 2009, Pfizer acquires Wyeth, one of the world's top 10 drug-makers, for $68 billion.
The move making it the world's largest biopharmaceutical company, which also acquired the world's leading biologic - Enbrel (for the treatment of rheumatoid arthritis, mandatory spondylitis, etc.) and the world's largest vaccine product - Prevenar 13 (for the prevention of pediatric pneumococcal diseases), and other products.

**1961 年，在纽约成立的辉瑞全球总部表明了公司全球化发展的信心。**
In 1961, The establishment of Pfizer's global headquarters in New York demonstrates Pfizer's confidence in globalization.

# 1961

# 20世纪 90年代

**20 世纪 90 年代，是辉瑞产品大量上市的时期。**
The 1990s are a fertile time for Pfizer product launches.

华纳.兰伯特

**WARNER LAMBERT**

**2000 年，辉瑞与华纳兰伯特公司合并，成立新辉瑞。**
In 2000, Pfizer merged with Warner Lambert and established a new Pfizer.

# 2000

# 2021

**2021 年，辉瑞转型成为一家以科学为基础、创新的、以患者为先的生物制药公司。**
In 2021, Pfizer transformed into a science-based, innovative and patient-focused biopharmaceutical company.

**2023 年，辉瑞完成对 Seagen 的收购，提高了辉瑞在肿瘤领域的重要性。**
In 2023, Pfizer completed the acquisition of Seagen, which was significantly increasing the importance of oncology for Pfizer.

# 2023

公司:Seagen

Seagen